한국어역 만엽집 6

- 만엽집 권 제8 -

한국어역 만엽집 6

- 만엽집 권제8 -

이 연 숙

도서
출판 박이정

대장정의 출발
이연숙 박사의 『한국어역 만엽집』 간행을 축하하며

이연숙 박사는 이제 그 거대한 『만엽집』의 작품들에 주를 붙이고 해석하여 한국어로 본문을 번역한다. 더구나 해설까지 덧붙임으로써 연구도 겸한다고 한다.

일본이 자랑하는 대표적인 고전문학이 한국에서 재탄생하게 된 것이다. 다만 총 20권 전 작품을 번역하여 간행하기 위해서는 오랜 세월을 기다리지 않으면 안 된다. 현재 권 제4까지 번역이 되어 3권으로 출판이 된다고 한다.

『만엽집』 전체 작품을 번역하는데 오랜 세월이 걸리는 것은 틀림없다. 그러나 대완성을 향하여 이제 막 출발을 한 것이다. 마치 일대 대장정의 첫발을 내디딘 것과 같다.

이 출발은 한국, 일본뿐만이 아니라 전 세계적으로도 대단한 일이라고 할 수 있다.

사실 『만엽집』은 천년도 더 된 오래된 책이며 방대한 분량일 뿐만 아니라 단어도 일본 현대어와 다르다. 그러므로 『만엽집』의 완전한 번역은 아직 세계에서 몇 되지 않는다.

영어, 프랑스어, 체코어 그리고 중국어로 번역되어 있는 정도이다.

한국어의 번역에는 김사엽 박사의 번역이 있지만 유감스럽게도 전체 작품의 번역은 아니다. 그 부분을 보완하여 이연숙 박사가 전체 작품을 번역하게 된다면 세계에서 외국어로는 다섯 번째로 한국어역 『만엽집』이 탄생하게 되는 것이다. 중국어 번역은 두 사람에 의해 이루어졌으므로 이연숙 박사는 세계의 영광스러운 6명 중의 한 사람이 되는 것이다.

『만엽집』의 번역이 이렇게 적은 이유로 몇 가지를 들 수 있다.

첫째, 이미 말하였듯이 작품의 방대함이다. 4500여 수를 번역하는 것은 긴 세월이 필요하므로 젊었을 때부터 시작하지 않으면 안 되는 것이다.

둘째로, 『만엽집』은 시이기 때문이다. 산문과 달라서 독특한 언어 사용법이 있으며 내용을 생략하여 압축된 부분도 많다. 그러므로 마찬가지로 방대한 분량인 『源氏物語』 이상으로 번역하기가 어려울 것이다.

셋째로, 고대어이므로 정확한 의미를 파악하기가 힘이 든다는 것이다. 더구나 천년 이상 필사가 계속되어 왔으므로 오자도 있다. 그래서 일본의 『만엽집』 전문 연구자들도 이해할 수 없는 단어들이 있다. 외국인이라면 일본어가 웬만큼 숙달되어 있지 않으면 단어의 의미를 찾아내기가 불가능한 것이다.

넷째로, 『만엽집』의 작품은 당시의 관습, 사회, 민속 등 일반적으로 문학에서 다루는 이상으로 광범위한 분야에 대한 지식이 없으면 이해하기 어려운 것이다. 번역자로서도 광범위한 학문적 토대와 종합적인 지식이 요구되는 것이다. 그러므로 어지간해서는 『만엽집』에 손을 댈 수 없는 것이다.

간략하게 말해도 이러한 어려움이 있는 것이다. 과연 영광의 6인에 들어가기가 그리 쉬운 일이 아님을 누구나 알 수 있을 것이다.

그러나 이연숙 박사는 이것이 가능하다고 생각된다. 아직 젊을 뿐만 아니라 오랜 세월 동안 『만엽집』의 대표적인 연구자로서 자타가 공인하는 업적을 쌓아왔으므로 그 성과를 토대로 하여 지금 출발을 하면 그렇게 오랜 세월이 걸리지 않을 것이라 생각된다. 고대 일본어의 시적인 표현도 이해할 수 있으므로 번역이 가능하리라 확신을 한다.

특히 이연숙 박사는 향가를 깊이 연구한 실적도 평가받고 있는데, 향가야말로 일본의 『만엽집』에 필적할 만한 한국의 고대문학이므로 『만엽집』을 이해하기 위한 소양이 충분히 갖추어졌다고 생각되기 때문이다.

이러한 여러 점을 생각하면 지금 이연숙 박사의『한국어역 만엽집』의 출판 의의는 충분히
잘 알 수 있는 것이다.
　김사엽 박사도『만엽집』한국어역의 적임자의 한 사람이었다고 생각되며 사실 김사엽 박사의
책은 일본에서도 높이 평가되고 있고 山片蟠桃상을 받은 바 있다. 그러나 이 번역집은 완역이
아니다. 김사엽 박사는 완역을 하지 못하고 유명을 달리하였다.
　그러므로 그 뒤를 이어서 이연숙 박사는『만엽집』을 완역하여서 위대한 업적을 이루기를 바란
다. 그런 의미에서도 이 책의 출판의 의의가 큰 것을 알 수 있다.
　이러한 대장정의 출발로 나는 이연숙 박사의『한국어역 만엽집』의 출판을 진심으로 기뻐하며
깊은 감동과 찬사를 금할 길이 없다. 전체 작품의 완역 출판을 기다리는 마음 간절하다.

2012년 6월

中西　進

책머리에

『萬葉集』은 629년경부터 759년경까지 약 130년간의 작품 4516수를 모은, 일본의 가장 오래된 가집으로 총 20권으로 이루어져 있다. 『만엽집』은, 많은(萬) 작품(葉)을 모은 책(集)이라는 뜻, 萬代까지 전해지기를 바라는 작품집이라는 뜻 등으로 해석되고 있다. 이 책에는 이름이 확실한 작자가 530여명이며 전체 작품의 반 정도는 작자를 알 수 없다.

일본의 『만엽집』을 접한 지 벌써 30년이 지났다. 『만엽집』을 처음 접하고 공부를 하는 동안 언젠가는 번역을 해보아야겠다는 꿈을 가지게 되었다. 그러나 작품이 워낙 방대한데다 자수율에 맞추고 작품마다 한편의 논문에 필적할 만한 작업을 하고 싶었던 지나친 의욕으로 엄두를 내지 못하여 그 꿈을 잊고 있었는데 몇 년 전에 마치 일생의 빚인 것처럼, 거의 잊다시피 하고 있던 번역에 대한 부담감이 다시 되살아났다. 그것은 생각해보니 다음과 같은 이유에서였던 것 같다.

먼저 자신이 오래도록 관심을 가지고 연구한 분야가 개인의 연구단계에 머물고만 있을 것이 아니라, 보다 많은 사람들에게 실질적인 도움을 줄 수 있었으면 하는 바람 때문이었던 것 같다.

『만엽집』을 번역하고 해설하여 토대를 마련해 놓으면 전문 연구자들이 연구 대상 작품을 번역해야 하는 부담을 덜고 시간을 절약할 수 있을 것이며, 국문학 연구자들도 번역을 통하여 한일 문학 비교연구가 가능하게 되어 연구의 지평을 넓힐 수 있을 것이기 때문이었다.

다음으로 일본에서의 향가연구회 영향도 있었던 것 같다.

1999년 9월 한일문화교류기금으로 일본에 1년간 연구하러 갔을 때, 향가에 관심이 많은 일본 『만엽집』 연구자와 중국의 고대문학 연구자들이 향가를 연구하자는데 뜻이 모아져, 산토리 문화재단의 지원으로 향가 연구를 하게 되었으므로 그 연구회에 참여하게 되었다. 7명의 연구자들이 정기적으로 모여 신라 향가 14수를 열심히 읽고 토론하였다. 외국 연구자들과의 향가연구는 뜻 깊은 것이었다. 한국·중국·일본 동아시아 삼국의 고대 문학 연구자들이 한자리에 모여 각국의 문헌자료와 관련하여 향가 작품에 대한 생각들을 나누며 연구를 하는 동안, 향가가 그야말로 이상적으로 연구되고 있다는 생각이 들었다.

연구 결과물이 『향가-주해와 연구-』라는 제목으로 2008년에 일본 新典社에서 출판되었다. 이 책이 일본의 연구자들뿐만 아니라 일반인들도 한국의 문화와 정신을 잘 이해할 수 있는 계기가 될 수 있듯이, 마찬가지로 『만엽집』이 한국어로 번역된다면 우리 한국인들도 일본의 문화와 정신을 이해하는데 도움이 될 수 있을 것이라 생각되었다. 그래서 講談社에서 출판된 中西 進 교수의 『만엽집』1(1985)을 텍스트로 하여 권제1부터 권제4까지 작업을 끝내어 2012년에 3권으로 펴내었다. 그리고 2013년 12월에 『만엽집』권제 5, 6, 7을 2권으로 출판하였다. 그리고 中西 進 교수의 『만엽집』2(2011)를 텍스트로 하여 이번에 권제8을 출판하게 되었다.

『만엽집』권제8은 1418번가부터 1663번가까지 총 246수가 실려 있다. 대부분의 작품들은 작자를 알 수 있다. 체제는 雜歌와 相聞을, '春雜歌, 春相聞' 등과 같이 봄 · 여름 · 가을 · 겨울 사계절로 나누어 작품을 싣고 있다. 이러한 체제는 권제10과 같으므로 권제10과는 자매편이라 불리기도 한다. 그리고 각 계절의 雜歌와 가을 相聞은, 和銅 이전의 노래와 和銅 이후의 노래로 이루어져 있어 古今 구조를 보인다는 점도 특징이다. 이러한 특징은 권제7과도 유사하므로 권제 7, 8, 10을 자매편으로 보기도 한다.

『만엽집』의 최초의 한국어 번역은 1984년부터 1991년까지 일본 成甲書房에서 출판된 김사엽 교수의 『한역 만엽집』(1~4)이다. 이 번역서가 출판된 지 30년 가까이 되었지만 그동안 보지 않았다. 왜냐하면 스스로 번역을 시도해 보지도 않고 다른 사람의 번역을 접하게 되면 자연히 그 번역에 치우치게 되어 자신이 번역을 할 때 오히려 지장이 있을 수 있다고 생각되었기 때문이다. 2012년에 권제4까지 번역을 하고 나서 처음으로 살펴보았다.

김사엽 교수의 번역집은 『만엽집』의 최초의 한글 번역이라는 점에서 그 의의는 매우 크다고 할 수 있다. 그러나 살펴보니 몇 가지 아쉬운 점도 있었다.

『만엽집』 권제16, 3889번가까지 번역이 된 상태여서 완역이 이루어지지 않았다는 점, 텍스트를 밝히지 않고 있는데 내용을 보면 岩波書店의 일본고전문학대계『만엽집』을 사용하다가 중간에는 中西 進 교수의『만엽집』으로 텍스트를 바꾼 점, 음수율을 고려하지 않은 점, 고어를 많이 사용하였다는 점, 세로쓰기라는 점 등을 들 수 있다. 그러나 당시로서는 어쩔 수 없는 상황도 있었을 것이라 생각된다. 또 이런 선학들의 노고가 있었기에 한국에서『만엽집』에 대한 관심도 지속되어 온 것이라 생각되므로 감사드린다.

책이 출판될 때마다 여러분들께서 깊은 관심을 보이고 많은 격려를 하여주셨으므로 용기를 얻었다. 완결하여야 한다는 부담감이 있지만 지금까지 힘든 고개들을 잘 넘을 수 있도록 인도해주신 하나님께 영광을 돌려 드린다.

講談社의『만엽집』을 번역할 수 있도록 허락하여 주시고 추천의 글까지 써주신 中西 進 교수님, 많은 격려를 하여 주신 辰巳正明 교수님께 깊이 감사를 드린다.

이번에도『만엽집』노래를 소재로 한 작품들을 표지에 사용할 수 있도록 허락하여 주신 일본 奈良縣立萬葉文化館의 稻村 和子 관장님과 자료를 보내어 주신 西田彩乃 학예원께 감사드린다.

그리고 이 책이 출판될 수 있도록 도와주신 박이정의 박찬익 사장님과 편집부에 감사드린다.

2014. 11. 3.

四峇 向靜室에서

이 연 숙

일러두기

1. 왼쪽 페이지에 萬葉假名, 일본어 훈독, 가나문, 左注(작품 왼쪽에 붙어 있는 주 : 있는 작품의 경우에 해당함) 순으로 원문을 싣고 주를 그 아래에 첨부하였다.
2. 오른쪽 페이지에는 원문과 바로 대조하면서 볼 수 있도록 작품의 번역을 하였다.
   그 아래에 해설을 덧붙여서 노래를 알기 쉽게 설명하면서 차이가 나는 해석은 다른 주석서를 참고하여 여러 학설을 제시함으로써 이해를 돕고자 하였다.
3. 萬葉假名 원문의 경우는 원문의 한자에 충실하려고 하였지만 훈독이나 주의 경우는 한국의 상용한자로 바꾸었다.
4. 텍스트에는 가나문이 따로 있지 않고 필요한 경우에 한자 위에 가나를 적은 상태인데, 번역서에서 가나문을 첨부한 이유는, 훈독만으로는 읽기 힘든 경우가 있으므로 작품을 정확하게 읽을 수 있도록 돕기 위함과 동시에 번역의 자수율과 원문의 자수율을 대조해 볼 수 있도록 하기 위함이었다. 권제5부터 가나문은 中西 進의『校訂 萬葉集』(1995, 초판)을 사용하였다. 간혹『校訂 萬葉集』과 텍스트의 읽기가 다른 경우가 있었는데 그럴 경우는 텍스트를 따랐다.
5. 제목에서 인명에 '천황, 황태자, 황자, 황녀' 등이 붙은 경우는 일본식 읽기를 그대로 적었으나 해설에서는 위 호칭들을 한글로 바꾸어서 표기를 하는 방식을 택하였다. 한글로 바꾸면 전체적인 읽기가 좀 어색한 경우는 예외적으로 호칭까지 일본식 읽기를 그대로 표기한 경우도 가끔 있다.
6. 인명이나 지명과 같은 고유명사는 현대어 발음과 다르고 학자들에 따라서도 읽기가 다르므로 텍스트인 中西 進의『萬葉集』발음을 따랐다.
7. 고유명사를 일본어 읽기로 표기하면 무척 길어져서 잘못 띄어 읽을 수 있기 때문에 가능하면 성과 이름 등은 띄어쓰기를 하였다.
8. 『만엽집』에는 특정한 단어를 상투적으로 수식하는 수식어인 마쿠라 코토바(枕詞)라는 것이 있다. 어원을 알 수 있는 것도 있지만 알 수 없는 것도 많다. 中西 進 교수는 가능한 한 해석을 하려고 시도를 하였는데 대부분의 주석서에서는 괄호로 묶어 해석을 하지 않고 있다. 이 역해서에서도 괄호 속에 일본어 발음을 그대로 표기를 하고, 어원이 설명 가능한 것은 해설에서 풀어서 설명하는 방향으로 하였다. 그러므로 번역문을 읽을 때에는 괄호 속의 枕詞를 생략하고 읽으면 내용이 연결이 될 수 있다.
9. 『만엽집』은 시가집이므로 반드시 처음부터 읽어 나가지 않아도 되며 필요한 작품을 택하여 읽을 수 있다. 그런 경우를 위하여 필요한 사항은 가능한 한 작품마다 설명을 하려고 하였다. 그러므로 작자나 枕詞 등의 경우, 같은 설명이 여러 작품에 보이기도 하는 것은 이런 이유 때문이다.
10. 번역 부분에서 극존칭을 사용하기도 하였는데 이것은 음수율에 맞추기 힘든 경우, 음수율에 맞추기 위함이었다.

11. 권제5의, 제목이 없이 바로 한문으로 시작되는 작품은, 中西 進의 『萬葉集』의 제목을 따라서 《 》 속에 표기하였다.

12. 권제7은 텍스트에 작품번호 순서대로 배열되지 않은 부분들이 있는데, 이런 경우는 번호 순서대로 배열을 하였다. 그러나 목록은 텍스트의 목록 순서를 따랐다.

13. 해설에서 사용한 大系, 私注, 注釋, 全集, 全注 등은 주로 참고한 주석서들인데 다음 책들을 요약하여 표기한 것이다.

大系 : 日本古典文學大系 『萬葉集』 1~4 [高木市之助 五味智英 大野晉 校注, 岩波書店, 1981]
全集 : 日本古典文學全集 『萬葉集』 1~4 [小島憲之 木下正俊 佐竹昭廣 校注, 小學館, 1981~1982]
私注 : 『萬葉集私注』 1~10 [土屋文明, 筑摩書房, 1982~1983]
注釋 : 『萬葉集注釋』 1~20 [澤瀉久孝, 中央公論社, 1982~1984]
全注 : 『萬葉集全注』 1~20 [伊藤 博 外, 有斐閣, 1983~1994]

차례

작품 목록

만엽집 권 제8 목록

봄 雜歌

- 시키노 미코(志貴황자)의 기쁨의 노래 1수 (1418)
- 카가미노 오호키미(鏡王女)의 노래 1수 (1419)
- 스루가노 우네메(駿河采女)의 노래 1수 (1420)
- 오하리노 므라지(尾張 連)의 노래 2수 이름이 빠져 있다 (1421~1422)
- 中納言 아베노 히로니하(阿倍廣庭)卿의 노래 1수 (1423)
- 야마베노 스쿠네 아카히토(山部宿禰赤人)의 노래 4수 (1424~1427)
- 쿠사카(草香)산의 노래 1수 (1428)
- 벚꽃 노래 1수와 短歌 (1429~1430)
- 야마베노 스쿠네 아카히토(山部宿禰赤人)의 노래 1수 (1431)
- 오호토모노 사카노우헤노 이라츠메(大伴坂上郎女)의 버들 노래 2수 (1432~1433)
- 오호토모노 스쿠네 미하야시(大伴宿禰三林)의 매화 노래 1수 (1434)
- 아츠미노 오호키미(厚見王)의 노래 1수 (1435)
- 오호토모노 스쿠네 무라카미(大伴宿禰村上)의 매화 노래 2수 (1436~1437)
- 오호토모노 스쿠네 스루가마로(山部宿禰駿河麿)의 노래 1수 (1438)
- 나카토미노 아소미 므라지(中臣朝臣武良自)의 노래 1수 (1439)
- 카하베노 아소미 아즈마히토(河邊朝臣東人)의 노래 1수 (1440)
- 오호토모노 스쿠네 야카모치(大伴宿禰家持)의 회파람새 노래 1수 (1441)
- 大藏少輔 타지히노 야누시노 마히토(丹比屋主眞人)의 노래 1수 (1442)
- 타지히노 마히토 오토마로(丹比眞人乙麿)의 노래 1수 屋主眞人의 둘째 아들이다 (1443)
- 타카다노 오호키미(高田女王)의 노래 1수 高安의 딸이다 (1444)
- 오호토모노 사카노우헤노 이라츠메(大伴坂上郎女)의 노래 1수 (1445)
- 오호토모노 스쿠네 야카모치(大伴宿禰家持)의 봄 꿩의 노래 1수 (1446)
- 오호토모노 사카노우헤노 이라츠메(大伴坂上郎女)의 노래 1수 (1447)

봄 相聞

- 오호토모노 스쿠네 야카모치(大伴宿禰家持)가 사카노우헤(坂上)家의 오호오토메(大孃)에게 보내는 노래 1수 (1448)
- 오호토모노 타무라노이헤노 오호오토메(大伴田村家大孃)가 여동생 사카노우헤노 오호오토메(坂上大孃)에게 준 노래 1수 (1449)
- 오호토모노 스쿠네 사카노우헤노 이라츠메(大伴宿禰坂上郎女)의 노래 1수 (1450)
- 카사노 이라츠메(笠女郎)가 오호토모노 야카모치(大伴家持)에게 보내는 노래 1수 (1451)
- 키노 이라츠메(紀女郎)의 노래 1수 이름을 오시카(小鹿)라고 한다 (1452)
- 天平 5년(733) 癸酉 봄 윤3월
  카사노 아소미 카나무라(笠朝臣金村)가 당나라로 가는 사신에게 보내는 노래 1수와 短歌 (1453~1455)
- 후지하라노 아소미 히로츠구(藤原朝臣廣嗣)가 벚꽃을 娘子에게 보내는 노래 1수 (1456)
- 娘子가 답한 노래 1수 (1457)
- 아츠미노 오호키미(厚見王)가 쿠메노 이라츠메(久米女郎)에게 보내는 노래 1수 (1458)
- 쿠메노 이라츠메(久米女郎)가 답하여 보내는 노래 1수 (1459)
- 키노 이라츠메(紀女郎)가 오호토모노 스쿠네 야카모치(大伴宿禰家持)에게 보내는 노래 2수 (1460~1461)
- 오호토모노 야카모치(大伴家持)가 보내어 답한 노래 2수 (1462~1463)
- 오호토모노 야카모치(大伴家持)가 사카노우헤노 오호오토메(坂上大孃)에게 보내는 노래 1수 (1464)

여름 雜歌

- 후지하라(藤原)夫人의 노래 1수 (1465)
- 시키노 미코(志貴황자)의 노래 1수 (1466)
- 유게노 미코(弓削황자)의 노래 1수 (1467)
- 오하리다노 히로세노 오호키미(小治田廣瀨王)의 두견새 노래 1수 (1468)
- 사미(沙彌)의 두견새 노래 1수 (1469)
- 토리노 센랴우(刀理宣令)의 노래 1수 (1470)
- 야마베노 스쿠네 아카히토(山部宿禰赤人)의 노래 1수 (1471)
- 式部大輔 이소노카미노 카츠오노 아소미(石上堅魚朝臣)의 노래 1수 (1472)
- 大宰府 장관 오호토모(大伴)卿이 답한 노래 1수 (1473)
- 오호토모노 사카노우헤노 이라츠메(大伴坂上郎女)가 츠쿠시(筑紫)의 오호키(大城)산을 그리워하는 노래 1수 (1474)
- 오호토모노 사카노우헤노 이라츠메(大伴坂上郎女)의 두견새 노래 1수 (1475)
- 오하리다노 아소미 히로미미(小治田朝臣廣耳)의 노래 1수 (1476)
- 오호토모노 야카모치(大伴家持)의 두견새 노래 1수 (1477)
- 마찬가지로 야카모치(家持)의 홍귤 노래 1수 (1478)
- 마찬가지로 야카모치(家持)의 쓰르라미 노래 1수 (1479)
- 오호토모노 후미모치(大伴書持)의 노래 2수 (1480~1481)
- 오호토모노 키요츠나(大伴淸繩)의 노래 1수 (1482)
- 아무노키미 모로타치(奄君諸立)의 노래 1수 (1483)
- 오호토모노 사카노우헤노 이라츠메(大伴坂上郎女)의 노래 1수 (1484)
- 오호토모노 야카모치(大伴家持)의 산앵도화 노래 1수 (1485)
- 마찬가지로 야카모치(家持)가, 두견새가 늦게 우는 것을 원망한 노래 2수 (1486~1487)
- 마찬가지로 야카모치(家持)가 두견새를 기뻐하는 노래 1수 (1488)

- 마찬가지로 야카모치(家持)가 홍귤나무 꽃을 아쉬워하는 노래 1수 (1489)
- 마찬가지로 야카모치(家持)의 두견새 노래 1수 (1490)
- 마찬가지로 야카모치(家持)가 비오는 날 두견새가 우는 것을 듣는 노래 1수 (1491)
- 홍귤 노래 1수 遊行女婦 (1492)
- 오호토모노 무라카미(大伴村上)의 홍귤 노래 1수 (1493)
- 오호토모노 야카모치(大伴家持)의 두견새 노래 2수 (1494~1495)
- 마찬가지로 야카모치(家持)의 패랭이꽃 노래 1수 (1496)
- 츠쿠하(筑波)산에 올라가지 못한 것을 아쉬워한 노래 1수 (1497)

여름 相聞

- 오호토모노 사카노우헤노 이라츠메(大伴坂上郎女)의 노래 1수 (1498)
- 오호토모노 요츠나(大伴四繩)가 연회에서 부른 노래 1수 (1499)
- 오호토모노 사카노우헤노 이라츠메(大伴坂上郎女)의 노래 1수 (1500)
- 오하리다노 아소미 히로미미(小治田朝臣廣耳)의 노래 1수 (1501)
- 오호토모노 사카노우헤노 이라츠메(大伴坂上郎女)의 노래 1수 (1502)
- 키노 아소미 토요카하(紀朝臣豊河)의 노래 1수 (1503)
- 타카야스(高安)의 노래 1수 (1504)
- 오호미와노 이라츠메(大神女郎)가 오호토모노 야카모치(大伴家持)에게 보내는 노래 1수 (1505)
- 오호토모노 타무라노 오호오토메(大伴田村大孃)가 여동생인 사카노우헤노 오호오토메(坂上大孃)에게 준 노래 1수 (1506)
- 오호토모노 야카모치(大伴家持)가 홍귤 꽃을 꺾어서 사카노우헤노 오호오토메(坂上大孃)에게 보내는 노래 1수와 短歌 (1507~1509)
- 마찬가지로 야카모치(家持)가 키노 이라츠메(紀女郎)에게 보내는 노래 1수 (1510)

가을 雜歌

- 오카모토노 스메라미코토(崗本천황)가 지은 노래 1수 (1511)
- 오호츠노 미코(大津황자)의 노래 1수 (1512)
- 호즈미노 미코(穗積황자)의 노래 2수 (1513~1514)
- 타지마노 히메미코(但馬황녀)의 노래 1수 [어떤 책에는 말하기를 코베노 오호키미(子部王)가 지은 것이라고 한다] (1515)
- 야마베노 오호키미(山部王)가 가을 단풍을 아쉬워하는 노래 1수 (1516)
- 나가야노 오호키미(長屋王)의 노래 1수 (1517)
- 야마노우헤노 오미 오쿠라(山上臣憶良)의 칠석 노래 12수 (1518~1529)
- 大宰의 여러 卿大夫와 관료 등이 츠쿠시노 미치노쿠치(筑前)國의 아시키(蘆城) 驛家에서 연회하는 노래 2수 (1530~1531)
- 카사노 아소미 카나무라(笠朝臣金村)가 이카고(伊香)산에서 지은 노래 2수 (1532~1533)
- 이시카하노 아소미 오키나(石川朝臣老夫)의 노래 1수 (1534)
- 후지하라노 우마카히(藤原宇合)卿의 노래 1수 (1535)
- 엔다치 호우시(緣達師)의 노래 1수 (1536)
- 야마노우헤노 오미 오쿠라(山上臣憶良)가 가을 들판의 꽃을 노래한 노래 2수 (1537~1538)
- 천황(聖武천황)이 지은 노래 2수 (1539~1540)
- 大宰府 장관 오호토모(大伴)卿의 노래 2수 (1541~1542)
- 미하라노 오호키미(三原王)의 노래 1수 (1543)
- 유하라노 오호키미(湯原王)의 칠석 노래 2수 (1544~1545)
- 이치하라노 오호키미(市原王)의 칠석 노래 1수 (1546)
- 후지하라노 아소미 야츠카(藤原朝臣八束)의 노래 1수 (1547)
- 오호토모노 사카노우헤노 이라츠메(大伴坂上郎女)의 늦게 피는 싸리꽃 노래 1수 (1548)

- 典鑄正 키노 아소미 카히토(紀朝臣鹿人)가, 衛門大尉 오호토모노 스쿠네 이나키미(大伴宿禰稻公)의 토미(跡見) 농장에 도착하여 지은 노래 1수 (1549)
- 유하라노 오호키미(湯原王)의 우는 사슴 노래 1수 (1550)
- 이치하라노 오호키미(市原王)의 노래 1수 (1551)
- 유하라노 오호키미(湯原王)의 귀뚜라미 노래 1수 (1552)
- 衛門大尉 오호토모노 스쿠네 이나키미(大伴宿禰稻公)의 노래 1수 (1553)
- 오호토모노 야카모치(大伴家持)가 답한 노래 1수 (1554)
- 아키노 오호키미(安貴王)의 노래 1수 (1555)
- 이무베노 오비토 쿠로마로(忌部首黑麿)의 노래 1수 (1556)
- 故鄕(明日香) 토유라(豊浦)寺의 여승의 개인 방에서 연회하는 노래 3수 (1557~1559)
- 오호토모노 사카노우헤노 이라츠메(大伴坂上郎女)가 토미(跡見) 농장에서 지은 노래 2수 (1560~1561)
- 카무나기베노 마소노 오토메(巫部麻蘇娘子)의 기러기 노래 1수 (1562)
- 오호토모노 야카모치(大伴家持)가 답한 노래 1수 (1563)
- 헤키노(日置) 나가에노 오토메(長枝娘子)의 노래 1수 (1564)
- 오호토모노 야카모치(大伴家持)가 답한 노래 1수 (1565)
- 마찬가지로 야카모치(家持)의 가을 노래 4수 (1566~1569)
- 후지하라노 아소미 야츠카(藤原朝臣八束)의 노래 2수 (1570~1571)
- 오호토모노 야카모치(大伴家持)의 白露 노래 1수 (1572)
- 오호토모노 토시카미(大伴利上)의 노래 1수 (1573)
- 右大臣 타치바나(橘) 집에서 연회하는 노래 7수 (1574~1580)
- 타치바나노 스쿠네 나라마로(橘宿禰奈良丸)의, 연회를 끝맺는 노래 11수 [작자 10명] (1581~1591)
- 오호토모노 사카노우헤노 이라츠메(大伴坂上郎女)가 타케다(竹田) 농장에서 지은 노래 2수 (1592~1593)

- 부처 앞에서 부른 노래 1수 (1594)
- 오호토모노 스쿠네 카타미(大伴宿禰像見)의 노래 1수 (1595)
- 오호토모노 스쿠네 야카모치(大伴宿禰家持)가 娘子의 문에 이르러서 지은 노래 1수 (1596)
- 마찬가지로 야카모치(家持)의 가을 노래 3수 (1597~1599)
- 內舍人 이시카하노 아소미 히로나리(石川朝臣廣成)의 노래 2수 (1600~1601)
- 오호토모노 스쿠네 야카모치(大伴宿禰家持)의 鹿鳴 노래 2수 (1602~1603)
- 오호하라노 마히토 이미키(大原眞人今城)가 나라(寧樂) 옛 도읍을 마음 아파하며 애석해하는 노래 1수 (1604)
- 오호토모노 스쿠네 야카모치(大伴宿禰家持)의 노래 1수 (1605)

가을 相聞

- 누카타노 오호키미(額田王)가 아후미(近江)천황을 그리워하여 지은 노래 1수 (1606)
- 카가미노 오호키미(鏡王女)가 지은 노래 1수 (1607)
- 유게노 미코(弓削황자)의 노래 1수 (1608)
- 타지히노 마히토(丹比眞人)의 노래 1수 이름이 빠져 있다 (1609)
- 니후노 오호키미(丹生女王)가 大宰府 장관 오호토모(大伴)卿에게 보내는 노래 1수 (1610)
- 카사누히노 오호키미(笠縫女王)의 노래 1수 무토베노 미코(六人部親王)의 딸, 母를 타가타노 히메미코(田形皇女)라고 했다 (1611)
- 이시카하노 카케노 이라츠메(石川賀係女郎)의 노래 1수 (1612)
- 카모노 오호키미(賀茂女王)의 노래 1수 나가야노 오호키미(長屋王)의 딸, 母를 아베노 아소미(阿倍朝臣)라고 했다 (1613)
- 토호타후미(遠江)守 사쿠라이노 오호키미(櫻井王)가 천황(聖武천황)에게 바치는 노래 1수 (1614)
- 천황(聖武천황)이 답하여 내린 노래 1수 (1615)

- 카사노 이라츠메(笠女郎)가 오호토모노 스쿠네 야카모치(大伴宿禰家持)에게 보내는 노래 1수 (1616)
- 야마구치노 오호키미(山口女王)가 오호토모노 스쿠네 야카모치(大伴宿禰家持)에게 보내는 노래 1수 (1617)
- 유하라노 오호키미(湯原王)가 娘子에게 보낸 노래 1수 (1618)
- 오호토모노 야카모치(大伴家持)가, 고모인 사카노우헤노 이라츠메(坂上郎女)의 타케다(竹田) 농장에 도착하여 지은 노래 1수 (1619)
- 오호토모노 사카노우헤노 이라츠메(大伴坂上郎女)가 답한 노래 1수 (1620)
- 카무나기베노 마소노 오토메(巫部麻蘇娘子)의 노래 1수 (1621)
- 오호토모노 타무라노 오호오토메(大伴田村大嬢)가 여동생 사카노우헤노 오호오토메(坂上大嬢)에게 준 노래 2수 (1622~1623)
- 사카노우헤노 오호오토메(坂上大娘)가, 가을 벼로 만든 머리 장식을 오호토모노 스쿠네 야카모치(大伴宿禰家持)에게 보내는 노래 1수 (1624)
- 오호토모노 스쿠네 야카모치(大伴宿禰家持)가 답하여 보내는 노래 1수 (1625)
- 또 몸에 입은 옷을 벗어서 야카모치(家持)에게 보낸 것에 답한 노래 1수 (1626)
- 오호토모노 스쿠네 야카모치(大伴宿禰家持)가, 제철이 아닌 등꽃과 싸리 잎이 물든 것, 두 종류를 꺾어서 사카노우헤노 오호오토메(坂上大嬢)에게 보내는 노래 2수 (1627~1628)
- 마찬가지로 야카모치(家持)가 사카노우헤노 오호오토메(坂上大嬢)에게 보내는 노래 1수와 短歌 (1629~1630)
- 마찬가지로 야카모치(家持)가 아베노 이라츠메(安倍女郎)에게 보내는 가을 노래 1수 (1631)
- 마찬가지로 야카모치(家持)가, 쿠니(久邇)京에서 나라(寧樂) 집에 남아 있는 사카노우헤노 오호오토메(坂上大娘)에게 보내는 노래 1수 (1632)
- 어떤 사람이 여승에게 보내는 노래 2수 (1633~1634)
- 여승이 頭句를 짓고, 오호토모노 스쿠네 야카모지(大伴宿禰家持)가 여승에게 권유받아 末句를 이어서 답한 노래 1수 (1635)

겨울 雜歌

- 토네리노 오토메(舍人娘子)의 눈 노래 1수 (1636)
- 太上천황(元正천황)이 지은 노래 1수 (1637)
- 천황(聖武천황)이 지은 노래 1수 (1638)
- 大宰府 장관 오호토모(大伴)卿이, 겨울 날 눈을 보고 도읍을 생각하는 노래 1수 (1639)
- 마찬가지로 卿의 매화 노래 1수 (1640)
- 츠노노 아소미 쿠와우벤(角朝臣廣辨)의 눈 속 매화 노래 1수 (1641)
- 아베노 아소미 오키미치(安倍朝臣奧道)의 눈 노래 1수 (1642)
- 와카사쿠라베노 아소미 키미타리(若櫻部朝臣君足)의 눈 노래 1수 (1643)
- 미노노 므라지 이소모리(三野連石守)의 매화 노래 1수 (1644)
- 코세노 아소미 스쿠나마로(巨勢朝臣宿奈麿)의 눈 노래 1수 (1645)
- 오하리다노 아소미 아즈마마로(小治田朝臣東麿)의 눈 노래 1수 (1646)
- 이무베노 오비토 쿠로마로(忌部首黑麿)의 눈 노래 1수 (1647)
- 키노 오시카노 이라츠메(紀少鹿女郞)의 매화 노래 1수 (1648)
- 오호토모노 스쿠네 야카모치(大伴宿禰家持)의 눈 속 매화 노래 1수 (1649)
- 서쪽 못 근처에 가서 연회하는 노래 1수 (1650)
- 오호토모노 사카노우헤노 이라츠메(大伴坂上郞女)의 노래 1수 (1651)
- 오사다노 히로츠노 오토메(他田廣津娘子)의 매화 노래 1수 (1652)
- 아가타노 이누카히노 오토메(縣犬養娘子)가 매화에 빗대어서 생각을 드러낸 노래 1수 (1653)
- 오호토모노 사카노우헤노 이라츠메(大伴坂上郞女)의 눈 노래 1수 (1654)

겨울 相聞

* 미쿠니노 마히토 히토타리(三國眞人人足)의 노래 1수 (1655)
* 오호토모노 사카노우헤노 이라츠메(大伴坂上郎女)의 노래 1수 (1656)
* 답한 노래 1수 (1657)
* 藤황후(光明황후)가 천황(聖武천황)에게 바치는 노래 1수 (1658)
* 오사다노 히로츠노 오토메(他田廣津娘子)의 노래 1수 (1659)
* 오호토모노 스쿠네 스루가마로(大伴宿禰駿河麿)의 노래 1수 (1660)
* 키노 오시카노 이라츠메(紀少鹿女郎)의 노래 1수 (1661)
* 오호토모노 타무라노 오호오토메(大伴田村大娘)가, 여동생 사카노우헤노 오호오토메(坂上大娘)에게
  준 노래 1수 (1662)
* 오호토모노 스쿠네 야카모치(大伴宿禰家持)의 노래 1수 (1663)

만엽집

권 제8

春雜謌[1]

志貴皇子懽[2]御謌一首

1418　石激　垂見之上乃　左和良妣乃　毛要出春尓　成來鴨

石ばしる[3]　垂水[4]の上の　さ蕨の　萌え出づる春に　なりにけるかも[5]

いはばしる　たるみのうへの　さわらびの　もえいづるはるに　なりにけるかも

---

1 **雜謌** : 권제8 이하 『萬葉集』 제2부의 정취를 이루며, 제일 첫 부분에 권제1을 모방하여 **雜歌**로 시작하였다. 권제8에서는 **題詠**이 대부분이다. 사계절 분류는 후기 萬葉의 특색이다. 권제10에서도 마찬가지로 작자 미상을 사계절로 분류하였다.
2 **懽** : 새해 축하연에서 축하의 뜻을 말하는 느낌으로 題詠된 노래로 권제13의 **卷頭歌**와 같은 종류다.
3 **石ばしる** : 바위 위를 물이 세차게 흘러간다는 의미로, 격류를 이렇게 표현하였다.
4 **垂水** : 급류를 말한다. 보통명사이다.
5 **なりにけるかも** : 발견했다는 뜻이 있다.

봄 雜歌

·····························

시키노 미코(志貴皇子)의 기쁨의 노래 1수

1418 (이하바시루)/ 격류의 근처의요/ 고사리가요/ 싹이 돌아나오는 봄/ 된 것인가 보네요

 해설

　　바위 위를 물이 세차게 흘러가는 격류 근처의 고사리 싹이 돋아나오는 봄이 된 것이네요라는 내용이다.
'石ばしる'를 私注와 全注에서는, '垂水'를 상투적으로 수식하는 枕詞로 보았다. 그리고 '垂水'를 보통명사
로 보는 설과 지명으로 보는 설이 있다. 지명으로 보는 경우 大系에서는, 大阪府 吹田市 垂水의 垂水신사
부근이라고 하는 설과 神戸市 垂水區라고 하는 설이 있으나 전자가 유력하다고 하였다『萬葉集』 2, p.282).
　　시키(志貴)황자는, 天智천황의 제7 황자로 황자의 母가 신분이 낮았으므로 황위를 계승하지 못하였으며,
天武천황의 皇親정치가 행해지고 있었던 황자의 생존 기간 동안에는 정치적으로 중시되지 못했으나, 후에
그의 아들 시라카베(白壁)王이 49대 光仁천황이 됨으로써 '春日宮천황', 또는 '田原천황'으로 추존되었다고
하였다井手 至, 『萬葉集全注』 8, p.25). 제목의 '懽'에 대해, 中西 進은 새해를 축하는 것으로 보았다. 全集에
서는 '알 수 없지만, 酒宴에서의 감흥을 노래한 것이겠다'고 하였다『萬葉集』 2, p.29). 私注에서는, '무언가
작자의 생활에 경사스러운 일이 있었을 때의 작품일 것이다. 題詠처럼 보이기도 하지만 이 작자의 시대에
는 아직 그러한 作歌法이 존재했다고 생각되지 않는다. 제목은 후에 첨부된 것일 것이다. 무엇을 기뻐했는
지 명확하지 않지만 增封 등의 경우로, 그 封地가 攝津垂水이었기 때문이라는 상상도 불가능한 것은 아니다'
고 하였다『萬葉集私注』 4, p.230).

鏡王女謌一首

1419　神奈備乃　伊波瀬乃社之　喚子鳥　痛莫鳴　吾戀益

　　　神奈備¹の　伊波瀬の社²の　呼子鳥　いたくな鳴きそ³　わが戀まさる

　　　かむなびの　いはせのもりの　よぶこどり　いたくななきそ　わがこひまさる

駿河采女⁴謌一首

1420　沫雪香　薄太礼尓零登　見左右二　流倍散波　何物之花其毛

　　　沫雪⁵か　はだれ⁶に降ると　見るまでに　流らへ散るは　何の花⁷そも

　　　あわゆきか　はだれにふると　みるまでに　ながらへちるは　なにのはなそも

1　神奈備 : 신이 내리는 곳이라는 뜻이다.
2　伊波瀬の社 : 신이 있는 숲이다.
3　な鳴きそ : 'な…そ'는 금지를 나타낸다.
4　駿河采女 : 스루가(駿)에서 出仕한 采女다.
5　沫雪 : 물거품 같은 눈이다.
6　はだれ : 팔랑팔랑.
7　何の花 : 매화를 암시하는 새로운 수법이다.

카가미노 오호키미(鏡王女)의 노래 1수

1419 신이 내리는/ 이하세(伊波瀬)의 숲에서/ 뻐꾸기 새여/ 심하게 울지 말게/ 더욱 그리워지니

🌸 해설

　　뻐꾸기 새여. 신이 내리는 이하세(伊波瀬) 신사의 숲에서 심하게 울지를 말게. 내가 사랑하는 사람을 그리워함이 더욱 심해지니까라는 내용이다.

　　이하세(伊波瀬) 신사의 숲에서 뻐꾸기가 심하게 우는 것을 듣고 연인을 생각하는 노래이다.

　　'神奈備'는 신이 내리는 곳이라는 뜻이지만 私注에서는 이 작품의 '神奈備'를 지명으로 보고 '明日香의 카무나비山'이라고 하였다(『萬葉集私注』 4, p.231).

　　'呼子鳥'는 무슨 새인지 명확하지 않으나 대부분 뻐꾸기로 보고 있다. 大系에서는 '새의 우는 소리가 사람을 부르는 것처럼 들리는 새. 뻐꾸기 외에 여러 새를 포함해서 말했던 것 같다'고 하였다(『萬葉集』 2, p.282). 작자 카가미노 오호키미(鏡王女)는 額田王의 자매로 보는 설과 舒明천황의 공주로 보는 설이 있다. 私注에서는 額田王의 자매로 보았으며, '이 노래는 淨見原시대, 明日香에서 지은 것일 것이다. 'わが戀'은, 특정한 사람에 대한 것이라고 하면 相聞에 분류되어야 하는데 雜歌에 분류된 것을 보면 단순하게 뻐꾸기를 그리워하는 노래로 보았던 것일까'라고 하였다(『萬葉集私注』 4, p.231). 井手 至는 舒明천황의 공주로 보고, '天智천황의 총애를 받았으나 후에 藤原鎌足의 아내가 되고 不比等을 낳았다. 天武천황 11년 (683) 7월에 사망하였다'고 하였다(『萬葉集全注』 8, p.28).

스루가노 우네메(駿河采女)의 노래 1수

1420 가랑눈이요/ 팔랑팔랑 내리나/ 생각되도록/ 흐르며 지는 것은/ 무슨 꽃인 것일까

🌸 해설

　　가랑눈이 군데군데 내려 쌓이나 생각될 정도로 공중에 계속 흐르며 지는 것은 무슨 꽃일까라는 내용이다.

　　매화꽃이 지는 것을 눈이 내리는 것으로 표현한 것이다. 大系에서는 '沫雪'을 물거품처럼 곧 사라지는 눈이라고 하였다(『萬葉集』 2, p.282). 私注에서는 이 작품의 작자를 권제4의 407번가의 작자와 같을 것이라고 하였다(『萬葉集私注』 4, p.232).

尾張連謌二首　名闕

1421　春山之　開乃乎爲里尒　春菜採　妹之白紐　見九四与四門

春山の　咲き[1]のををりに　春菜つむ[2]　妹が白紐[3]　見らくしよしも

はるやまの　さきのををりに　わかなつむ　いもがしらひも　みらくしよしも

1422　打靡　春來良之　山際　遠木末乃　開徃見者

うちなびく[4]　春來るらし　山の際[5]の　遠き木末の　咲き行く見れば

うちなびく　はるきたるらし　やまのまの　とほきこぬれの　さきゆくみれば

1　咲き：벚꽃은 꽃 이름을 생략하는 경우가 많다.
2　春菜つむ：들놀이를 말한다.
3　白紐：옷 띠가 나부끼는 광경을 노래한 것인가.
4　うちなびく：대체로 화창한 봄 풍경을 말한다.
5　山の際：'際'는 근처를 말한다.

오하리노 므라지(尾張 連)의 노래 2수 이름이 빠져 있다

1421 봄이 온 산에/ 만개한 그 아래서/ 봄나물 캐는/ 그녀의 흰 옷 띠를/ 보는 것이 즐겁네

✿ 해설

   봄이 온 산에 벚꽃이 흐드러지게 피어 있는 나무 아래에서 봄나물을 캐는 그녀의 흰 옷 띠를 보는 것이 즐겁네라는 내용이다.

   '春菜つむ'를 大系에서는 中西 進과 마찬가지로 'わかなつむ'로 읽었다. 그러나 全注·全集·私注·全注에서는, 'はるなつむ'로 읽었다. 제4구의 '妹'를 注釋에서는 '그녀들'로『萬葉集注釋』8, p.29], 全集에서는 '아내'로『萬葉集』2, p.30] 해석하였다. 작자 尾張 連은 어떤 사람인지 알 수 없다.

1422 (우치나비크)/ 봄이 온 것 같네요/ 산 근처 쪽의/ 먼 곳 나무 가지에/ 벚꽃 피는 것 보면

✿ 해설

   초목의 가지들이 바람에 살랑거리는 봄이 온통 온 것 같네. 산 근처의 먼 나무의 가지 끝에 벚꽃이 피는 것을 보면이라는 내용이다.

   벚꽃이 피는 것을 보고 봄이 온 것을 느낀 작품이다.

   'うちなびく'는 봄을 상투적으로 수식하는 枕詞이다. 中西 進은 826번가에서는 '몽롱한 봄의 상태를 표현한 것'이라고 하였다. 全集에서는, '봄이 되면 가지와 잎이 자라서 바람에 흔들리므로 수식하게 된 것인가'라고 하였다『萬葉集』2, p.71]. 1865번가에 다른 전승이 보인다.

中納言阿倍廣庭卿謌一首

1423　去年春　伊許自而殖之　吾屋外之　若樹梅者　花咲尓家里

去年の春　い掘じて¹植ゑし　わが屋外の　若樹の梅は　花咲きにけり

こぞのはる　いこじてうゑし　わがやどの　わかきのうめは　はなさきにけり

山部宿祢赤人謌四首

1424　春野尓　須美礼採尓等　來師吾曾　野乎奈都可之美　一夜宿二來

春の野に　すみれ摘み²にと　來しわれそ　野をなつかしみ³　一夜寝にける⁴

はるののに　すみれつみにと　こしわれそ　のをなつかしみ　ひとよねにける

---

1 **い掘じて** : 'い'는 접두어. 뿌리 채로 파낸 것이다.
2 **すみれ摘み** : 보기 위해서. 식용·약용·염료로 사용한다.
3 **なつかしみ** : 마음이 끌려서라는 뜻이다. 들판은 관료 생활의 반대이다.
4 **一夜寝にける** : 풍류 행위이다.

中納言 아베노 히로니하(阿倍廣庭)卿의 노래 1수

1423 작년 봄에요/ 뿌리 채 옮겨 심은/ 우리 집 정원/ 어린 매화나무는/ 꽃을 피웠답니다

🌸 해설

작년 봄에는 뿌리 채 옮겨 심었지만, 우리 집 정원의 어린 매화나무는 올해는 꽃을 피웠다는 내용이다. 全注에서는 '당시 보통 白梅. 매화는 중국에서 들어온 식물로 귀중히 여겨졌다. 고급 관료는 옮겨 심어서라도 자신의 집에 심을 가치가 있는 나무로 생각했던 듯하다'고 하였다『萬葉集全注』8, pp.36~37]. 中納言은 大納言을 보좌하는 직책이다. 작자 아베노 히로니하(阿倍廣庭)에 대해 中西 進은, '그 당시에 70세가 넘었다. 975번가도 같은 작자의 작품이다'고 하였다. 全集에서는, '慶雲 원년(704)에 종5위하, 天平 4년(732)에 종3위로 사망하였는데 74세였다'고 하였다『萬葉集』2, p.491].

야마베노 스쿠네 아카히토(山部宿禰赤人)의 노래 4수

1424 봄이 온 들에/ 제비꽃을 꺾으러/ 왔던 나는요/ 들이 정말 좋아서/ 하룻밤을 잤었네

🌸 해설

봄이 온 들판에 제비꽃을 꺾으러 왔던 나는 들판이 너무 좋아서 생각지 않게 하룻밤 자버렸네라는 내용이다. '제비꽃'을 여성을 비유한 것으로 보기도 한다. 그리고 작자가 제비꽃을 꺾으러 가서 실제로 들판에서 하룻밤을 잤다고 보기도 하지만 그렇지 않다고 보기도 한다.

1425　足比奇乃　山櫻花　日並而　如是開有者　甚戀目夜裳

あしひきの¹　山櫻花　日竝べて²　かく咲きたらば　いと戀ひめやも³

あしひきの　やまさくらばな　ひならべて　かくさきたらば　いとこひめやも

1426　吾勢子尓　令見常念之　梅花　其十方不所見　雪乃零有者

わが背子⁴に　見せむと思ひし　梅の花　それ⁵とも見えず　雪の降れれ⁶ば

わがせこに　みせむとおもひし　うめのはな　それともみえず　ゆきのふれれば

1　あしひきの : 산을 상투적으로 수식하는 枕詞이다.
2　日竝べて : 며칠이나.
3　いと戀ひめやも : 강한 부정을 동반한 의문이다. 위의 사실과 반대되는 내용을 가정하고, 의문으로 마무리
　　하는 이런 형식은 21번가 등과 공통적이다. 며칠도 계속 피지 않으므로 그립다는 뜻이다.
4　わが背子 : 남성을 가리킨다. 여성의 입장에서의 노래이다.
5　それ : 'そ'는 부정칭에 해당하는 용법이 있다.
6　降れれ : 완료를 나타낸다.

1425 (아시히키노)/ 산의 벚꽃들이요/ 며칠간이나/ 이와 같이 핀다면/ 매우 그리워할까

해설

산 벚꽃이 이렇게 며칠간이나 핀다면 무엇 때문에 그렇게 기다리면서 매우 그리워할까라는 내용이다. 벚꽃이 피어서 오래 지속되지 못하고 빨리 지는 것을 아쉬워하는 내용이다. 짧은 동안만 피므로 그렇게 그리워한다는 뜻이다.

'あしひきの'는 산을 상투적으로 수식하는 枕詞이다. 권제2의 107번가에서는 '足日木乃'로 되어 있다. 어떤 뜻에서 산을 수식하게 되었는지 알 수 없다. 1088번가 등의 '足引之'의 글자로 보면, 험한 산길을 걸어가다 보니 힘이 들고 피곤하여 다리가 아파서 다리를 끌듯이 가게 되는 험한 산길이라는 뜻에서 그렇게 수식하게 되었는지도 모르겠다. 이것은 1262번가에서 'あしひきの'를 '足病之'로 쓴 것을 보면 더욱 그렇게 추정을 할 수가 있다.

1626 나의 님에게/ 보이려고 생각을 한/ 매화꽃은요/ 어딘지 알 수 없네/ 눈이 내렸으므로

해설

내가 사랑하는 사람에게 보이려고 생각하고 있던 매화꽃은, 어디 있는지 알 수가 없네. 눈이 온통 내려 버렸으므로라는 내용이다.

'わが背子'를 大系에서는, '여성이 결혼 상대인 남성이나 남자 형제를 부르는 호칭이므로 이 노래는 여성의 작품으로도 생각할 수 있으나 이 무렵이 되면 남성이 남성을 '背子'라고 부르는 예가 다소 있다'고 하였다(『萬葉集』 2, p.284]. 全集에서는 친구로 보았다(『萬葉集』 2, p.301]. 私注에서는 친구로도 볼 수 있고, 여성을 위해 대신 지은 것이라고도 볼 수 있다고 하였다(『萬葉集私注』 4, p.236]. 井手 至는 여성의 노래이므로 연인 또는 친한 남성을 가리킨 것이라고 하였다(『萬葉集全注』 8, p.45].

1427 　從明日者　春菜將採跡　標之野尓　昨日毛今日母　雪波布利管

　　　明日よりは　春菜採まむ¹と　標めし²野に　昨日も今日も　雪は降りつつ³

　　　あすよりは　わかなつまむと　しめしのに　きのふもけふも　ゆきはふりつつ

草香山⁴謌一首

1428 　忍照　難波乎過而　打靡　草香乃山乎　暮晩尓　吾越來者　山毛世尓　咲有馬醉木乃
　　　不惡　君乎何時　徃而早將見

　　　おし照る⁵　難波を過ぎて⁶　うちなびく⁷　草香の山を　夕暮に　わが越え來れば　山も狹に
　　　咲ける馬醉木の　あしからぬ⁸　君を何時しか　徃きてはや見む

　　　おしてる　なにはをすぎて　うちなびく　くさかのやまを　ゆふぐれに　わがこえくれば　やま
　　　もせに　さけるあしびの　あしからぬ　きみをいつしか　ゆきてはやみむ

　　　左注　右一首, 依作者微⁹不顯名字.¹⁰

1　**春菜摘まむ**：봄에 어린 나물을 캐는 행사를 말한다.
2　**標めし**：표시를 하는 것이다. 조정의 영유지라고도 볼 수 있다.
3　**降りつつ**：'つつ'는 계속을 나타낸다.
4　**草香山**：生駒로 넘어가는 통로의 산이다.
5　**おし照る**：바다 전체에 빛나므로 '難波'를 상투적으로 수식하는 **枕詞**이다.
6　**過ぎて**：뒤로 하고라는 뜻이다.
7　**うちなびく**：풀이 부드럽게 흔들리는 모양이다. 저녁 무렵의 정감이 있으며, 'おし照る'와 대구를 이룬다.
8　**あしからぬ**：'あしび'의 음을 반복한다. **惡逆**이 아닌 **主君**이다.
9　**依作者微**：당시에 양민, 천민의 구별이 있었다.
10　**不顯名字**：다음 작품과 마찬가지로 와카미야노 아유마로(若宮年魚麿)가 전송한 노래인가. 원문의 '不顯'은 전송 중에 없어졌다는 뜻이다.

1427　내일부터는/ 봄나물 뜯으려고/ 표시한 들에/ 어제도 또 오늘도/ 눈이 계속 내리고

 해설

　내일부터는 봄나물을 뜯으려고 표시를 해 놓은 들인데, 어제도 오늘도 눈이 계속 내리고 있네라는
내용이다.

쿠사카(草香)산의 노래 1수

1428　(오시테루)/ 나니하(難波)를 지나서/ (우치나비크)/ 쿠사카(草香)의 산을요/ 저녁 무렵에/
내가 넘어서 오면/ 산길도 좁게/ 핀 마취목과 같이/ 싫지가 않은/ 그대 어느 때 되면/
가서 빨리 만날까

 해설

　온통 빛나는 나니하(難波)를 지나서 뒤로 하고, 바람에 풀이 살랑거리는 쿠사카(草香)의 산을 저녁 무렵
에 내가 넘어서 오면, 산길도 좁을 정도로 가득 핀 마취목, 그 마취목의 이름처럼 한순간도 나쁘게 생각한
적이 없는 그 사람을 어느 때가 되면 가서 빨리 만날 수가 있을까, 빨리 만나고 싶다는 내용이다.
　'馬醉木'은 말이 먹으면 취하게 된다는 뜻을 이름으로 한 것인데 이 이름을 이용한 것이다.
　私注에서는, '寄物陳思에 속해야 할 相聞의 민요가 마취목 꽃에 의해 봄의 雜歌로 분류되고, 작자에
관한 철저하지 못한 주까지 생기게 되었다'고 하였다『萬葉集私注』 4, p.238].

　좌주　위의 1수는, 작자가 미천하므로 이름을 밝히지 않는다.

櫻花謌[1]一首幷短謌

1429　嬢嬬等之　頭挿乃多米尓　遊士之　蘰之多米等　敷座流　國乃波多弓尓　開尓鷄類　櫻花能
丹穂日波母安奈尓

孃子らが　挿頭[2]のために　遊士[3]が　蘰[4]のためと　敷き坐せる　國のはたてに　咲きにける
櫻の花の　にほひはもあなに

をとめらが　かざしのために　みやびをが　かづらのためと　しきませる　くにのはたてに[5]
さきにける　さくらのはなの　にほひはもあなに[6]

反謌

1430　去年之春　相有之君尓　戀尓手師　櫻花者　迎來良之母

去年の春　逢へりし[7]君に　戀ひにてし[8]　櫻の花は　迎へけらしも[9]

こぞのはる　あへりしきみに　こひにてし　さくらのはなは　むかへけらしも

> **左注**　右二首, 若宮年魚麿誦之[10]

1　櫻花謌 : 벚꽃 노래로 송영된 것이다.
2　挿頭 : 머리에 장식을 하는 것이다.
3　遊士 : 뜻은 '宮び男'이다. "宮ぶ"는 '鄙(ひな)ぶ'와 반대이다. 도회지풍의 세련된 놀이 정신을 가진 인간상으로, 앞 시대의 '大夫(대장부)'를 대신하여 이상적인 인간상이 되었다.
4　蘰 : 머리에 감는 것이다.
5　はたてに : 果てに. 뜻이 다소 명확하지 않다.
6　にほひはもあなに : 'にほひ'는 색채가 아름다운 것을 말한다. 'は', 'も' 모두 영탄을 나타낸다. 'あなに'는 감탄을 나타낸다.
7　逢へりし : 머리 장식으로 한 것을 말한다.
8　戀ひにてし : 벚꽃이 君을 사랑한다. 'に'와 'て'는 완료를 나타낸다. 'し'는 과거를 나타낸다.
9　迎へけらしも : 君을 맞이한 것 같다. 지금 머리 장식으로 되는 것이다.
10　若宮年魚麿誦之 : 전승하여 불렀다. 따라서 1429·1430번가의 작자는 알 수 없다. '年魚麿'는 항상 赤人과 함께 등장한다.

벚꽃 노래 1수와 短歌

1429 아가씨들의/ 머리 장식 위해서/ 풍류인들의/ 머리 관을 위하여/ 다스리시는/ 나라의 끝
      쪽까지/ 피어서 있는/ 벚나무의 꽃이요/ 아름다움은 아아아

✿ 해설

   소녀들이 머리 장식을 하도록, 또 풍류인들이 장식으로 머리에 얹는 관을 만들도록, 왕이 다스리는
나라 끝 쪽까지 피어 있는 벚꽃의 아름다움이여! 아아라는 내용이다.
   벚꽃이 나라 전체에 피어 있는 아름다움을 노래한 것이다.

反歌

1430 지난해 봄에/ 만났었던 그대를/ 그리워해서/ 아름다운 벚꽃은/ 맞이한 것 같으네

✿ 해설

   지난해 봄에 만났던 그대를 그리워해서 일 년을 기다린 벚꽃은 지금 비로소 그대를 만난 것 같네라는
내용이다.
   벚꽃이 올해도 핀 것을 의인화하여 이렇게 표현한 것이다. 실제로는 벚꽃이 사람을 기다린 것이 아니라
사람이 벚꽃이 피기를 기다린 것이다. 注釋에서는 '君'을, 연회의 주인을 가리킨 것으로 보아야 한다고
하였다『萬葉集注釋』8, p.41]. 私注에서는 '올해 벚꽃이 자신을 만나러 오는 것같이 보인다'고 해석하였다『
萬葉集私注』4, p.240].

> **좌주** 위의 2수는 외기미야노 아유마로(若宮年魚麿)가 전승하여 불렀다.

山部宿祢赤人謌一首

1431　百濟野乃　芽古枝尒　待春跡　居之鶯　鳴尒鷄鵡鴨

　　　百濟野¹の　萩の古枝²に　春待つと　居りし³鶯　鳴きにけむかも

　　　くだらのの　はぎのふるえに　はるまつと　をりしうぐひす　なきにけむかも

야마베노 스쿠네 아카히토(山部宿禰赤人)의 노래 1수

1431 쿠다라(百濟)들의/ 싸리 마른 가지에/ 봄 기다리며/ 있던 휘파람새는/ 울기 시작했을까

 해설

    쿠다라(백제) 들의 마른 싸리가지에서, 봄이 오는 것을 기다리고 있던 휘파람새는 이미 울기 시작했을까 라는 내용이다.

    휘파람새에, 봄을 기다리는 자신의 감정을 이입한 것으로 볼 수 있다. 全集에서는, '百濟野를 藤原 궁터의 근처로 보는 설에 의하면 옛 도읍을 그리는 노래로 볼 수 있다'고 하였다「萬葉集』 2, p.303]. 大系에서는 '百濟野'를, 奈良縣 北葛城郡 廣陵町 백제 부근의 들이며 조선반도로부터 귀화한 사람들이 거주하였기 때문에 붙여진 이름이라고 하였다「萬葉集』 2, p.286].

大伴坂上郎女柳謌二首

1432　吾背兒我　見良牟佐保道乃　青柳乎　手折而谷裳　見縁欲得

　　　わが背子[1]が　見らむ[2]佐保道の　青柳を　手折りてだに[3]も　見むよしもがも[4]

　　　わがせこが　みらむさほちの　あをやぎを　たをりてだにも　みむよしもがも

1433　打上　佐保能河原之　青柳者　今者春部登　成尓鶏類鴨

　　　うちのぼる[5]　佐保の川原の　青柳は　今は春べ[6]と　なりにけるかも[7]

　　　うちのぼる　さほのかはらの　あをやぎは　いまははるべと　なりにけるかも

---

1 わが背子 : 사호(佐保)에 있는 남성이다. 야카모치(家持)를 말하는가.
2 見らむ : 풍경으로 본다.
3 手折りてだに : 경치로 보지 않더라도 적어도. 그때 郎女는 도읍을 떠나 있었던가. 병이 들었던 것인가.
4 見むよしもがも : 'よし'는 방법을 말한다. 'もがも'는 원망을 나타낸다.
5 うちのぼる : 사호(佐保)의 지형을 표현한 것이라고 보는 설이 있다.
6 春べ : 'べ'는 접미어이다.
7 なりにけるかも : 앞의 작품 후에, 실제로 보니 봄이 되어 있었다는 뜻이다.

오호토모노 사카노우헤노 이라츠메(大伴坂上郎女)의 버들 노래 2수

1432 그대께오서/ 보고 있을 사호(佐保)의/ 푸른 버들을/ 꺾은 것만이라도/ 볼 방법이 있으면

🌸 해설

사랑하는 그대가 보고 있을 사호(佐保)의 푸른 버들을, 손으로 꺾은 가지만이라도 내가 볼 수 있는 방법이 있다면 좋겠네라는 내용이다.

全集에서는, '이 노래는 大宰府, 아니면 大和의 跡見·竹田 등의 농장에 있으며 도읍을 생각하여 지은 것일 것이다'고 하였다『萬葉集』 2, p.303].

작자인 사카노우헤노 이라츠메(坂上郎女)에 대해서는, 권제4의 528번가의 左注에, '위의 郎女는 사호(佐保)의 大納言卿의 딸이다. 처음에 一品 호즈미(穗積)황자와 결혼을 했는데 비할 바 없는 큰 총애를 받았다. 황자가 사망한 후에 후지하라노 마로(藤原麿)大夫가 郎女를 아내로 취하였다. 郎女의 집은 사카노우헤(坂上)里에 있었다. 그래서 친족들은 坂上郎女라고 불렀다'고 하였다. 吉井 巖은, '郎女는, 이복 오라비인 오호토모노 스쿠나마로(大伴宿奈麿呂)와의 사이에 坂上大嬢(후의 家持의 아내)·二嬢 두 딸을 낳았는데 藤原麿呂와 맺어진 것이 먼저였으며, 그 후에 宿奈麿呂와 맺어진 것으로 생각된다. 宿奈麿呂와는 아마도 養老 말년에 사별한 것으로 생각된다. 타비토(旅人)는 大宰府帥로서 부임할 때 아내인 大伴女郎를 동반했지만 부임지에 도착한 지 얼마 되지 않아 大伴女郎은 사망하였다. 이 무렵 坂上郎女가 大宰府에 내려갔는지는 명확하지 않지만 大伴女郎이 없는, 친척(氏上) 旅人의 옆에서 가사를 총괄하기 위해 내려갔다고 생각해도 좋다. 『만엽집』에 長歌 6수, 短歌 77수, 旋頭歌 1수를 남겼다. 여류 작가로 작품 수가 많을 뿐만 아니라 창작한 곳, 주제, 소재가 다양하고 작풍도 언어의 지적인 구성에 의한 것이 많아서 『만엽집』에서 『古今集』으로 이행하는 시기를 생각할 때 주목할 만한 가인이다'고 하였다『萬葉集全注』 6, p.120].

1433 올라서 가는/ 사호(佐保)강의 강변의/ 푸른 버들은/ 이제 드디어 봄이/ 되어버린 것이네

🌸 해설

강의 흐름을 따라서 올라가면 사호(佐保) 강의 푸른 버들은 싹이 터서 이제 드디어 봄이 된 것이네라는 내용이다.

1432번가는 사호(佐保)가 아닌 곳에서 사호(佐保)의 버들을 그리워하며 부른 것인데, 이 작품은 사호(佐保)에서 직접 버들을 보고 지은 것이다.

大伴宿祢三林梅謌一首

1434 霜雪毛　未過者　不思尓　春日里尓　梅花見都

霜雪も　いまだ過ぎねば　思はぬに　春日の里に　梅の花見つ

しもゆきも　いまだすぎねば　おもはぬに　かすがのさとに　うめのはなみつ

厚見王謌一首

1435 河津鳴　甘南備河尓　陰所見而　今香開良武　山振乃花

蝦鳴く　甘奈備川に　影見えて　今か咲くらむ　山吹の花

かはづなく　かむなびかはに　かげみえて　いまかさくらむ　やまぶきのはな

1　三林 : '三依'의 誤記라고 보는 설이 있다.
2　過ぎねば : 없어지지 않았으므로라는 뜻이다. 사람의 죽음에도 사용한다. 'ねば'는 역접이라고 하는 설이 있다.
3　春日 : 지명 春日에 감흥을 느낀 것이다.
4　蝦 : 개구리 종류이다.
5　甘奈備川 : 카무나비(甘奈備)山을 둘러싼 강이다. 여기서는 고향의 飛鳥川인가.

오호토모노 스쿠네 미하야시(大伴宿禰三林)의 매화 노래 1수

1434 서리도 눈도/ 아직 그대로인데/ 생각지 않게/ 카스가(春日)의 마을에/ 매화꽃을 보았네

해설

서리도 눈도 아직 없어지지 않고 그대로 있어서 겨울인 줄 알고 있었으므로 생각지도 않았는데, 카스가(春日)의 마을에 매화꽃이 핀 것을 보았다는 내용이다.
아직도 겨울인 줄 알았는데 뜻밖에 매화가 핀 것을 발견한 기쁨을 노래한 것이다.

아츠미노 오호키미(厚見王)의 노래 1수

1435 개구리 우는/ 카무나비(甘奈備)의 강에/ 그림자 비춰/ 지금 피어 있을까/ 황매화의 꽃은요

해설

기생개구리가 우는 카무나비(甘奈備)의 강에 그림자를 비추며 지금쯤 피어 있을까. 황매화는이라는 내용이다.
아츠미노 오호키미(厚見王)를 大系에서는, '天平勝寶 원년(749)에 종5위하, 天平勝寶 7년에 少納言이었다. 天平寶字 원년(759)에 종4위상으로 작품 수는 적지만 萬葉 말기의 歌風을 잘 나타내고 있다'고 하였다[『萬葉集』 2, p.294].
井手 至는 이 작품은 『倭漢朗詠集』, 『新古今集』, 『夫木抄』 등에 채록되어 있다고 하였다[『萬葉集全注』 8, p.66].

大伴宿祢村上[1]梅謌二首

1436　含有常　言之梅我枝　今旦零四　沫雪二相而　將開可聞

　　　含めり[2]と　言ひし梅が枝　今朝降りし　沫雪[3]にあひて[4]　咲きにけむかも

　　　ふふめりと　いひしうめがえ　けさふりし　あわゆきにあひて　さきにけむかも

1437　霞立　春日之里　梅花　山下風尒　落許須莫湯目

　　　霞立つ[5]　春日の里の　梅の花　山の下風[6]に　散りこすな[7]ゆめ

　　　かすみたつ　かすがのさとの　うめのはな　やまのあらしに　ちりこすなゆめ

---

1 大伴宿祢村上：『속일본기』景雲 2년 9월조에 보이는 사람과는 다른 사람이다.
2 含めり：꽃봉오리가 맺히는 것이다.
3 沫雪：봄에 내리는 눈이다.
4 あひて：봄비는 꽃이 빨리 피게 하지만 눈은 반대이다. 매화와 눈에 흥취를 느낀 것이다.
5 霞立つ：'霞(かすみ)'의 '카스(かす)'가 '春日(かすが)'의 소리와 같으므로 연결되면서 동시에 봄 풍경을 나타내고 있다.
6 山の下風：王朝語.
7 散りこすな：'こす'는 희망의 조동사이며, 'な'는 금지를 나타낸다.

오호토모노 스쿠네 무라카미(大伴宿禰村上)의 매화 노래 2수

1436 꽃봉오리라/ 말했던 매화가지/ 아침에 내린/ 가랑눈과 겨루면서/ 꽃을 피웠을 건가

✿ 해설

꽃봉오리가 생겼다고 말하고 있던 매화 가지는 오늘 아침에 내린 가랑눈과 경쟁을 하며 꽃을 피웠을까라는 내용이다.

작자 오호토모노 스쿠네 무라카미(大伴宿禰村上)에 대해 大系에서는, '寶龜 2년(771) 정6위에서 종5위하, 같은 해에 肥後介, 이듬해에 阿波守, 天平勝寶 6년(754)에는 民部小乘이었다'고 하였다[『萬葉集』 2, p.287].

1437 (카스미타츠)/ 카스가(春日)의 마을의/ 매화꽃이여/ 산의 강한 바람에/ 지지 말아요 결코

✿ 해설

봄 안개가 끼어 있는 카스가(春日) 마을에 피어 있는 매화꽃이여. 산에서 불어오는 강한 바람에 절대로 지지 말아 주었으면 좋겠네라는 내용이다.

매화꽃이 빨리 질까봐 염려한 내용이다.

大伴宿祢駿河丸謌一首

1438　霞立　春日里之　梅花　波奈尓將問常　吾念奈久尓

霞立つ　春日の里の　梅の花　はなに問はむ[1]と　わが思はなくに

かすみたつ　かすがのさとの　うめのはな　はなにとはむと　わがおもはなくに

中臣朝臣武良自謌一首

1439　時者今者　春尓成跡　三雪零　遠山邊尓　霞多奈婢久

時は今は　春になりぬと　み雪降る[2]　遠き山邊に　霞棚引く[3]

ときはいまは　はるになりぬと　みゆきふる　とほきやまへに　かすみたなびく

---

1 **はなに問はむ** : 'はな'는 진실성이 없는 것이다. '問ふ'는 봄날의 매화를 찾는다는 뜻이다. **相聞**의 노래는 아니다.
2 **み雪降る** : 이른 봄에, 계절이 봄과 겨울 중간에 있는 것을 말한다.
3 **霞棚引く** : 'たなびく'의 'た'는 접두어.

오호토모노 스쿠네 스루가마로(山部宿禰駿河麿)의 노래 1수

1438 (카스미타츠)/ 카스가(春日)의 마을의/ 매화꽃이여/ 헛되이 찾아가려/ 나는 생각하지 않네

✿ **해설**

봄 안개가 끼어 있는 카스가(春日) 마을에 피어 있는 매화꽃이여. 나는 꽃을 진심으로 기뻐해서 마을을 찾아가는 것이지, 진실하지 않은 일시적인 마음으로 찾아가려고 생각하는 것이 아니네라는 내용이다.

'はなに問はむと'를 大系·注釋·全集·全注에서는 中西 進과 같이 '진실하지 않은 일시적인 마음으로'로 해석을 하였다. 그러나 私注에서는, 'はなに'를 '헛된 마음'으로 사용한 용례가 『만엽집』에 없으므로 꽃으로 보고 '꽃에게 말을 걸려고는 생각하지 않는다'로 해석하였다[『萬葉集私注』4, p.245]. 어느 쪽으로 해석을 해도 뜻이 명쾌하지 않다. 全集의, '이 노래는 雜歌에 들어 있으나 내용적으로는 비유가의 종류라고 생각되며 이 노래를 보낸 상대방 여성(400~402·649의 左注 등으로 보아 大伴坂上郎女인가)을 비유한 것이겠다'고 [『萬葉集』2, p.305] 하였듯이 비유가로 보면 뜻이 명확하게 된다. 매화꽃을 작자가 사랑하는 여성을 비유한 것으로 보면 쉽게 이해가 된다.

오호토모노 스쿠네 스루가마로(山部宿禰駿河丸)에 대해 全集에서는, '高市大卿(大伴御行인가)의 손자. 天平 15년(743)에 종5위하. 越前守, 出雲守 등을 지냈다. 寶龜 3년(772)에 陸奧 안찰사, 이듬해 陸奧國鎭守府 장군이 되어 蝦夷를 토벌하여 공을 세웠다. 參議를 지내고 寶龜 7년에 사망하였다'고 하였다[『萬葉集』2, p.493]. 駿河丸는 駿河麿로도 쓴다.

나카토미노 아소미 므라지(中臣朝臣武良自)의 노래 1수

1439 계절은 지금은/ 봄이 되었다고요/ 눈이 내렸는/ 먼 산봉우리에도/ 봄 안개가 피었네

✿ **해설**

계절은 지금 바야흐로 봄이 되었다고, 눈이 내려 쌓여 있는 먼 산봉우리에조차도 봄 안개가 피어 있네라는 내용이다.

나카토미노 아소미 무라지(中臣朝臣武良自)를 私注에서는, '意美麿의 손자, 廣見'의 아들이므로 宅守와는 종형제간이 된다'고 하였다[『萬葉集私注』4, p.246].

河邊朝臣東人謌一首

1440　春雨乃　敷布零尓　高圓　山能櫻者　何如有良武

春雨の　しくしく¹降るに　高圓の　山の櫻は　いかにあるらむ²

はるさめの　しくしくふるに　たかまとの　やまのさくらは　いかにあるらむ

大伴宿祢家持鶯謌一首³

1441　打霧之　雪者零乍　然爲我二　吾宅乃苑尓　鶯鳴裳

うち霧らし　雪は降りつつ　しかすがに⁴　吾家の園に　鶯鳴くも

うちきらし　ゆきはふりつつ　しかすがに　わぎへのそのに　うぐひすなくも

---

1 しくしく : 'しく'는 중복되다는 뜻의 동사.
2 いかにあるらむ : 봄비에 꽃이 피는 예(1869)도, 지는 예(1864·1870)도 있다. 이 작품에서는 어느 쪽인지 분명하지 않다.
3 大伴宿祢家持鶯謌一首 : 1447번가의 左注의 연대 기록에 의해 이 작품을 天平 4년(732) 이전의 작품으로 보면 家持의 처녀작이 된다.
4 しかすがに : しかし(그러나).

카하베노 아소미 아즈마히토(河邊朝臣東人)의 노래 1수

1440 봄날에 비가/ 계속해 내리는데/ 타카마토(高圓)의/ 산의 벚나무 꽃은/ 어떻게 되었을까

🌸 **해설**

봄비가 계속 내리는데 타카마토(高圓)산의 벚꽃은 어떻게 되었을까라는 내용이다.

'어떻게 되었을까'는, 피었을까라고도 볼 수 있고, 졌을까라고도 볼 수 있지만 피었을까라고 해석하여 매화꽃이 피기를 기다리는 마음으로 보고 싶다.

카하베노 아소미 아즈마히토(河邊朝臣東人)를 私注에서는, '권제6의 978번가 左注에 오쿠라(憶良)를 병문안 한 藤原八束이 보낸 사람이었다. 神護景雲 원년(767)에 정6위상에서 종5위하가 되고 寶龜 원년(770)에는 石見國守가 되었다'고 하였다『萬葉集私注』 4, p.247].

오호토모노 스쿠네 야카모치(大伴宿禰家持)의 회파람새 노래 1수

1441 흐리게 하며/ 눈은 내리고 있네/ 그렇다 해도/ 우리 집 정원에는/ 휘파람새 운다네

🌸 **해설**

하늘을 온통 흐리게 하며 눈은 내리고 있네. 그렇지만 우리 집 정원에는, 봄이 왔다고 휘파람새가 울고 있네라는 내용이다.

눈이 내리고 있어 아직 겨울이 완전히 끝난 것은 아니지만 정원에는 휘파람새가 울고 있으므로 봄이 왔다는 내용이다. 겨울과 봄이 겹친 계절 감각을 나타내었다.

오호토모노 스쿠네 야카모치(大伴宿禰家持)는 大伴宿禰旅人의 아들이며 養老 2년(718)에 태어났다. 17세 때 內舍人이 되었으며 24세에 정6위상이 되었다. 坂上大孃과 결혼하였다. 天應 원년(781)에 종3위, 延曆 2년(783)에 中納言, 延曆 4년(785) 8월에 68세로 사망하였다[『萬葉集全注』 8, pp.76~77].

大藏少輔丹比屋主眞人[1]謌一首

1442　難波邊尓　人之行礼波　後居而　春菜採兒乎　見之悲也

難波邊に　人の行ければ[2]　後れ居て　春菜採む兒[3]を　見るがかなしさ

なにはへに　ひとのゆければ　おくれゐて　わかなつむこを　みるがかなしさ

丹比眞人乙麿[4]謌一首　屋主眞人之第二子也

1443　霞立　野上乃方尓　行之可波　鶯鳴都　春尓成良思

霞立つ　野の上の方に　行きしかば　鶯鳴きつ[5]　春になるらし

かすみたつ　ののへのかたに　ゆきしかば　うぐひすなきつ　はるになるらし

---

1 丹比屋主眞人 : 家主와 동일한 사람이라면 池守의 아들이다. 乙麿의 父.
2 行ければ : 難波 행행을 말하는 것인가. ‘人’은 조정의 신하를 말한다. 작자는 도읍에 남아 있다.
3 春菜摘む兒 : 남녀 함께가 아니라, 봄나물을 캐는 여자아이들만을 말한다.
4 丹比眞人乙麿 : 경력에 의하면 당시에 나이가 아직 어렸다. 노래도 유치한가.
5 鶯鳴きつ : 아직 마을에 오지 않은 상태이다.

大藏少輔 타지히노 야누시노 마히토(丹比屋主眞人)의 노래 1수

1442 나니하(難波) 쪽에/ 사람이 갔으므로/ 뒤에 남아서/ 봄나물 캐는 사람/ 보는 것이 슬프네

> **❀ 해설**
>
> 나니하(難波) 쪽으로 조정의 신하들이 가버렸으므로, 뒤에 남아서 봄나물을 캐고 있는 사람을 보는 것이 슬프네라는 내용이다.
> 이 작품에서 '人の行ければ 後れ居て'에 대한 해석은 다음과 같이 둘로 나뉘고 있다. 먼저 大系・全集・全注에서는 나니하(難波)로 간 사람이 나물 캐는 젊은 여인의 남편이므로, 뒤에 남아서 혼자 쓸쓸히 나물을 캐는 것을 보는 것이 슬프다고 해석하였다. 이렇게 해석하면 본인의 일이 아니라 다른 사람의 쓸쓸한 모습을 보며 슬퍼하는 것이 된다. 그런데 私注에서는, 작자가 사랑하는 사람이 나니하(難波)로 갔으므로 작자가 혼자 남아서 나물을 캐는 것을 보는 것이 슬프다고 해석하였다. 이렇게 해석하면 작자 자신의 쓸쓸함이 슬프다는 뜻이 된다. 어느 쪽으로도 해석이 가능하지만 자신이 사랑하는 사람이 難波로 갔으므로 작자가 혼자 남아 있는 외로움을 노래한 것으로 보는 것이 더 좋을 듯하다.
> 타지히노 야누시노 마히토(丹比屋主眞人)에 대해 全集에서는, '神龜 원년(724)부터 天平 17년(745)까지 종5위하였다. 종5위하 이하는 氏, 姓名 순서로 기록하는 것이 일반적이었다'고 하였다[『萬葉集』 2, p.306].

타지히노 마히토 오토마로(丹比眞人乙麿)의 노래 1수
屋主眞人의 둘째 아들이다

1443 봄 안개가 낀/ 들판 근처 쪽으로/ 가서 보면은/ 회파람새가 우네/ 봄이 오는 듯하네

> **❀ 해설**
>
> 봄 안개가 끼어 있는 들판 쪽으로 가서 보니 회파람새가 울고 있네. 봄이 오는 듯하네라는 내용이다.
> '春になるらし'를 大系・私注・注釋에서는 中西 進과 마찬가지로 '봄이 될 것 같네'로 해석하였다. 全集・全注에서는 '봄이 온 것 같네'로 해석하였다.
> 타지히노 마히토 오토마로(丹比眞人乙麿)에 대해 全集에서는, '屋主의 둘째 아들. 天平神護 원년(765)에 종5위하가 되고 같은 해 10월 紀伊 행행 때 御前次第司 차관으로 근무했다'고 하였다[『萬葉集』 2, p.500].

高田女王謌一首　高安[1]之女也

1444　山振之　咲有野邊乃　都保須美礼　此春之雨尓　盛奈里鶏利

山吹の　咲きたる野邊の　つぼすみれ[2]　この春の雨[3]に　盛りなりけり[4]

やまぶきの　さきたるのへの　つぼすみれ　このはるのあめに　さかりなりけり

大伴坂上郎女謌一首

1445　風交　雪者雖零　實尓不成　吾宅之梅乎　花尓令落莫

風交り　雪は降るとも　實にならぬ　吾家の梅[5]を　花に散らすな

かぜまじり　ゆきはふるとも　みにならぬ　わぎへのうめを　はなにちらすな

1　高安：長황자의 손자로 川內王의 아들이다.
2　つぼすみれ：제비꽃과 다른 종류라고 한다.
3　春の雨：봄비에 이끌려서.
4　盛りなりけり：이미 알고 있은 황매화에 대해, 또 제비꽃이 한창인 것을 발견했다는 뜻이다.
5　梅：여성을 의미하였다.

타카다노 오호키미(高田女王)의 노래 1수 高安의 딸이다

1444 황매화가요/ 피어 있는 들 가의/ 콩제비꽃은/ 이 봄의 내리는 비에/ 한창 때가 되었네

✿ 해설

황매화가 피어 있는 들판 근처의 콩제비꽃은 내리는 봄비에 젖어서, 꽃이 아름답게 피어 지금 한창 때가 되었네라는 내용이다.
高安은 高安王이다.

오호토모노 사카노우헤노 이라츠메(大伴坂上郎女)의 노래 1수

1445 바람에 섞여/ 눈이 내린다 해도/ 열매 맺잖은/ 우리 집의 매화를/ 꽃으로 지게 말게

✿ 해설

바람에 섞여서 눈이 내리는 일이 있다고 하더라도 아직 열매를 맺지 않은, 우리 집 정원에 심은 매화를 꽃의 상태로 지게는 하지 말라는 내용이다.
매화는 오호토모노 사카노우헤노 이라츠메(大伴坂上郎女)의 딸을 비유한 것으로 볼 수 있다. 오호토모노 사카노우헤노 이라츠메(大伴坂上郎女)에 대해서는 1432번가의 해설에서 설명하였다.
中西 進은 이 작품을, '후에 『家持集』에 수록된 것은 家持의 筆錄에 의한 것인가'라고 하였다.

大伴宿祢家持春鴙謌一首[1]

1446 春野尓　安佐留鴙乃　妻戀尓　己我當乎　人尓令知管

春の野に　あさる鴙の　妻戀に　己があたりを　人に知れ[2]つつ

はるののに　あさるきぎしの　つまごひに　おのがあたりを　ひとにしれつつ

大伴坂上郎女謌一首

1447 尋常　聞者苦寸　喚子鳥　音奈都炊　時庭成奴

尋常に　聞くは苦しき　呼子鳥[3]　聲なつかしき　時[4]にはなりぬ

よのつねに　きくはくるしき　よぶこどり　こゑなつかしき　ときにはなりぬ

> 左注 右一首, 天平四年三月一日佐保宅作.

---

1 **大伴宿祢家持春鴙謌一首** : 1447번가의 **左注**의 연대 기록에 의해 이 작품을 **天平** 4년(732) 이전의 작품으로 보면 **家持**의 처녀작이 된다.
2 **知れ** : 사냥꾼에게 알게 한다는 뜻이다.
3 **呼子鳥** : '呼子鳥'는 사람을 그리워하게 하는 것으로 꺼림직한 것으로 여겨졌다. 이것을 세상의 상식적인 것으로 노래하였다.
4 **時** : 계절감에서 쾌적하다는 뜻이다.

오호토모노 스쿠네 야카모치(大伴宿禰家持)의 봄 꿩의 노래 1수

1446 봄이 온 들에/ 먹이를 찾는 꿩은/ 짝 그리움에/ 자신이 있는 곳을/ 사람에게 알리네

✿ 해설

봄이 온 들판에서 먹이를 찾고 있는 꿩은 짝을 그리워하여 큰 소리로 울어서는, 자신이 있는 곳을 사냥꾼에게 계속 알리고 있네라는 내용이다.

井手 至는 '初唐詩의 時題를 모방하여 부른 노래로, 家持가 시작한 새로운 시도의 하나'라고 하였다[『萬葉集全注』 8, p.89].

오호토모노 스쿠네 야카모치(大伴宿禰家持)는 大伴宿禰旅人의 아들이며 養老 2년(718)에 태어났다. 17세 때 內舍人이 되었으며 24세에 정6위상이 되었다. 坂上大孃과 결혼하였다. 天應 원년(781)에 종3위, 延曆 2년(783)에 中納言, 延曆 4년(785) 8월에 68세로 사망하였다[『萬葉集全注』 8, pp.76~77].

오호토모노 사카노우헤노 이라츠메(大伴坂上郎女)의 노래 1수

1447 평상 때라면/ 듣는 것은 괴로운/ 요부코도리/ 소리에 이끌리는/ 계절이 되었구나

✿ 해설

평소라면 우는 소리를 듣는 것이 괴로운 요부코도리이지만, 그 우는 소리가 친밀하게 느껴져서 마음이 이끌리는 계절이 되었구나라는 내용이다.

私注에서는, '작자에게 呼子鳥의 소리와 관련한 특별한 경험이 있고, 그것을 연상하여 새 소리를 친밀하게 느낀 것일 것이다. 혹은 지난날의 旅人을 생각하는 것일까'라고 하였다[『萬葉集私注』 4, p.252].

'呼子鳥'는 무슨 새인지 명확하지 않으나 대부분 뻐꾸기로 보고 있다. 大系에서는 '새의 우는 소리가 사람을 부르는 것처럼 들리는 새. 뻐꾸기 외에 여러 새를 포함해서 말했던 것 같다'고 하였다[『萬葉集』 2, p.282].

오호토모노 사카노우헤노 이라츠메(大伴坂上郎女)에 대해서는 1432번가의 해설에서 설명하였다

> 좌주 위의 1수는 天平 4년(732) 3월 1일 사호(佐保) 집에서 지었다.

春相聞[1]

大伴宿祢家持贈坂上家之大嬢歌一首

1448　吾屋外尓　蒔之瞿麥　何時毛　花尓咲奈武　名蘇経乍見武

わが屋外に　蒔きし瞿麥[2]　いつしかも　花に咲きなむ　比へ[3]つつ見む

わがやどに　まきしなでしこ　いつしかも　はなにさきなむ　なそへつつみむ

---

1 相聞 : 서로 소식을 전한다는 뜻. 당시의 서예 책에 편지를 분류해서 말한 것을 응용한 것이다. 내용으로는
　연정가의 증답이 많고 증답하지 않더라도 연정가를 말하기에 이르렀다.
2 瞿麥 : 家持는 패랭이꽃을 좋아하였다.
3 比へ : 'な(爲)す'의 파생어. '寄す―よそぶ'와 같다.

봄 相聞

·····················

오호토모노 스쿠네 야카모치(大伴宿禰家持)가 사카노우혜(坂上)家의
오호오토메(大孃)에게 보내는 노래 1수

1448　우리 정원에/ 씨 뿌린 패랭이꽃/ 언제가 되면/ 꽃으로 필 것인가/ 비교해서 봐야지

🌸 해설

　　우리 집 정원에 씨를 뿌린 패랭이꽃은 어느 때가 되면 꽃으로 필 것인가. 꽃에다 그대를 비교해서
보아야겠다는 내용이다.
　　빨리 꽃이 피었으면 좋겠다는 내용이다. 후에 家持의 아내가 된 坂上大孃에게 보낸 것이므로 패랭이꽃
을 大孃처럼 생각하며 꽃이 피기를 기다린다는 내용이다.
　　오호토모노 스쿠네 야카모치(大伴宿禰家持)는 大伴宿禰旅人의 아들이며 養老 2년(718) 태어났다. 17세
때 內舍人이 되었으며 24세에 정6위상이 되었다. 坂上大孃과 결혼하였다. 天應 원년(781)에 종3위, 延曆
2년(783)에 中納言, 延曆 4년(785) 8월에 68세로 사망하였다『萬葉集全注』 8, pp.76~77].
　　오호토모노 사카노우혜노 이라츠메(大伴坂上郎女)에 대해서는 1432번가의 해설에서 설명하였다.

大伴田村家大孃, 與妹¹坂上大孃謌一首

1449 茅花拔　淺茅之原乃　都保須美礼　今盛有　吾戀苦波

　　　　茅花²拔く　淺茅³が原の　つぼすみれ⁴　いま盛りなり⁵　わが戀ふらくは

　　　　ちばなぬく　あさぢがはらの　つぼすみれ　いまさかりなり　わがこふらくは

大伴宿祢坂上郎女謌一首

1450 情具伎　物尓曾有鶏類　春霞　多奈引時尓　戀乃繁者

　　　　情ぐき⁶　ものにそありける　春霞　たなびく時に　戀の繁きは

　　　　こころぐき　ものにそありける　はるがすみ　たなびくときに　こひのしげきは

---

1 妹 : 이복 여동생이다. 모두 **大伴宿奈麿**의 자녀다.
2 茅花 : '츠바나'라고도 한다. 띠꽃이다.
3 淺茅 : 낮게 자라는 띠.
4 つぼすみれ : 콩제비꽃이다.
5 いま盛りなり : 제비꽃과 사랑을 연결하는 표현이다.
6 情ぐき : 마음이 흐린 상태. 형용사. 안개가 긴 것 같은 울적한 마음이다.

오호토모노 타무라노이헤노 오호오토메(大伴田村家大孃)가 여동생 사카노우헤노 오호오토메(坂上大孃)에게 준 노래 1수

1449 띠꽃을 뽑는/ 아사지(淺茅)의 들판의/ 제비꽃처럼/ 지금 절정입니다/ 내가 그리워함은

❀ 해설

　　띠꽃을 뽑아서 먹는 아사지(淺茅) 들판에 자라나 있는 콩제비꽃은 지금이 한창입니다. 그 콩제비꽃처럼 그대를 만나고 싶은 내 마음도 무척 절실하다는 내용이다.

　　오호토모노 타무라노 이헤노 오호오토메(大伴田村家大孃)와 사카노우헤노 오호오토메(坂上大孃)는 모두 大伴宿奈麿의 딸이다. 권제4의 759번가의 左注에, '위는, 타무라노 오호오토메(田村大孃)와 사카노우헤노 오호오토메(坂上大孃), 모두 右大弁 스쿠나마로(宿奈麿)卿의 딸이다. 그가 田村 마을에 살았으므로, (딸의) 호를 田村大孃이라고 하였다. 다만 동생인 坂上大孃은 어머니가 坂上 마을에 살았으므로 坂上大孃이라고 하였다. 이때 자매는 안부를 묻는데 노래로 증답했던 것이다'고 하였다.

　　오호토모노 사카노우헤노 이라츠메(大伴坂上郎女)에 대해서는 1432번가의 해설에서 설명하였다.

오호토모노 스쿠네 사카노우헤노 이라츠메(大伴宿禰坂上郎女)의 노래 1수

1450 마음 울적한/ 일이기도 하는군요/ 봄 안개 끼어/ 뻗쳐 있는 시기에/ 그리움 커지므로

❀ 해설

　　마음이 울적한 일이네요. 봄 안개가 끼어 뻗쳐 있는 때에 사랑하는 마음이 계속 일어나는 것은이라는 내용이다.

　　私注에서는, '坂上郎女에 姓 '宿禰'를 붙이는 것은 다른 곳에 보이지 않으므로 편찬자가 실수로 쓴 것이겠다. (중략) 坂上郎女는 친족 사이에 부르는 통칭이며 이름은 아니다. 따라서 姓을 말할 필요가 없다'고 하였다[『萬葉集私注』 4, p.254].

　　오호토모노 사카노우헤노 이라츠메(大伴坂上郎女)에 대해서는 1432번가 해설에서 설명하였다.

　　789번가와 비슷한 내용이다.

笠女郎贈大伴家持謌一首

1451　水鳥之　鴨乃羽色乃　春山乃　於保束無毛　所念可聞

　　　水鳥の　鴨¹の羽の色の　春山²の　おほつかなくも³　思ほゆるかも

　　　みづとりの　かものはのいろの　はるやまの　おほつかなくも　おもほゆるかも

---

1 鴨 : 물새인 오리를 말한다.
2 春山 : 불안을 형상화한 것이다.
3 おほつかなくも : 두 사람의 사이가 그렇다는 것이다.

카사노 이라츠메(笠女郞)가 오호토모노 야카모치(大伴家持)에게
보내는 노래 1수

1451　물에서 사는/ 오리 날개 색과 같은/ 봄 산과 같이/ 흐리니 답답하게/ 생각이 되는군요

　　물에서 사는 오리의 날개 색처럼 푸른색인 봄 산이, 안개가 끼어 흐릿하듯이, 그대의 마음이 확실하지 않고 흐릿하므로 마음이 답답하게 생각이 되는군요라는 내용이다.

　　中西 進은 이 작품을 사랑의 초기 작품이라고 하였다.

　　'水鳥の'는, '鴨을 수식하는 枕詞로 보기도 한다. 'おほつかなくも'를 大系에서는, '대상이 희미해서 붙잡을 데가 없다는 뜻. 흐릿해서 잘 알 수 없다는 뜻. 확실하지 않다는 뜻. 이것이 변하여 平安시대에는 소원해서 상대방의 상태를 알 수 없는, 만나지 못하고 소식이 없다는 뜻을 나타낸다. 나아가 그러므로 만나고 싶다고 해석해도 좋은 경우가 있다. 즉 상대방의 상태를 알 수 없으므로 알고 싶다는 것이다. 이와 비슷한 단어로 'こころもとなし(코코로모토나시)'가 있다. 'こころもとなし'는 근본적으로 호기심과 기대와 바라는 것이 있는데 그것이 이루어질지 어떨지에 대해 불안해하거나 기다리기 힘들어 하거나 더 잘 알고 싶다고 생각하거나 하는 뜻을 나타낸다. 이 경우의 'おほつかなくも'는 아마도 大伴家持가 찾아오지도 않고 소식도 없으므로 만나고 싶다고 생각하여 말한 것이겠다'고 하였다[『萬葉集』 2, p.291]. 카사노 이라츠메(笠女郞)는 어떤 사람인지 잘 알 수 없다.

　　오호토모노 스쿠네 야카모치(大伴宿禰家持)는 大伴宿禰旅人의 아들이며 養老 2년(718)에 태어났다. 17세 때 內舍人이 되었으며 24세에 정6위상이 되었다. 坂上大嬢과 결혼하였다. 天應 원년(781)에 종3위, 延曆 2년(783)에 中納言, 延曆 4년(785) 8월에 68세로 사망하였다[『萬葉集全注』 8, pp.76~77].

紀女郎[1]謌一首　名曰小鹿也

1452　闇夜有者　宇倍毛不來座　梅花　開月夜尓　伊而麻左自常屋

闇夜ならば　宜も來まさじ　梅の花　咲ける月夜に　出でまさじとや

やみならば　うべもきまさじ　うめのはな　さけるつくよに　いでまさじとや

---

1 紀女郎 : 이 작자의 작품에는 장난스런 사랑의 노래가 많다.

키노 이라츠메(紀女郎)의 노래 1수 이름을 오시카(小鹿)라고 한다

1452 어두운 밤엔/ 마땅히 못 오겠죠/ 매화꽃이요/ 피어 있는 달밤에/ 오지 않겠다니요

해설

    달도 없는 어두운 밤이라면 그대가 찾아오지 않는 것도 당연하지요. 그러나 매화꽃이 아름답게 피어 있는 이렇게 밝은 달밤인데도 오지 않겠다고 하는 것입니까라는 내용이다.

    고대 일본에서는 남성이 밤에 여성의 집을 찾아가는 결혼 형태였는데 주로 밝은 달밤에 찾아가는 것이 일반적이었으므로 이렇게 표현한 것이다.

    키노 이라츠메(紀女郎)는 紀鹿人의 딸로 安貴王의 아내가 되었다.

天平五年癸酉春閏三月

笠朝臣金村贈入唐使[1]詞一首幷短謌

1453　玉手次　不懸時無　氣緒尓　吾念公者　虛蟬之　世人有者　大王之　命恐　夕去者　鶴之妻喚
難波方　三津埼從　大舶尓　二梶繁貫　白波乃　高荒海乎　嶋傳　伊別徃者　留有　吾者幣引
齋乍　公乎者將待　早還万世

玉襷[2]　懸けぬ時無く　息の緒[3]に　わが思ふ君は　うつせみ[4]の　世の人なれば[5]　大君の
命かしこみ　夕され[6]ば　鶴が妻呼ぶ　難波潟　三津の崎[7]より　大船に　眞楫[8]繁貫き　白波の
高き荒海を　島傳ひ　い別れ[9]行かば　留まれる　われは幣引き[10]　齋ひ[11]つつ　君をば待たむ
はや還りませ

たまだすき　かけぬときなく　いきのをに　わがもふきみは　うつせみの　よのひとなれば
おほきみの　みことかしこみ　ゆふされば　たづがつまよぶ　なにはがた　みつのさきより
おほふねに　まかぢしじぬき　しらなみの　たかきあるみを　しまづたひ　いわかれゆかば
とどまれる　われはぬさひき　いはひつつ　きみをばまたむ　はやかへりませ

1　入唐使 : 多治比廣成이 대사였다. 894번가 등과 같은 시기였다.
2　玉襷 : 'かけ·うね'를 수식하는 枕詞이다.
3　息の緒 : 생명. 숨을 쉬는 것이 사는 것이며, 연속적인 것을 '…のを'라고 한다.
4　うつせみ : '現し見'. 현실의 경험을 말하므로 '現し身'으로 해석된 것일까. '世'를 상투적으로 수식하는 枕詞
　이다.
5　世の人なれば : '현실의 생명을 존중하여'로 해석할 수 있다.
6　夕され : 'さる'는 이동을 나타낸다. '來(く)'도 마찬가지이며, '來'와 '去'를 구별하지 않는다.
7　御津の崎 : 大伴의 御津이다.
8　眞楫 : 양쪽 현의 노를 말한다.
9　い別れ : 'い'는 접두어.
10　幣引き : 공물로 바치는 천 등을 손으로 당기는 것이다. 기원할 때의 동작이다.
11　齋ひ : 몸을 삼가는 것이다.

天平 5년(733) 癸酉 봄 윤3월

카사노 아소미 카나무라(笠朝臣金村)가 당나라로 가는 사신에게 보내는 노래 1수와 短歌

1453 (타마다스키)/ 매지 않는 적 없이/ 목숨을 걸고/ 내가 생각는 그댄/ (우츠세미노) / 세상 사람이므로/ 나라의 왕의/ 명령을 두려워해/ 저녁이 되면/ 학이 짝을 부르는/ 나니하(難波) 갯벌/ 미츠(御津) 곳으로부터/ 크나큰 배에/ 노를 많이 달고서/ 흰 파도들이/ 높은 거친 바다를/ 섬들을 지나/ 헤어져서 떠나면/ 뒤에 남았는/ 나는 공물을 들고/ 근신하면서/ 그대를 기다리죠/ 빨리 돌아오세요

✿ 해설

　멜빵을 목에 걸듯이, 그대를 마음에 생각하지 않는 적 없이 항상 마음에 담아서 잊지 않고 생각하며 내 목숨처럼 생각하는 그대는 현실의 세상 사람이므로 왕의 명령을 두려워해서, 저녁이 되면 학이 짝을 찾아서 울며 부르는 나니하(難波) 갯벌의 미츠(御津) 곳으로부터 큰 배에 노를 많이 달고 흰 파도가 높이 넘실대는 거친 바다를, 이렇게 헤어져서 섬들을 지나서 당나라로 출발을 하여 떠나면 뒤에 남아 있는 나는 공물을 들고 몸을 삼가 근신하면서 그대가 돌아오기를 기다리고 있지요. 그러니 그대여, 일을 잘 마치고 무사히 빨리 돌아오세요라는 내용이다.

　카사노 아소미 카나무라(笠朝臣金村)는 어떤 사람인지 알 수 없다. 창작 연대가 분명한 것은 靈龜 원년 (715)에서 天平 5년(733)까지로 행행 供奉의 작품이 많다全集 『萬葉集』 2, p.496.

反謌

1454　波上從　所見兒嶋之　雲隱　穴氣衝之　相別去者

波の上ゆ[1]　見ゆる小島の　雲隱り[2]　あな息づかし[3]　相別れな[4]ば

なみのうへゆ　みゆるこしまの　くもがくり　あないきづかし　あひわかれなば

1455　玉切　命向　戀從者　公之三舶乃　梶柄母我

たまきはる[5]　命に向ひ[6]　戀ひむゆ[7]は　君がみ船の　楫柄にもが[8]

たまきはる　いのちにむかひ　こひむゆは　きみがみふねの　かぢからにもが

---

1 波の上ゆ : 'ゆ'는 '~을 통해서'라는 뜻이다.
2 雲隱り : 작은 섬처럼 구름에 숨어서라는 뜻이다.
3 あな息づかし : 한숨을 쉬는 상태를 말한다.
4 相別れな : 'な'는 완료를 나타낸다. '相(あひ)'은 접두어.
5 たまきはる : 목숨이 있는 한 혼신을 다한다는 뜻이다. '命'을 수식하는 枕詞이다.
6 命に向ひ : 목숨이 극한에 이르렀다는 뜻이다.
7 戀ひむゆ : 'ゆ'는 '…로부터'라는 뜻이다.
8 楫柄にもが : 'もが'는 願望을 나타낸다.

反歌

1454 파도 위로부터/ 보이는 작은 섬이/ 구름에 숨듯/ 아아 탄식하겠죠/ 헤어져 버린다면

해설

파도 위로 보이는 작은 섬이 구름에 가려져 보이지 않듯이, 그대가 중국으로 여행을 떠나가서 보이지 않게 된다면, 나는 아아 탄식을 하겠지요. 그대와 헤어져버리게 된다면이라는 내용이다.

1455 (타마키하루)/ 목숨을 다하여서/ 그리기보다/ 그대 타고 있는 배/ 노 자루 되고 싶네

해설

영혼이 다하는 목숨의 끝까지 사랑하며 그리워하기 보다는 그대 배의 노의 손잡이라도 되고 싶네라는 내용이다.

차라리 사랑하는 사람이 타고 있는 배의 노의 손잡이가 된다면, 늘 곁에 있으므로 헤어지지 않고 있을 수 있을 것이라는 마음을 표현한 노래이다.

藤原朝臣廣嗣櫻花贈娘子謌一首

1456 　此花乃　一与能内尓　百種乃　言曾隱有　於保呂可尓爲莫

　　　この花の　一枝[1]のうちに　百種の　言[2]そ隱れる　おほろかにすな[3]

　　　このはなの　ひとよのうちに　ももくさの　ことそこもれる　おほろかにすな

娘子和謌一首

1457 　此花乃　一与能裏波　百種乃　言持不勝而　所折家良受也

　　　この花の　一枝のうちは　百種の　言持ちかねて　折らえけらずや

　　　このはなの　ひとよのうちは　ももくさの　こともちかねて　をらえけらずや

---

1 一枝 : 'よ'는 한 단락, 매듭이라는 뜻이다. '一枝'는 '百種'과 對.
2 言 : 총애의 말이다.
3 おほろかにすな : 소홀히 하는 것이다. 'な'는 금지를 나타낸다.

후지하라노 아소미 히로츠구(藤原朝臣廣嗣)가
벚꽃을 娘子에게 보내는 노래 1수

1456 이 예쁜 꽃의/ 하나의 가지 속엔/ 셀 수도 없는/ 말이 들어 있으니/ 소홀히 생각 마오

✿ 해설

이 가지에 피어 있는 예쁜 꽃 속에는 셀 수도 없는, 내 마음을 담은 많은 말이 들어 있으니 소홀히 생각하지 말라는 내용이다.

자신처럼 귀중히 여기라는 말이다. 'この花の 一枝'로 되어 있으므로 'よ'를 '꽃잎 한 장'으로 보기도 하지만 이것은 무리한 해석임을 알 수 있다. 1457번의 답가를 보더라도 가지임을 알 수가 있다.

中西 進은 작자의 마음이 4487번가와 비슷한 내용이라고 하였다.

후지하라노 아소미 히로츠구(藤原朝臣廣嗣)는 藤原宇合의 장자로 母는 蘇我石川麿의 딸이다. 天平 9년 (737)에 종5위하였다. 권제6의 1029번가의 제목 〈(天平) 12년(740) 庚辰 겨울 10월에 大宰少貳 후지하라노 아소미 히로츠구(藤原朝臣廣嗣)가 모반하여 군사를 일으켰으므로 이세(伊勢)國에 행행하였을 때 河口의 行宮에서 內舍人 오호토모노 스쿠네 야카모치(大伴宿禰家持)가 지은 노래 1수〉를 보면 廣嗣의 모반 사건이 나온다. 藤原朝臣廣嗣가 난을 일으킨 9월 3일에 정부는 종4위상 大野朝臣東人을 대장군으로 임명을 하고 東海, 東山, 山陰, 山陽, 南海 5도의 병사 일만 칠천 명을 징발하여 싸우게 해서 廣嗣를 체포하였다고 한다. 井手 至는 '娘子'를 遊女같은 신분이 낮은 여인으로 보았다[『萬葉集全注』 8, p.109].

娘子가 답한 노래 1수

1457 이 예쁜 꽃의/ 하나의 가지 속엔/ 셀 수도 없는/ 말을 이기지 못해/ 꺾인 것 아닌가요

✿ 해설

이 가지에 피어 있는 예쁜 꽃 속에는, 셀 수도 없는 많은 말이 들어 있다고 하셨는데 그 무게를 이기지 못해서 가지가 꺾인 것이 아닌가요라는 내용이다.

앞의 작품의 내용을 그대로 따르면서 재치 있게 받아넘기고 있다. 全集에서는, '아마도 상대방이 과장한 애정의 과시를 약간 비웃은 내용의 노래일 것이다'고 하였다[『萬葉集』 2, p.311].

厚見王贈久米女郎[1]謌一首

1458　室戸在　櫻花者　今毛香聞　松風疾　地尓落良武

屋戸にある　櫻の花[2]は　今もかも　松風[3]疾み　地に散るらむ[4]

やどにある　さくらのはなは　いまもかも　まつかぜはやみ　つちにちるらむ

久米女郎報贈謌一首

1459　世間毛　常尓師不有者　室戸尓有　櫻花乃　不所比日可聞

世間も　常にしあらねば[5]　屋戸にある　櫻の花の　散れる[6]頃かも

よのなかも　つねにしあらねば　やどにある　さくらのはなの　ちれるころかも

1　久米女郎：久米若賣로 추정하기도 한다.
2　櫻の花：女郎을 말한 것이다.
3　松風：'松(마츠)'은 '待(마츠)'의 뜻인가. 찾아오는 것을 기다리기 힘들어서라는 뜻이다.
4　地に散るらむ：다른 남자에게 마음을 허락한 것인가.
5　常にしあらねば：세상무상을 빌려 노래하였다. '그대의 마음도 변하므로'라는 뜻이다.
6　散れる：머물지 않는다는 뜻인가.

아츠미노 오호키미(厚見王)가 쿠메노 이라츠메(久米女郎)에게 보내는 노래 1수

1458 집 정원에 핀/ 벚꽃나무의 꽃은/ 지금쯤에는/ 솔바람이 심하여/ 땅에 떨어졌을까

해설

그대의 집 정원에 피어 있는 벚꽃은, 지금쯤은 소나무를 넘어서 불어오는 바람이 강해서 땅에 떨어졌을까요라는 내용이다.

井手 氏는 '벚꽃 상태를 묻는 형식으로, 만나러 갈 수 없는 것을 알린 노래지만, '久米女郎'을 벚꽃에 비유하여 남성의 출입이 많은 女郎이 마음이 변한 것을 풍자한 것인가'라고 하였다『萬葉集全注』8, p.112].
아츠미노 오호키미(厚見王)를 大系에서는, 天平勝寶 원년(749)에 종5위하, 天平勝寶 7년에 少納言이었다. 天平寶字 원년(759)에 종4위상으로 작품 수는 적지만 萬葉 말기의 歌風을 잘 나타내고 있다고 하였다『萬葉集』2, p.294].
쿠메노 이라츠메(久米女郎)는 어떤 사람인지 알 수 없다. 『萬葉集』에 이 작품만 전한다.

쿠메노 이라츠메(久米女郎)가 답하여 보내는 노래 1수

1459 인간 세상도/ 변해가는 것이므로/ 정원에 있는/ 벚꽃나무의 꽃도/ 지고 있는 때지요

해설

인간 세상도 항상 그대로 있는 것이 아니라 변하는 것이므로 우리 집 정원에 있는 벚꽃도 지고 있는 무렵이지요라는 내용이다.

상대방의 마음이 변하므로 자신도 변한다는 내용이다. 全集에서는, '이 두 작품에는 寓意가 있어서 다른 남자에게 마음이 기울어져 변한 것이 아닌가 하는 남성의 노래에 대답하여, 그대야말로 벚꽃처럼 변하기 쉬워 믿을 수 없다고 답한 것일까'라고 하였다『萬葉集』2, p.311].
쿠메노 이라츠메(久米女郎)는 어떤 사람인지 알 수 없다. 『萬葉集』에 이 작품만 전한다.

紀女郎贈大伴宿祢家持謌二首

1460 戯奴 [變云和氣]之爲　吾手母須麻尓　春野尓　拔流茅花曾　御食而肥座

戯奴[變してわけと云ふ]がため　わが手もすまに　春の野に　拔ける茅花そ　食して肥え
ませ

わけ [へんしてわけという]がため　わがてもすまに　はるののに　ぬけるちばなそ　をしてこえ
ませ

1461 晝者咲　夜者戀宿　合歡木花　君耳將見哉　和氣佐倍尓見代

晝は咲き　夜は戀ひ寢る　合歡木の花　君のみ見めや　戯奴さへに見よ

ひるはさき　よるはこひぬる　ねぶのはな　きみのみみめや　わけさへにみよ

> **左注**　右, 折攀合歡花幷茅花贈也.

---

1 戯奴 : 젊은 사람이라는 뜻이라고 한다.
2 變してわけと云ふ : '戯奴'를 'わけ'로 읽는다는 뜻이다. '變'은 '反'과 마찬가지로 한자의 음을 표기하는 방법
이다.
3 手もすまに : 'すむ'는 '住む'와 마찬가지로 휴식한다는 뜻이라고 한다. 'に'는 부정을 나타낸다.
4 茅花 : 띠꽃을 말한다.
5 食し : '먹는다'의 높임말.
6 肥えませ : 높임말이다.
7 合歡木の花 : 밤에 잎을 오므리는 것을, 자는 모습이라고 보고 '네부'라고 한다. 합환을 잠자리를 함께 하는
것으로 보고 마음을 의탁한다.
8 君 : 主君. 자신을 말한다.
9 戯奴さへ : '君' 위에 더하여라는 뜻이다.

키노 이라츠메(紀女郎)가 오호토모노 스쿠네
야카모치(大伴宿禰家持)에게 보내는 노래 2수

1460 너를 [반절로 와케라고 한다] 위하여/ 내 손도 쉬지 않고/ 봄 들판에서/ 뽑은 띠꽃이지요/ 드시고 살찌세요

✿ **해설**

너에게 드리기 위하여 내가 손을 잠시도 쉬지 않고 부지런히 봄 들판에서 뽑은 띠꽃이랍니다. 그러니 이것을 드시고 살이 찌세요라는 내용이다.

私注에서는, '紀女郎은 권제4에서 家持와의 相聞이 있었던 紀小鹿일 것이다. 이 노래는 左注에 의하면 띠꽃과 합환화를 꺾어서 보낼 때 첨부한 것임을 알 수 있다. 남녀간의 우스꽝스러운 노래라고 할 수 있다'고 하였다『萬葉集私注』 4, p.261].

키노 이라츠메(紀女郎)는 紀鹿人의 딸로 安貴王의 아내가 되었다.

1461 낮에는 피고/ 밤엔 그리며 자는/ 합환목의 꽃/ 나만 보아 좋을까/ 그대도 보시지요

✿ **해설**

낮에는 펴지고 밤이 되면 잎을 오므리고 그리워하면서 자는 합환목의 아름다운 꽃을 나만 보아서 좋을까요. 그대도 보시지요라는 내용이다.

합환목은 '네무노키'라고도 하며 꽃잎은 연분홍의 긴 실 모양인데, 이것이 한 꽃받침에 수십 개 정도가 붙어 있다. 저녁이 되면 대칭으로 붙어 있는 작은 잎과 잎이 마주 합쳐지고, 밤중에는 힘이 빠진 것처럼 늘어지므로 마치 잠에 푹 빠진 것 같은 모양이 된다[片岡寧豊, 『萬葉の花』(靑幻舍, 2010), p.76].

작자가 여성임에도 자신을 '君'이라고 하고 상대방 남성인 야카모치(家持)를 '戲奴'라고 한 것은 다소 해학적이다. 合歡이 남녀간의 교합을 의미하므로 합환목이 혼자 그리워하면서 자는 것을 자신에 비유하여 家持와 잠자리를 함께 하고 싶다는 것을 표현한 노래로 볼 수 있다.

[좌주] 위는, 합환화와 띠꽃을 꺾어서 보낸 것이다.

大伴家持贈和謌二首

1462 吾君尒　戲奴者戀良思　給有　茅花手雖喫　弥瘦尒夜須

わが君に　戲奴¹は戀ふらし　賜り²たる　茅花を喫めど　いや瘦せに瘦す

わがきみに　わけはこふらし　たばりたる　ちばなをはめど　いややせにやす

1463 吾妹子之　形見乃合歡木者　花耳尒　唉而蓋　實尒不成鴨

吾妹子³が　形見⁴の合歡木は　花のみに　唉きてけだしく　實にならじ⁵かも

わぎもこが　かたみのねぶは　はなのみに　さきてけだしく　みにならじかも

1　**戲奴** : 君·戲奴 모두 1461번가의 단어를 사용한 것이다.
2　**賜り** : 받다. 겸양어.
3　**吾妹子** : 女郎을 가리킨다. 'わが君'에서 '吾妹子'로 태도의 변화가 있다.
4　**形見** : 모습을 회상하는 기념물, 재료를 말한다.
5　**實にならじ** : 화려함뿐이고 열매가 없다는 뜻이다.

오호토모노 야카모치(大伴家持)가 보내어 답한 노래 2수

1462 나의 주군을/ 난 사랑하나 봐요/ 모처럼 받은/ 띠꽃을 먹는데도/ 더욱 야위어지네

✿ 해설

아마도 나는 그대를 사랑하고 있는 듯하네요. 모처럼 받은 띠꽃을 먹는데도 살이 찌기는커녕 몸이 더 마르기만 하네요라는 내용이다.

1460번가에 대한 답가이다.

오호토모노 스쿠네 야카모치(大伴宿禰家持)에 대해서는 1451번가의 해설에서 설명하였다.

1463 나의 그대를/ 대신하는 합환은/ 꽃으로만요/ 피어서는 아마도/ 열매 맺진 않겠죠

✿ 해설

그대를 대신하는 합환목은 꽃만 피고는 아마도 열매를 맺지는 않겠지요라는 내용이다.

1461번가에 답한 것인데, 합환목이 열매를 맺지 않을 것이라 하였으므로 사랑이 성취되지 않을 것을 말한 것이다. 잠자리를 함께 하자는 데에 대한 거절의 내용임을 알 수 있다.

大伴家持贈坂上大嬢謌一首

1464　春霞　輕引山乃　隔者　妹尓不相而　月曾経去來

　　　春霞　たなびく山の　隔れれば[1]　妹に逢はずて　月そる經にける

　　　はるがすみ　たなびくやまの　へなれれば　いもにあはずて　つきそへにける

　[左注]　右, 從久邇京[2]贈寧樂宅.

1　隔れれば : 사이가 떨어져 있는 것이다. 'れ'는 완료를 나타낸다. 제1, 2구의 풍경은 연인을 만나지 못하는 우울한 마음을 나타낸다.
2　從久邇京 : 天平 12년(740) 이후. 765번가 이하에 같은 시기의 작품이 있다.

오호토모노 야카모치(大伴家持)가 사카노우헤노
오호오토메(坂上大孃)에게 보내는 노래 1수

1464 봄의 안개가/ 끼어 있는 산이요/ 가로 막으니/ 그대를 못 만나고/ 한 달이 지나갔네

❀ 해설

봄 안개가 끼어 있는 산을 사이에 두고 그대와 나 두 사람이 서로 떨어져 있으니 그대를 만나지도 못하고 한 달이 지나가 버렸네라는 내용이다.

左注를 보면 久邇京에 있는 家持가 平城의 사호(佐保)에 있는 坂上大孃에게 보낸 작품임을 알 수 있다. 고향을 그리워하는 마음을 담았다.

오호토모노 스쿠네 야카모치(大伴宿禰家持)에 대해서는 1451번가의 해설에서 설명하였다.

좌주 위는, 쿠니(久邇)京에서 나라(寧樂)의 大孃 집으로 보내었다.

久邇京은, 聖武천황이 天平 12년(740) 12월 6일에 橘諸兄을 久邇(京都府 相樂郡 加茂町을 중심으로 하고, 일부 木津 · 山城 등에 걸쳐 있다)에 먼저 보내어 천도를 계획하였다. 천황은 5일에 不破를 출발하여 6일에 橫川, 7 · 8일에 犬上, 9일에 蒲生, 10일에 野洲, 11일~13일에 粟津, 14일에 玉井을 거쳐 15일에 久邇에 도착하여 도읍으로 하였다. 다만 天平 15년 7월 26일에 近江 紫香樂(시가라키)에 행행하여, 12월에 久邇都 조성을 중지하였다.

夏雜謌

藤原夫人[1]謌一首

[明日香淸御原宮御宇天皇[2]之夫人也. 字曰大原[3]大刀自. 卽新田部皇子之母也]

1465　霍公鳥　痛莫鳴　汝音乎　五月玉尒　相貫左右二

　　　霍公鳥　いたくな鳴きそ　汝が聲を　五月の玉[4]に　あへ[5]貫くまでに[6]

　　　ほととぎす　いたくななきそ　ながこゑを　さつきのたまに　あへぬくまでに

志貴皇子御謌一首

1466　神名火乃　磐瀨之社之　霍公鳥　毛無乃岳尒　何時來將鳴

　　　神名火の　磐瀨の社[7]の　霍公鳥　毛無の岳[8]に　何時か來鳴かむ

　　　かむなびの　いはせのもりの　ほととぎす　けなしのをかに　いつかきなかむ

1　藤原夫人 : 출신에 의해 부르는 이름이다. 五百重(이오에)娘, 鎌足의 딸이다.
2　天皇 : 天武천황이다.
3　字曰大原 : 거주지로 부르는 이름이다.
4　五月の玉 : 단오에 약초를 구슬로 만들어 사악한 기운을 물리치는 주술로 한다.
5　あへ : 섞는다.
6　貫くまでに : 꿰면 안심하고 아무리 울어도 좋다고 생각한다.
7　磐瀨の社 : 신이 있는 숲이다. 1419번가에서도 '伊波瀨の社'를 말하였다. 수목이 무성하고 새가 우는 일도 많았을 것이다.
8　毛無の岳 : 황자와 관련이 있는 곳일 것이다. 'け'는 '木'으로 수목이 적었기 때문에 붙여진 지명인가.

여름 雜歌

후지하라(藤原)夫人의 노래 1수

[아스카노 키요미하라노 미야(明日香淸御原宮) 천황(天武천황)의 부인이다.
자를 大原의 오호토지(大刀自)라고 한다. 즉 니히타베노 미코(新田部황자)의 母다]

1465 불여귀새여/ 심하게 울지 말게/ 너의 소리를/ 오월 단오약에다/ 섞어서 꿸 때까지

🌸 해설

　　두견새여 너무 심하게 울지를 말게나. 너의 소리를 오월 단오의 옥추단에다 섞어서 실로 꿸 때까지는이
라는 내용이다.
　　大系에서는 '五月の玉'을 귤로 보았다『萬葉集』 2, p.296]. 니히타베노 미코(新田部皇子)는 天武천황의 제8
황자이다.

시키노 미코(志貴황자)의 노래 1수

1466 카무나비(神名火)의/ 이하세(石瀨)의 숲속의/ 두견새는요/ 케나시(無毛)의 언덕에/ 언제
　　와서 울 건가

🌸 해설

　　카무나비(神名火)의 이하세(石瀨)의 숲에서 우는 두견새는, 케나시(無毛)의 언덕에 언제 와서 울 것인가.
빨리 와서 울었으면 좋겠네라는 내용이다.
　　'毛無の岳'은 민둥산으로 나무가 없어서 새가 와서 울지 않는 것인가. 와서 울었으면 좋겠다는 내용이다.
　　시키노 미코(志貴황자)는 天智천황의 제7 황자로 황자의 母가 신분이 낮았으므로 황위를 계승하지 못하
였으며, 天武천황의 皇親정치가 행해지고 있었던, 황자의 생존 기간 동안에는 정치적으로 중시되지 못했으
나, 후에 그의 아들 시라카베(白璧)王이 49대 光仁천황이 됨으로써 '春日宮천황', 또는 '田原천황'으로 추존되
었다고 하였다[井手 至, 『萬葉集全注』 8, p.25].

弓削皇子御謌一首

1467　霍公鳥　無流國尒毛　去而師香　其鳴音乎　聞者辛苦母

霍公鳥　無かる國にも　行きてしか　その鳴く聲を　聞けば苦しも[1]

ほととぎす　なかるくににも　ゆきてしか　そのなくこゑを　きけばくるしも

小治田廣瀬王[2] 霍公鳥謌一首

1468　霍公鳥　音聞小野乃　秋風尒　芽開礼也　聲之乏寸

霍公鳥　聲聞く小野[3]の　秋風[4]に　萩咲きぬれや[5]　聲の乏しき[6]

ほととぎす　こゑきくをのの　あきかぜに　はぎさきぬれや　こゑのともしき

---

1 聞けば苦しも : 두견새가 회고의 정을 가진 것에 의한다. 황자는 요절하였다.
2 小治田廣瀬王 : 小治田에 살았기 때문에 붙여진 이름인가.
3 小野 : '小'는 접두어. '小野'는 들이라는 뜻이다.
4 秋風 : 가을바람에 이끌려서라는 뜻이다.
5 萩咲きぬれや : 'ぬれや'는 'ぬればや'의 축약형이다. 가을이 왔기 때문인가.
6 聲の乏しき : 적으므로 원한다는 뜻이다.

유게노 미코(弓削황자)의 노래 1수

1467 두견새가요/ 없는 나라에라도/ 가고 싶네요/ 그 우는 소리를요/ 들으면 괴롭네요

해설

두견새가 없는 나라에라도 가고 싶네. 두견새가 우는 소리를 들으면 괴롭네요라는 내용이다.

私注에서는 '두견새의 소리를 들으면 견딜 수 없을 정도로 괴로움을 느낀다고 하는 것은 그 소리에서 연상되는 특별한 경험이 있기 때문이라고 생각된다. 또는 두견새와 관련된 중국의 전설, 蜀魄이라든가 불여귀라고 불리는 것 때문이라고도 생각할 수 있지만, 오히려 날카로운 소리를 직접 듣는 심정이라고 해야만 할까라고 하였다(『萬葉集私注』 4, p.267).

유게노 미코(弓削황자)는 天武천황의 제6 황자로 母는 大江황녀. 持統천황 7년(693)에 淨廣貳의 위를 받고 文武천황 3년(699) 7월 21일에 사망하였다(大系『萬葉集』 2, p.296).

오하리다노 히로세노 오호키미(小治田廣瀨王)의 두견새 노래 1수

1468 두견새의요/ 소리 들을 들인데/ 가을바람에/ 싸리 핀 때문일까/ 소리가 뜸하네요

해설

두견새의 소리를 들을 수 있는 들판인데, 가을바람에 싸리가 피었기 때문일까. 두견새 소리가 뜸하네요라는 내용이다.

싸리가 피고 가을이 되어서 그런지 두견새 소리가 뜸해져서 그 소리를 자주 듣지 못하게 되었다는 내용이다. 계절감각을 노래한 것이다.

오하리다노 히로세노 오호키미(小治田廣瀨王)를 大系에서는, '小治田(奈良縣 高市郡廣 明日香村)에 살고 있는 廣瀨王이라는 뜻. 王은 44번가의 左注에 보인다. 天武천황 때 川島황자 등과 국사편찬의 명을 받고, 또 천도할 땅을 관찰하기 위해 파견되었다. (중략) 和銅 원년(708)에는 종4위상으로 大藏卿이 되고, 養老 2년(718)에 정4위하, 6년(722) 정월 28일에는 散位 정4위하로 사망하였다'고 하였다(『萬葉集』 2, p.297).

沙弥¹霍公鳥謌一首

1469　足引之　山霍公鳥　汝鳴者　家有妹　常所思

あしひきの　山霍公鳥²　汝が鳴けば　家なる妹し　常に偲はゆ

あしひきの　やまほととぎす　ながなけば　いへなるいもし　つねにしのはゆ

刀理宣令謌一首

1470　物部乃　石瀬之社乃　霍公鳥　今毛鳴奴香　山之常影尓

もののふの³　石瀬の社の　霍公鳥　今も鳴かぬか⁴　山の常蔭に⁵

もののふの　いはせのもりの　ほととぎす　いまもなかぬか　やまのとかげに

---

1 沙弥 : 통칭이며 고유한 이름은 알 수 없다. 滿誓인가.
2 山霍公鳥 : 산에서 우는 두견새. 산은 집과 반대되는 기분을 나타낸다.
3 もののふの : 物部(もののふ)의 'い'로 이어지는가.
4 今も鳴かぬか : 'ぬか'는 願望을 나타낸다.
5 山の常蔭に : 'と(常)'는 접두어. 龍田 고개의 산속인가. 날아와서 울라는 것인가.

사미(沙彌)의 두견새 노래 1수

1469 (아시히키노)/ 산에 우는 두견새/ 네가 울면은/ 집에 있는 아내가/ 항상 생각이 나네

🌸 **해설**

험한 산에서 우는 두견새여. 네가 울면 집에 남겨 두고 온 아내가 항상 생각이 나네라는 내용이다. 그러니 울지 말았으면 좋겠다는 뜻이 담겨 있다고 볼 수 있다.

'あしひきの'는 산을 상투적으로 수식하는 枕詞이다. 권제2의 107번가에서는 '足日木乃'로 되어 있다. 어떤 뜻에서 산을 수식하게 되었는지 알 수 없다. 1088번가 등의 '足引之'의 글자로 보면, 험한 산길을 걸어가다 보니 힘이 들고 피곤하여 다리가 아파서 다리를 끌듯이 가게 되는 험한 산길이라는 뜻에서 그렇게 수식하게 되었는지도 모르겠다. 이것은 1262번가에서 'あしひきの'를 '足病之'로 쓴 것을 보면 더욱 그렇게 추정을 할 수가 있겠다.

토리노 센랴우(刀理宣令)의 노래 1수

1470 (모노노후노)/ 이하세(石瀬)의 숲속에/ 사는 두견새/ 지금 울지 않는가/ 이곳 산그늘에서

🌸 **해설**

모노노후의 이하세(石瀬)의 숲속에 사는 두견새여. 지금 울지 않을 것인가. 울어주었으면 좋겠네. 이 산그늘에서라는 내용이다.

'もののふ'는 문무백관을 말한다. 'もののふの'를 八十, 五十(い)을 수식하는 枕詞로 보기도 한다.

井手 至는 이 작품을, 새소리를 듣기 원하는 연회석에서의 노래라고 하였다『萬葉集全注』 8, p.134].

토리노 센랴우(刀理宣令)에 대해 全集에서는, '土理라고도 한다. 養老 5년(721)에 佐爲王, 山上憶良 등과 함께 동궁(후의 聖武천황)을 모셨다. 귀화인 출신이다. 『懷風藻』와 『經國集』에 한시문이 전하며 앞의 책에는 '정6위상 5인'라고 보인다. 노부요시, 센랴우, 어느 쪽으로 이름을 붙렸는지 알 수 없지만 일단 음으로 읽는다'고 하였다『萬葉集』 2, p.501].

山部宿祢赤人謌一首

1471   戀之家婆　形見余將爲跡　吾屋戸余　殖之藤浪　今開余家里

戀しけば¹　形見²にせむと　わが屋戸に　植ゑし藤波　いま咲きにけり

こひしけば　かたみにせむと　わがやどに　うゑしふぢなみ　いまさきにけり

---

1 **戀しけば** : 여성에 대한 사랑은 아니다.
2 **形見** : 두견새를 그리워하는 이유.

야마베노 스쿠네 아카히토(山部宿禰赤人)의 노래 1수

1471   그리워지면/ 대신 생각하려고/ 우리 정원에/ 심은 등나무 꽃은/ 지금 피었답니다

해설

　　두견새가 그리워지면 대신 보면서 생각하려고 우리 집 정원에 심은 등나무에 등꽃은 지금 피었답니다 라는 내용이다.

　　中西 進은 '藤波와 霍公鳥'가 1944번가에 보이므로 霍公鳥를 그리워하는 것으로 보았는데, 私注·全集·全注에서는 사랑하는 사람을 그리워하는 것으로 보았다.

　　야마베노 스쿠네 아카히토(山部宿禰赤人)에 대해 全集에서는, '생몰 연대를 알 수 없다. 궁정가인으로 聖武천황 행행 때 供奉하였고 또 여행하면서 뛰어난 서경가를 남겼다'고 하였다『萬葉集』 2, p.505]. 작품 연대를 알 수 있는 것은 神龜 원년(724) 10월 紀伊 행행 때의 노래, 神龜 2년 吉野 행행 때의 노래 등이 있다[中西 進, 『萬葉集事典』(講談社, 1996), p.281].

式部大輔石上堅魚朝臣[1]謌一首

1472 霍公鳥　來鳴令響　宇乃花能　共也來之登　問麻思物乎

　　　 霍公鳥　來鳴き響もす　卯の花の　共に[2]や來し[3]と　問はましものを[4]

　　　 ほととぎす　きなきとよもす　うのはなの　ともにやこしと　とはましものを

左注　右, 神龜五年戊辰 大宰帥大伴卿之妻大伴郎女, 遇病長逝焉. 于時勅使式部大輔石上朝臣堅魚遣大宰府, 弔喪幷賜物也. 其事旣畢驛使及府諸卿大夫等, 共登記夷城而望遊之日, 乃作此謌.

---

1 **石上堅魚朝臣** : 이 작품뿐이다.
2 **共に** : '~와 함께'라는 뜻이다.
3 **來し** : 두견새와 병꽃나무 꽃의 시기가 그리운 것을 말한다. 두 사람의 **相思**를 말한다. 1473번가의 홍귤과 두견새의 관계와 같다.
4 **問はましものを** : 현실에 반대되는 잠시 동안의 생각. 두견새에게 묻고 싶지만 새는 대답하지 않는다.

式部大輔 이소노카미노 카츠오노 아소미(石上堅魚朝臣)의 노래 1수

1472 두견새가요/ 와서 울어 울리네/ 병꽃나무 꽃/ 함께 온 것인가고/ 묻고 싶은 것이네

🌸 해설

두견새가 와서 울어서 소리가 들리네. 병꽃나무 꽃과 함께 온 것인가 하고 두견새에게 묻고 싶네라는 내용이다.

'式部大輔'를 大系에서는, '式部省의 차관. 정5위하에 상당한다. 式部省은 국가의 典章禮儀, 문관의 考課·選敍·行賞·朝集·策試·祿賜 등을 담당한다'고 하였으며, 이소노카미노 카츠오노 아소미(石上堅魚朝臣)에 대해서는 '養老 3년(719)에 종6위하에서 종5위하, 神龜 3년(726)에 종5위상, 天平 3년(731)에 정5위하, 天平 8년에 정5위상. 神龜 원년(724) 11월의 大嘗祭 때는 신성한 방패를 齋宮의 남북쪽 문에 세우는 역할을 담당하였다. 『속일본기』에서는 勝男·勝雄이라고도 기록하고 있다'고 하였다[『萬葉集』 2, p.298].

'朝臣'을 이름 다음에 쓴 것은 존칭법이다.

大系에서는, '(大伴郎女가 살아 있을 때라면) 두견새와 사이가 좋은 병꽃나무 꽃과 함께 온 것인지 물었을 텐데. (大伴郎女가 사망하여 旅人卿과 함께 있지 않은 지금은 조심이 되어서 그렇게 물을 수도 없는 자신이다)'라고 해석하였다[『萬葉集』 2, p.298].

좌주 위는, 神龜 5년(728) 戊辰에 大宰帥 오호토모(大伴)卿의 아내 오호토모노 이라츠메(大伴郎女)가 병을 얻어 사망하였다. 그때 조정은 勅使 式部大輔 이소노카미노 아소미 카츠오(石上朝臣堅魚)를 大宰府에 보내어 조문하게 하고 물품도 내렸다. 그 일이 끝나자 驛使와 大宰府 관료들이 함께 키(記夷)城에 올라가서 사방을 바라보며 즐기던 날 이 노래를 지었다.

大宰府帥 장관 오호토모(大伴)卿은 타비토(旅人)를 말하는데, 그는 家持의 父이다. '키(記夷)城'에 대해 井手 至는, '筑紫(福岡縣 筑紫野市 原田)와 肥前(佐賀縣 三養基郡 基山町)의 경계에 있는 基山, 大宰府의 서남쪽에 있으며 백제식의 산성이 있다. 基肄城이라고도 한다'고 하였다[『萬葉集全注』 8, p.138]. 大系에서는 '大伴郎女'는 家持의 母는 아닌 것 같다고 하였다[『萬葉集』 2, p.298]. 私注에서는, '旅人의 아내의 죽음에 칙사를 파견한 것은 喪葬令에 京官 3위 이상은 조부모와 부모와 妻喪에, 4위는 부모상에, 5위 이상은 본인의 상에 奏聞해서 칙사를 파견하여 조문하게 한다는 규정에 의한 것인데 旅人은 그 때 정3위 中納言이었으므로 아내의 죽음에 칙사가 파견된 것이다'고 하였다[『萬葉集私注』 4, p.271]. 全集에서는, '左注에 의하면 유람의 작품으로 보이지만, 다비토(旅人)의 답가인 다음 작품과의 관련성에서 보면 挽歌的 내용으로 보인다'고 하였다[『萬葉集』 2, p.315].

大宰帥大伴卿¹和謌一首

1473 橘之　花散里乃　霍公鳥　片戀爲乍　鳴日四曾多寸

橘の　花²散る里の　霍公鳥　片戀しつつ　鳴く日しそ多き

たちばなの　はなちるさとの　ほととぎす　かたこひしつつ　なくひしそおほき

大伴坂上郎女思筑紫大城山謌一首³

1474 今毛可聞　大城乃山尓　霍公鳥　鳴令響良武　吾無礼杼毛

今もかも　大城の山に　霍公鳥　鳴き響むらむ　われ無けれども⁴

いまもかも　おほきのやまに　ほととぎす　なきとよむらむ　われなけれども

---

1 大宰帥大伴卿：大宰府 장관 오호토모노 타비토(大伴旅人)이다.
2 橘の 花：大伴郎女를 말한다.
3 思筑紫大城山謌一首：歸京한 뒤에 지은 것이다.
4 無けれども：이미 떠나버렸지만이라는 뜻이다.

大宰府 장관 오호토모(大伴)卿이 답한 노래 1수

1473 홍귤나무의/ 꽃이 져버린 마을/ 두견새는요/ 혼자 그리워하며/ 울고 있는 날 많지요

🌸 해설

홍귤나무의 꽃이 져버린 마을에서 우는 두견새는, 사랑하는 짝이 없어서 혼자 그리워하며 우는 날이 많지요라는 내용이다.

'홍귤나무의 꽃'은 작자의 아내를, 두견새는 자신을 비유한 것이다. 1472번가의 左注에 보이는 놀이에 타비토(旅人)도 있었던 것으로 보인다. 아내를 잃은 슬픈 마음을 노래한 것이다.

오호토모노 사카노우혜노 이라츠메(大伴坂上郎女)가 츠쿠시(筑紫)의 오호키(大城)산을 그리워하는 노래 1수

1474 지금도 역시/ 오호키(大城)의 산에서/ 두견새는요/ 울고 있을 건가요/ 나는 없지만도요

🌸 해설

바야흐로 지금도 역시 오호키(大城)산에서 두견새는 소리를 내며 울고 있을 것인가. 나는 이미 그곳을 떠나버렸으므로 두견새 우는 소리를 들을 일이 없지만이라는 내용이다.

때가 되면 두견새가 울고 하던 大宰府 생활을 그리워하는 내용이다. 오호토모노 사카노우헤노 이라츠메 (大伴坂上郎女)는 天平 3년(731)에 귀경하였으므로 그 이후의 작품임을 알 수 있다.

'오호키(大城)산'에 대해 大系에서는, '福岡縣 筑紫郡 大宰府町 國分에 있는 四王寺山의 남쪽에 뻗어 있는 것으로 大宰府 유적지에서 바로 가까이 보인다'고 하였다[『萬葉集』 2, p.299].

오호토모노 사카노우헤노 이라츠메(大伴坂上郎女)에 대해서는 1432번가의 해설에서 설명하였다.

大伴坂上郎女霍公鳥謌一首

1475　何之可毛　幾許戀流　霍公鳥　鳴音聞者　戀許曾益礼

何しかも　ここだく戀ふる[1]　霍公鳥　鳴く聲聞けば　戀[2]こそまされ

なにしかも　ここだくこふる　ほととぎす　なくこゑきけば　こひこそまされ

小治田朝臣廣耳謌一首

1476　獨居而　物念夕尒　霍公鳥　從此間鳴渡　心四有良思

獨り居て　もの思ふ[3]夕に　霍公鳥　此ゆ[4]鳴き渡る　心しあるらし[5]

ひとりゐて　ものおもふよひに　ほととぎす　こゆなきわたる　こころしあるらし

---

1 戀ふる : 두견새를 그리워하는 것이다.
2 戀 : 사람에 대한 사랑이다.
3 もの思ふ : 연인을 그리워하는 것이다.
4 此ゆ : 자신이 있는 곳에서 연인이 있는 곳으로라는 뜻이다.
5 心しあるらし : 인정이 있는 새라는 뜻이다.

오호토모노 사카노우헤노 이라츠메(大伴坂上郎女)의 두견새 노래 1수

1475   무엇 때문에/ 이렇게 그리운가/ 두견새가요/ 우는 소리 들으면/ 더욱 그리워지네

해설

무엇 때문에 이렇게 두견새 소리가 그리운 것인가. 두견새가 우는 소리를 들으면 연모하는 마음이 한층 더 깊어지기만 하는데도라는 내용이다.

오호토모노 사카노우헤노 이라츠메(大伴坂上郎女)에 대해서는 1432번가의 해설에서 설명하였다.

오하리다노 아소미 히로미미(小治田朝臣廣耳)의 노래 1수

1476   혼자 있으며/ 생각 많은 저녁에요/ 두견새가요/ 여기서 울며 가네/ 마음 있는 것 같네요

해설

혼자 있으며 이런 저런 생각을 많이 하는 저녁에, 두견새가 여기서 사랑하는 사람이 있는 곳으로 울면서 날아가네. 아마도 두견새는 정이 있어서 자신의 마음을 알고 그런 것 같다는 내용이다.

연인을 만나지 못하고 혼자 지내는 밤의 고독을 노래한 것이다.

오하리다노 아소미 히로미미(小治田朝臣廣耳)는 어떤 사람인지 잘 알 수 없다. 私注에서는 '天平 5년(733) 3월에 정6위상에서 외종5위하가 되고, 13년에 尾張守, 15년에 讚岐守가 된 사람에 小治田朝臣廣千이 있으므로 잘못 기록한 것은 아닐까 말해진다. (중략) '廣耳'는 '히로치'로 읽어야 하며 '廣千'으로 기록하는 것과 글자만의 차이'라고 하였다『萬葉集私注』 4, p.275].

大伴家持霍公鳥謌一首

1477　宇能花毛　未開者　霍公鳥　佐保乃山邊　來鳴令響

　　　卯の花[1]も　いまだ咲かねば[2]　霍公鳥　佐保の山邊に　來鳴き響もす

　　　うのはなも　いまださかねば　ほととぎす　さほのやまへに　きなきとよもす

大伴家持橘謌一首

1478　吾屋前之　花橘乃　何時毛　珠貫倍久　其實成奈武

　　　わが屋前の　花橘[3]の　何時しかも　珠[4]に貫くべく　その實なりなむ

　　　わがやどの　はなたちばなの　いつしかも　たまにぬくべく　そのみなりなむ

1　卯の花 : 병꽃나무 꽃과 두견새는 짝을 이루는 풍경이다.
2　咲かねば : 순접. 피지 않으므로 재촉하여 운다는 뜻이다. 역접으로도 해석할 수 있다.
3　花橘 : 꽃 상태의 홍귤이다.
4　珠 : 약으로 만든 구슬이다.

오호토모노 야카모치(大伴家持)의 두견새 노래 1수

1477　병꽃나무 꽃/ 아직 피지 않으니/ 두견새가요/ 사호(佐保)산의 근처에/ 와서 울어대네요

❀ 해설

　　병꽃나무 꽃이 아직 피지 않으므로 두견새가 사호(佐保)산의 근처에 와서 꽃이 빨리 피라고 재촉하면서
울어대네요라는 내용이다.
　　'いまだ咲かねば'를 大系에서는, 역접으로 보아 '아직 꽃은 피지 않지만'으로 해석하였다(『萬葉集』 2,
p.300). 이렇게 해석하면 꽃은 피지 않았지만 두견새는 철 빠르게 와서 우니 반갑다는 내용이 된다. 私注・
全集・全注 모두 역접으로 보았다.
　　오호토모노 야카모치(大伴家持)에 대해서는 1451번가의 해설에서 설명하였다.

오호토모노 야카모치(大伴家持)의 홍귤 노래 1수

1478　우리 집 정원/ 홍귤나무의 꽃은/ 어느 때쯤에/ 구슬로 꿸 수 있게/ 그 열매가 열릴까

❀ 해설

　　우리 집 정원에 피어 있는 홍귤나무의 꽃은 구슬로 꿸 수 있도록 언제 그 열매가 열릴까라는 내용이다.
5월 단오를 기다리는 마음이 들어 있다.
　　오호토모노 야카모치(大伴家持)에 대해서는 1451번가의 해설에서 설명하였다.

大伴家持晚蟬[1]謌一首

1479　隱耳　居者鬱悒　奈具左武登　出立聞者　來鳴日晚

　　　隱りのみ　居ればいぶせみ[2]　慰む[3]と　出で立ち聞けば　來鳴く晚蟬

　　　こもりのみ　をればいぶせみ　なぐさむと　いでたちきけば　きなくひぐらし

大伴書持[4]謌二首

1480　我屋戶尓　月押照有　霍公鳥　心有今夜　來鳴令響

　　　わが屋戶に　月おし照れり　霍公鳥　心あらば今夜　來鳴き響もせ

　　　わがやどに　つきおしてれり　ほととぎす　こころあらばこよひ　きなきとよもせ

1　晚蟬:『萬葉集』에 'ひぐらし'는 9회, 'せみ'는 1회 보인다.
2　いぶせみ : 마음이 답답한 상태를 말한다.
3　慰む : 타동사이다.
4　大伴書持 : 家持의 남동생이다. 요절하였다.

오호토모노 야카모치(大伴家持)의 쓰르라미 노래 1수

1479 칩거를 해서/ 있으면 답답하여/ 풀어보려고/ 밖에 나가 들으면/ 와 우는 쓰르라미

✿ 해설

집안에만 틀어박혀 있으면 답답하므로 마음의 울적함을 풀어보려고 밖에 나가서 들으면 쓰르라미가 날아와서 운다는 내용이다.

오호토모노 스쿠네 야카모치(大伴宿禰家持)는 大伴宿禰旅人의 아들이며 養老 2년(718)에 태어났다. 17세 때 內舍人이 되었으며 24세에 정6위상이 되었다. 坂上大孃과 결혼하였다. 天應 원년(781)에 종3위, 延曆 2년(783)에 中納言, 延曆 4년(785) 8월에 68세로 사망하였다『萬葉集全注』 8, pp. 76~77].

오호토모노 후미모치(大伴書持)의 노래 2수

1480 우리 집에는/ 달이 온통 비치네/ 두견새야 넌/ 마음이 있으면 오늘밤/ 와서 소리 내 울게

✿ 해설

우리 집에는 달이 온통 훤히 비치고 있네. 두견새야. 내 마음을 알아준다면 오늘밤 와서 소리를 내어서 울라는 내용이다. 달밤에 두견새 소리를 듣고 풍류를 즐기고 싶은 마음을 노래한 것이겠다.

私注에서는, 사적인 연회의 좌흥으로 두견새를 제목으로 하여 지은 것이라고 하였다『萬葉集私注』 4, p. 277].

오호토모노 후미모치(大伴書持)는, 타비토(旅人)의 아들이며 야카모치(家持)의 동생이다.

1481　我屋戸前乃　花橘尒　霍公鳥　今社鳴米　友尒相流時

わが屋戸前[1]の　花橘に　霍公鳥　今こそ鳴かめ[2]　友に逢へる時

わがやどの　はなたちばなに　ほととぎす　いまこそなかめ　ともにあへるとき

大伴清繩[3]謌一首

1482　皆人之　待師宇能花　雖落　奈久霍公鳥　吾將忘哉

皆人の　待ちし卯の花　散りぬとも[4]　鳴く霍公鳥　われ忘れめや[5]

みなひとの　まちしうのはな　ちりぬとも　なくほととぎす　われわすれめや

---

1 わが屋戸前 : 'やど'에는 '屋戸'가 어울리지만, 홍귤나무가 있는 장소를 나타내어 '前'을 첨부한 것이다.
2 今こそ鳴かめ : 희망하는 기분을 강하게 나타낸 용법이다.
3 大伴清繩 : 작품은 이 노래 1수뿐이다.
4 散りぬとも : 'ちりぬれど', 'ちるといへど'의 훈독도 있다.
5 忘れめや : 어떻게 잊을 수가 있을까라는 내용이다.

1481 우리 정원의/ 홍굴나무에서요/ 두견새가요/ 지금 바로 울겠지/ 친구 만나고 있을 때

해설

우리 집 정원의 홍굴나무에서는 두견새가 지금이야말로 울겠지. 이렇게 친구와 만나고 있을 때에라는 내용이다.

全集에서는, '우리 집 정원의 홍굴나무에 와 있는 두견새여. 지금 울어 주기를 바라네. 이렇게 친구와 만나고 있을 때에'로 해석하였다『萬葉集』2, p.318]. 全注에서도 그렇게 해석하였다. 모두 같은 뜻이지만 이렇게 보면 해석이 보다 분명해진다. 私注에서는, 이 작품도 1480번가와 같은 때의 작품으로 연회석 등에서의 작품으로 추측할 수가 있다고 하였다『萬葉集私注』4, p.277].

오호토모노 키요츠나(大伴淸繩)의 노래 1수

1482 모든 사람이/ 기다렸던 병꽃은/ 진다고 해도/ 우는 두견새까지/ 내가 잊을 것인가

해설

모든 사람이 기다리고 있었던 병꽃나무 꽃은 져버린다고 해도, 함께 우는 두견새까지 내가 잊어버리는 일은 없다는 내용이다.

井手 至는, 계절의 새에 대한 특별한 집착을 노래한 것으로 연회에서의 작품으로 보았다『萬葉集全注』8, p.148].

오호토모노 키요츠나(大伴淸繩)는 어떤 사람인지 알 수 없다.

奄君諸立[1]謌一首

1483   吾背子之　屋戸乃橘　花乎吉美　鳴霍公鳥　見曾吾來之

　　　わが背子[2]が　屋戸の橘　花をよみ　鳴く霍公鳥　見に[3]そわが來し

　　　わがせこが　やどのたちばな　はなをよみ　なくほととぎす　みにそわがこし

大伴坂上郎女謌一首

1484   霍公鳥　痛莫鳴　獨居而　寐乃不所宿　聞者苦毛

　　　霍公鳥　いたくな鳴きそ　獨り居て　寝の寝らえぬ[4]に　聞けば苦しも[5]

　　　ほととぎす　いたくななきそ　ひとりゐて　いのねらえぬに　きけばくるしも

---

1 奄君諸立：阿牟君과 같다.
2 わが背子：家持를 가리키는 것인가. 홍귤나무는 귀족의 집에서 많이 심었다.
3 見に：두견새의 소리보다는, 홍귤나무 가지 사이를 날아다니는 모습에 중점을 둔 것이다.
4 寝の寝らえぬ：'い'는 자는 것, 'ね'는 '자다', 'らえ'는 가능, 'ぬ'는 부정을 나타낸다.
5 聞けば苦しも：풍류가 있는 두견새가 그렇지 않게 되어버린 것이다.

아무노키미 모로타치(奄君諸立)의 노래 1수

1483 그리운 그대/ 정원의 홍귤나무/ 꽃이 예뻐서/ 우는 두견새를요/ 보러 나는 왔지요

🌸 해설

친애하는 그대의 집 정원에 있는 홍귤나무 꽃이 예뻐서 두견새가 와서 우네요. 그것을 보러 나는 왔지요 라는 내용이다.

私注에서는 사적인 연회에서의 인사 노래인 것은 추측할 수가 있다고 하였다『萬葉集私注』 4, p.278). 연회에 초대받은 손님이 주인에게 인사하는 노래로 본 것이다. 그리고 '아무노키미(奄君)'가 '阿牟君'을 말하는 것이라면 '阿牟君'은 景行천황의 황자인 日向襲津彦황자의 후손이라고 전해지며 국사에도 12사람 보이지만 諸立은 알 수 없다'고 하였다『萬葉集私注』 4, p.278).

오호토모노 사카노우헤노 이라츠메(大伴坂上郎女)의 노래 1수

1484 두견새 너는/ 심하게 울지 말아/ 혼자 있으며/ 잠을 잘 수 없을 때/ 들으면 괴롭다네

🌸 해설

두견새야. 제발 그렇게 심하게 울지 말았으면 좋겠네. 외롭게 혼자 자는 것이 힘들어서 잠을 잘 자지 못할 때에 너의 우는 소리를 들으면 괴로우니까라는 내용이다.

독수공방하며 괴로울 때, 두견새 소리를 들으면 더욱 힘들다는 내용이다.

오호토모노 사카노우헤노 이라츠메(大伴坂上郎女)에 대해서는 1432번가의 해설에서 설명하였다.

大伴家持唐棣花[1]謌一首

1485　夏儲而　開有波祢受　久方乃　雨打零者　將移香

　　　　夏まけて[2]　咲きたる唐棣　ひさかたの[3]　雨うち降れば　うつろひなむか

　　　　なつまけて　さきたるはねず　ひさかたの　あめうちふれば　うつろひなむか

大伴家持恨霍公鳥晚喧[4]謌二首

1486　吾屋前之　花橘乎　霍公鳥　來不喧地尓　令落常香

　　　　わが屋前の　花橘を　霍公鳥　來鳴かず地に　散らしてむとか[5]

　　　　わがやどの　はなたちばなを　ほととぎす　きなかずつちに　ちらしてむとか

1　唐棣花 : 정원의 매화인가. 색깔 명칭으로는 朱華로 쓴다. 붉은 색인데 변하기 쉽다.
2　夏まけて : 설치하고. 미리 준비한다는 뜻이다.
3　ひさかたの : 하늘을 흐리게 하는 인상이다.
4　晚喧 : 좀처럼 울지 않는다.
5　散らしてむとか : 다음에 'する' 등을 생략한 것이다.

오호토모노 야카모치(大伴家持)의 산앵도화 노래 1수

1485   여름 기다려/ 핀 산앵도인 것을/ (히사카타노)/ 비가 내린다면은/ 색이 옅어질까요

해설

여름을 기다려서 드디어 핀 산앵도화인데, 먼 하늘에서 만약 비가 내린다면 색이 옅어질까요라는 내용이다.

기다리던 산앵도화가 겨우 피었는데 비가 내리면 고운 연분홍색이 곧 옅어질 것을 염려한 노래이다.

오호토모노 야카모치(大伴家持)에 대해서는 1451번가의 해설에서 설명하였다.

오호토모노 야카모치(大伴家持)가,
두견새가 늦게 우는 것을 원망한 노래 2수

1486   우리 집 정원/ 홍굴나무의 꽃을/ 두견새야 넌/ 와서 울잖고 땅에/ 지게 해버리는가

해설

우리 집 정원의 홍굴나무의 꽃을, 두견새야 너는 와서 울지 않고 꽃을 땅에 지게 해버리는가라는 내용이다.

홍굴나무 꽃은 벌써 피어서 지는데 기다리는 두견새가 아직 오지 않음을 아쉬워한 노래이다.

오호토모노 야카모치(大伴家持)에 대해서는 1451번가의 해설에서 설명하였다.

1487　霍公鳥　不念有寸　木晩乃　如此成左右尒　奈何不來喧

　　　　霍公鳥　思はずありき　木の暗¹の　かくなるまでに　なにか²來鳴かぬ

　　　　ほととぎす　おもはずありき　このくれの　かくなるまでに　なにかきなかぬ

大伴家持懽霍公鳥謌一首

1488　何處者　鳴毛思仁家武　霍公鳥　吾家乃里尒　今日耳曾鳴

　　　　何處には　鳴きもしにけむ　霍公鳥　吾家の里³に　今日のみ⁴そ鳴く

　　　　いづくには　なきもしにけむ　ほととぎす　わぎへのさとに　けふのみそなく

1　木の暗 : 나무 밑의 그늘이다.
2　なにか : 'なとか'의 훈독도 있지만 용례는 적다.
3　吾家の里 : 내 집이 있는 마을이다.
4　今日のみ : 'のみ'는 'こそ'라고 하는 강조에 가깝다.

1487 불여귀새야/ 생각지도 못했네/ 나무 밑 그늘/ 이렇게 될 때까지/ 왜 오지 않는 걸까

해설

두견새야. 나는 전연 생각하지도 못했었네. 나무가 무성해져서 나무 밑의 그늘이 이렇게 짙게 될 때까지 너는 왜 오지 않는 것일까라는 내용이다.

나무가 잎이 무성해져서 두견새가 올 계절이 되었는데도 아직 오지 않음을 안타까워한 노래이다.

오호토모노 야카모치(大伴家持)가 두견새를 기뻐하는 노래 1수

1488 어디선가는/ 울기도 했겠지만/ 두견새는요/ 내 집 있는 마을서/ 오늘에야 우네요

해설

어디에선가는 이미 울기도 했겠지만, 두견새는 내 집이 있는 마을에서는 오늘에야 울기 시작했다는 내용이다.

두견새가 와서 우는 것을 반가워하는 노래이다.

오호토모노 야카모치(大伴家持)에 대해서는 1451번가의 해설에서 설명하였다.

大伴家持惜橘花¹謌一首

1489　吾屋前之　花橘者　落過而　珠尓可貫　實尓成二家利

　　　わが屋前の　花橘は　散り過ぎて²　珠に貫くべく³　實になりにけり

　　　わがやどの　はなたちばなは　ちりすぎて　たまにぬくべく　みになりにけり

大伴家持霍公鳥⁴謌一首

1490　霍公鳥　雖待不來喧　菖蒲草　玉尓貫日乎　未遠美香

　　　霍公鳥　待てど⁵來鳴かず　菖蒲草⁶　玉に貫く日⁷を　いまだ遠みか

　　　ほととぎす　まてどきなかず　あやめぐさ　たまにぬくひを　いまだとほみか

1　惜橘花：노래 뜻의 중심도 아쉬워하는 것에 있다.
2　過ぎて：없어지는 것이다.
3　珠に貫くべく：구슬로 끈에 꿰는 것이다.
4　霍公鳥：두견새의 소리가 창포를 구슬로 꿴다고 생각한 것인가.
5　待てど：두견새는 여름철의 새이며, 4월 1일부터 애타게 기다렸다.
6　菖蒲草：강한 냄새가 사악한 것을 물리치는 것으로 생각하고 약구슬(藥玉)로 하였다.
7　玉に貫く日：5월 5일의 일이지만 막연하게 그 무렵이라는 뜻이다.

오호토모노 야카모치(大伴家持)가 홍귤나무 꽃을 아쉬워하는 노래 1수

1489 우리 집 정원/ 홍귤나무의 꽃은/ 완전히 져서/ 구슬로 꿰어야 할/ 열매가 돼버렸네

✿ 해설

우리 집 정원에 있는 홍귤나무의 꽃은 완전히 지고, 이제는 구슬처럼 끈에 꿸 정도의 열매가 되어버렸네라는 내용이다.

홍귤나무 꽃이 빨리 져버린 아쉬움을 노래한 것이다.

오호토모노 야카모치(大伴家持)에 대해서는 1451번가의 해설에서 설명하였다.

오호토모노 야카모치(大伴家持)의 두견새 노래 1수

1490 두견새를요/ 기다려도 오잖네/ 창포초를요/ 구슬로 꿰는 날이/ 아직 멀어서인가

✿ 해설

두견새를 기다리고 있지만 두견새는 와서 울지를 않네. 창포초를 약 구슬로 꿰는 날이 아직 멀어서 그런 것인가라는 내용이다.

두견새를 음력 5월 5일 단오와 연결 지으면서 빨리 와서 울었으면 하고 기다리는 마음을 노래한 것이다.

오호토모노 야카모치(大伴家持)에 대해서는 1451번가의 해설에서 설명하였다.

大伴家持, 雨日聞霍公鳥喧謌一首

1491　宇乃花能　過者惜香　霍公鳥　雨間毛不置　從此間喧渡

　　　卯の花の　過ぎば[1]惜しみか[2]　霍公鳥　雨間もおかず[3]　此間ゆ鳴き渡る

　　　うのはなの　すぎばをしみか　ほととぎす　あままもおかず　こゆなきわたる

橘謌一首　遊行女婦[4]

1492　君家乃　花橘者　成尓家利　花有時尓　相益物乎

　　　君が家の　花橘は　成り[5]にけり　花なる時[6]に　逢はましものを

　　　きみがいへの　はなたちばなは　なりにけり　はななるときに　あはましものを

1　**過ぎば**：꽃이 지는 것이다.
2　**惜しみか**：애석하기 때문인가.
3　**雨間もおかず**：'雨間'은 비와 비 사이. 갠 사이. 'おかず'는 남김없이. '비가 잠시 개었다고는 하지만 쉬지 않고 늘'이라는 뜻이다. 비가 내리는 때라는 뜻은 아니다. 제목은 비가 오는 것 같지만, 비가 오는 날이면 조금 쉴 수 있는 것이다.
4　**遊行女婦**：유녀를 말한다. 이름은 알 수 없다. 유녀의 노래로 전송한 1수.
5　**成り**：결혼한다는 **寓意**가 있다.
6　**花なる時**：청춘이었을 때를 말한다.

오호토모노 야카모치(大伴家持)가
비오는 날 두견새가 우는 것을 듣는 노래 1수

1491 병꽃나무 꽃/ 지면 애석해선가/ 두견새는요/ 비 갠 때도 쉬잖고/ 여길 울며 다니네

✿ 해설

　병꽃나무 꽃이 지면 애석하다고 생각해서 그런지, 두견새는 비가 잠시 멈춘 때도 쉬지 않고 여기를 울며 날아다니네라는 내용이다.
　'雨間も'를 大系・私注・注釋・全注에서는 中西 進과 마찬가지로 '비가 잠시 멈춘 때'로 해석하였다. 그러나 全集에서는 '비가 내리는 동안에도'로 해석을 하였다『萬葉集』 2, p.321].
　병꽃나무 꽃이 지는 것을 아쉬워하는 마음을 두견새에 의탁하여서 표현한 것이다.
　오호토모노 야카모치(大伴家持)에 대해서는 1451번가의 해설에서 설명하였다.

홍귤 노래 1수 遊行女婦

1492 그대의 집의요/ 홍귤나무는 이제/ 열매 됐네요/ 꽃으로 있을 때에/ 만나고 싶었지요

✿ 해설

　그대의 집 정원의 홍귤나무는 꽃이 지고 이제 열매가 열렸네요. 아직 꽃으로 피어 있을 때 만나고 싶었는데라는 내용이다.

大伴村上橘謌一首

1493　吾屋前乃　花橘乎　霍公鳥　來鳴令動而　本尓令散都

　　　わが屋前の　花橘を　霍公鳥　來鳴き動めて[1]　本に[2]散らしつ

　　　わがやどの　はなたちばなを　ほととぎす　きなきとよめて　もとにちらしつ

大伴家持霍公鳥謌二首

1494　夏山之　木末乃繁尓　霍公鳥　鳴響奈流　聲之遙佐

　　　夏山の　木末[3]の繁に[4]　霍公鳥　鳴き響む[5]なる[6]　聲の遙けさ

　　　なつやまの　こぬれのしげに　ほととぎす　なきとよむなる　こゑのはるけさ

---

1 動めて : 타동사. 'とよもす'와 같다.
2 本に : 뿌리 쪽이다.
3 木末 : 나무 가지 끝이다.
4 繁に : 우거져 있는 것이다.
5 鳴き響む : 타동사 종지형이다.
6 なる; 전달하며 추정하는 것이다.

오호토모노 무라카미(大伴村上)의 홍귤 노래 1수

1493　우리 정원의/ 홍귤나무의 꽃을/ 두견새가요/ 와서 울어 대어서/ 뿌리 쪽에 흩었네

해설

　　우리 집 정원의 홍귤나무 꽃을 두견새가 와서 울어서 지게 해버려서 꽃잎이 나무뿌리 쪽에 흩어져 있다는 내용이다.

　　오호토모노 무라카미(大伴村上)는 1436번가의 작자이다. 大系에서는 작자 '大伴宿禰村上'에 대해, '寶龜 2년(771)에 정6위에서 종5위하, 같은 해에 肥後介, 이듬해에 阿波守, 天平勝寶 6년(754)에는 民部小乘이었다'고 하였다『萬葉集』 2, p.287].

오호토모노 야카모치(大伴家持)의 두견새 노래 2수

1494　여름이 된 산/ 나무 끝 우거진데/ 두견새가요/ 울고 있는 듯하네/ 소리 아득함이여

해설

　　여름이 된 산의 나무 끝 쪽, 잎이 무성한 데서 두견새가 울고 있는 듯하네. 소리가 멀리서 들리네라는 내용이다.

　　오호토모노 스쿠네 야카모치(大伴宿禰家持)에 대해서는 1451번가의 해설에서 설명하였다.

1495　足引乃　許乃間立八十一　霍公鳥　如此聞始而　後將戀可聞

あしひきの¹　木の間立ち潛く²　霍公鳥　かく聞きそめて³　後戀ひむかも

あしひきの　このまたちくく　ほととぎす　かくききそめて　のちこひむかも

大伴家持石竹花謌一首

1496　吾屋前之　瞿麥乃花　盛有　手折而一目　令見兒毛我母

わが屋前の　瞿麥の花　盛りなり　手折りて一目　見せむ兒もがも

わがやどの　なでしこのはな　さかりなり　たをりてひとめ　みせむこもがも

---

1 **あしひきの** : 산을 사이에 두고라는 뜻이다. '木'을 수식한다.
2 **立ち潛く** : 숨는다는 뜻이다.
3 **聞きそめて** : 처음은 좋지만이라는 뜻이다.

1495　(아시히키노)/ 나무 사이를 숨는/ 두견새야 넌/ 이리 듣게 되어도/ 뒤엔 그리워할까

✿ 해설

　　산의 나무 사이를 숨어 다니는 두견새야. 너의 우는 소리를 지금은 이렇게 즐겁게 듣기 시작하지만, 계절이 바뀌어 너의 우는 소리를 듣지 못하게 되면 나중에는 오히려 우는 소리가 그리워서 괴롭게 되지 않을까라는 내용이다.

오호토모노 야카모치(大伴家持)의 패랭이꽃 노래 1수

1496　우리 정원의/ 패랭이꽃은 피어/ 한창이네요/ 손으로 꺾어 한번/ 보여줄 애 있다면

✿ 해설

　　우리 집 정원의 패랭이꽃은 피어서 지금 한창 예쁘네. 그 꽃을 손으로 꺾어서 한번이라도 좋으니 보여줄 소녀가 있다면 좋겠네라는 내용이다.
　　'石竹'도 '瞿麥'도 패랭이꽃이다. 私注에서는 石竹은 특히 수입 품종인가 하였다『萬葉集私注』 4, p.287].
　　오호토모노 스쿠네 야카모치(大伴宿禰家持)에 대해서는 1451번가의 해설에서 설명하였다.

惜不登筑波山謌一首

1497 　筑波根尓　吾行利世波　霍公鳥　山妣兒令響　鳴麻志也其

　　　筑波嶺に　わが行けりせば¹　霍公鳥　山彦²響め　鳴かましや³それ⁴

　　　つくはねに　わがゆけりせば　ほととぎす　やまびことよめ　なかましやそれ

　　左注　右一首, 高橋連蟲麿之謌中出.

夏相聞

大伴坂上郎女謌一首

1498 　無暇　不來之君尓　霍公鳥　吾如此戀常　徃而告社

　　　暇無み　來ざりし⁵君に　霍公鳥　われかく戀ふ⁶と　行きて告げこそ⁷

　　　いとまなみ　こざりしきみに　ほととぎす　われかくこふと　ゆきてつげこそ

---

1 **行けりせば**: 'せば…まし'로 현실에 반대되는 일시적인 생각을 나타낸다.
2 **山彦**: 메아리. 산 사나이의 소리라고 생각했다.
3 **鳴かましや**: 의문을 나타낸다.
4 **それ**: 강한 지시. 두견새를 가리킨다.
5 **來ざりし**: 'きまさぬ'의 훈독도 있으나 원문대로 읽는다.
6 **かく戀ふ**: 'かくこふ'는 우는 소리로 장난을 친 표현이다.
7 **告げこそ**: 바라는 것이다.

츠쿠하(筑波)산에 올라가지 못한 것을 아쉬워한 노래 1수

1497 츠쿠하(筑波)산에/ 만일 내가 갔다면/ 두견새가요/ 메아리 울리면서/ 울 것인가 그 새가

해설

츠쿠하(筑波)산에 만일 내가 올라갔다면 두견새가 메아리를 울리면서 우는 것을 들을 수 있었을 것인가
라는 내용이다.

좌주 위의 1수는 타카하시노 므라지 무시마로(高橋連蟲麿)의 노래 속에 나온다.
高橋連蟲麿는 어떤 사람인지 알 수 없다. 전설을 소재로 한 작품들을 남겼다.

여름 相聞
....

오호토모노 사카노우헤노 이라츠메(大伴坂上郎女)의 노래 1수

1498 시간 없어서/ 오지 않은 그분께/ 두견새야 넌/ 내가 이리 그린다/ 가서 알려 주게나

해설

두견새야. 시간이 나지 않아서 오지 않은 그 사람에게 가서 내가 이렇게 그리워한다고 알려달라는
내용이다.
두견새를, 사랑하는 사람에게 소식을 전하는 전달자로 표현하였다.
오호토모노 사카노우헤노 이라츠메(大伴坂上郎女)에 대해서는 1432번가의 해설에서 설명하였다.

大伴四繩宴吟謌¹一首

1499　事繁　君者不來益　霍公鳥　汝太尓來鳴　朝戸將開

　　　言繁み　君は來まさず　霍公鳥²　汝だに來鳴け　朝戸開かむ³

　　　ことしげみ　きみはきまさず　ほととぎす　なれだにきなけ　あさとひらかむ

大伴坂上郎女謌一首

1500　夏野乃　繁見丹開有　姫由理乃　不所知戀者　苦物曾

　　　夏の野の　繁みに咲ける　姫百合⁴の　知らえぬ⁵戀は　苦しきものそ

　　　なつののの　しげみにさける　ひめゆりの　しらえぬこひは　くるしきものそ

---

1 宴吟謌 : 詠誦歌로 작자는 이름을 알 수 없는 여성이다. 四繩은 雅樂助(우타노스케)로 唱歌에 밝았다.
2 霍公鳥 : 두견새는 사람을 그리워하게 하는 새다.
3 朝戸開かむ : 보통은 남자가 아침에 돌아갈 때 문을 연다.
4 姫百合 : 붉은 색의 작은 백합이다.
5 知らえぬ : 상대방에게 통하지 않는다.

오호토모노 요츠나(大伴四繩)가 연회에서 부른 노래 1수

1499 소문 무성해/ 그분은 오지 않네/ 불여귀새야/ 너라도 와서 울게/ 아침 문 열고 듣게

🌸 해설

사람들 소문이 무성하므로 그 사람은 오지를 않네. 그러니 두견새야. 적어도 너만이라도 와서 울면 좋겠네. 아침에 문을 열고 듣겠네라는 내용이다.

여성의 입장에서의 노래이다. 밤에 찾아왔던 남성이 돌아가는 시간인 아침이 되면 문을 열지만, 이 작품에서는 아침에 두견새 소리를 듣기 위해서 연다고 하였다.

'事繁'을 私注에서는 '일이 많아 바빠서'로 해석하면서도 '연애 相聞의 노래라면 소문이 무성하여가 되겠지만 단순히 연회석에서의 노래라고 한다면 바빠서라는 뜻일 것이다'고 하였다[『萬葉集私注』 4, p.289]. 大系에서는 연회에서 흥을 더하기 위한 노래일 것이라고 하였다[『萬葉集』 2, p.306].

오호토모노 요츠나(大伴四繩)에 대해 全集에서는, '四綱이라고도 쓴다. 大伴旅人이 大宰帥였을 무렵 防人司佑로 그 밑에 있었다. 정창원 문서에 의하면 天平 10년(738) 무렵에 大和少掾, 17년 무렵에는 雅樂助, 정6위상이었음을 알 수 있다'고 하였다[『萬葉集』 2, p.495].

오호토모노 사카노우혜노 이라츠메(大伴坂上郎女)의 노래 1수

1500 여름 들판의/ 무성한 데 피었는/ 작은 백합의/ 남모르는 사랑은/ 괴로운 것이지요

🌸 해설

여름풀이 무성한 들판에 피어 있는 작은 백합화처럼, 남이 모르게 생각하는 그리움은 괴로운 것이라는 내용이다.

오호도모노 사가노우혜노 이라츠메(大伴坂上郎女)에 대해시는 1432민가의 해실에서 실명하였다.

小治田朝臣廣耳謌一首

1501　霍公鳥　鳴峯乃上能　宇乃花之　猒事有哉　君之不來益

霍公鳥　鳴く峰の上の　卯の花の　厭きこと¹あれや²　君が來まさぬ

ほととぎす　なくをのうへの　うのはなの　うきことあれや　きみがきまさぬ

大伴坂上郎女謌一首

1502　五月之　花橘乎　爲君　珠尒社貫　零卷惜美

五月の³　花橘を　君がため　珠にこそ貫け⁴　散らまく惜しみ

さつきの　はなたちばなを　きみがため　たまにこそぬけ　ちらまくをしみ

1　**厭きこと**：싫은 것이다.
2　**あれや**：'あればや'의 축약형이다.
3　**五月の**：음력 5월 5일 단오날의.
4　**珠にこそ貫け**：끈으로 꿰어서 약구슬로 한다.

오하리다노 아소미 히로미미(小治田朝臣廣耳)의 노래 1수

1501 두견새가요/ 울고 있는 산 위의/ 병꽃과 같이/ 걱정거리 있는가/ 그대가 오지 않네

🌸 **해설**

두견새가 울고 있는 산 위의 병꽃나무 꽃같이 걱정거리 있는가요. 그럴 리가 없을 것인데 그대가 오지를 않네라는 내용이다.

사랑하는 사람이 오지 않는 것을 한탄한 여성의 입장에서의 작품이다. 비슷한 내용의 작품으로 1988번 가가 있다.

'上の'의 'う', '卯の花の'의 'う'와 '厭きこと'의 'う'가 같은 소리로 이어진 것이다.

작자 오하리다노 아소미 히로미미(小治田朝臣廣耳)는 어떤 사람인지 잘 알 수 없다. 1476번가도 같은 작자의 작품이었다.

私注에서는 '天平 5년(733) 3월에 정6위상에서 외종5위하가 되고, 13년에 尾張守, 15년에 讚岐守가 된 사람에 小治田朝臣廣千이 있으므로, 잘못 기록한 것은 아닐까 말해진다. (중략) '廣耳'는 '히로치'로 읽어야 하며 '廣千'으로 기록하는 것과 글자만의 차이'라고 하였다[『萬葉集私注』 4, p.275].

오호토모노 사카노우헤노 이라츠메(大伴坂上郎女)의 노래 1수

1502 단오날의/ 홍귤나무 꽃을요/ 그대 위하여/ 구슬로 꿰는 거죠/ 지는 것이 아쉬워

🌸 **해설**

단오날의 홍귤나무 꽃을 그대를 위하여 구슬로 꿰는 것입니다. 꽃이 지는 것이 아쉬워서라는 내용이다.

오호토모노 사카노우헤노 이라츠메(大伴坂上郎女)에 대해서는 1432번기 해설에서 실벙하였다.

紀朝臣豊河謌一首

1503　吾妹兒之　家乃垣內乃　佐由理花　由利登云者　不欲云二似

　　　吾妹子が　家の垣內[1]の　小百合花[2]　後と言へるは[3]　不欲といふに似る

　　　わぎもこが　いへのかきつの　さゆりばな　ゆりといへるは　いなといふににる

高安[4]謌一首

1504　暇無　五月乎尚尒　吾妹兒我　花橘乎　不見可將過

　　　暇無み　五月をすらに[5]　吾妹子が　花橘を　見ずか過ぎなむ

　　　いとまなみ　さつきをすらに　わぎもこが　はなたちばなを　みずかすぎなむ

---

1 垣內 : 담장 안이다.
2 百合花 : 'ゆり'의 음으로 다음 구로 이어진다.
3 後と言へるは : 상대방이 말하고 있는 것은.
4 高安 : 이름을 쓰지 않은 것은 편찬자가 꺼렸기 때문이라고 한다. 혹은 친한 사람이 자료를 전한 사람이었던 가.
5 すらに : 적어도 단오날만이라도 아내 집의 홍귤 꽃을 보고, 구슬로 꿰는 것을 보고 싶은데라는 뜻이다.

키노 아소미 토요카하(紀朝臣豊河)의 노래 1수

1503 귀여운 그녀/ 집의 담장 안쪽에/ 핀 백합처럼/ 후에라고 말함은/ 싫다 하는 것과 같네

🌸 해설

사랑스러운 그녀의 집 담장 안쪽에 피어 있는 백합의 이름처럼 후에라고 말하는 것은 싫다고 하는 것과 같네라는 내용이다.

상대방 여성이 분명한 태도를 취하지 않고 나중에 만나자고 미루었는지, '백합'과 '後'의 일본어 발음이 '유리'인 것을 이용한 작품이다.

'키노 아소미 토요카하(紀朝臣豊河)'를 私注에서는, '天平 11년(739)에 정6위상에서 외종5위하가 되었다'고 하였다『萬葉集私注』 4, p.292].

타카야스(高安)의 노래 1수

1504 여가가 없어/ 단오날에조차도/ 나의 아내의/ 홍귤나무의 꽃을/ 못보고 지나는가

🌸 해설

여가가 없으므로 단오날에조차도 아내가 약구슬로 꿰는 홍귤나무의 꽃을 보지 못하고 지내버리는가. 보러 가고 싶다는 내용이다.

바빠서 단오날을 아내와 함께 보내지 못하는 아쉬움을 노래한 것이다.

타카야스(高安)에 대해 私注에서는, '高安女王의 父로 天平 11년(739)에 大原眞人의 성을 받고 天平 14년에 정4위하로 사망하였다'고 하였다『萬葉集私注』 4, p.292].

大神女郎贈大伴家持謌一首

1505　霍公鳥　鳴之登時¹　君之家尓　徃跡追者　將至鴨

　　　霍公鳥　鳴きし登時　君が家に　行け²と追ひしは　至りけむかも³

　　　ほととぎす　なきしすなはち　きみがいへに　ゆけとおひしは　いたりけむかも

大伴田村大孃与妹⁴坂上大孃謌一首

1506　古郷之　奈良思乃岳能　霍公鳥　言告遣之　何如告寸八

　　　故郷⁵の　奈良思の岳の　霍公鳥　言⁶告げ遣りし　いかに告げきや

　　　ふるさとの　ならしのをかの　ほととぎす　ことつげやりし　いかにつげきや

---

1 登時 : 곧.
2 行け : 두견새는 사람을 그리워하는 새이므로 내 생각을 전하라고.
3 至りけむかも : 내 생각을 전했는가.
4 妹 : 이복 여동생이다.
5 故郷 : 飛鳥를 가리킨다.
6 言 : 상대방을 그리워하는 말이다.

오호미와노 이라츠메(大神女郎)가
오호토모노 야카모치(大伴家持)에게 보내는 노래 1수

1505 두견새가요/ 우는 즉시 곧바로/ 그대의 집으로/ 가라고 보냈는데/ 도착을 했던가요

🌸 **해설**

두견새가 울자마자 곧바로 그대의 집으로 가라고 보내었는데 두견새는 그대 집에 도착을 했던가요라는
내용이다.

상대방을 그리워하는 마음을 두견새에게 전하라고 한 것이다. 1498번가에서도 두견새는 자신의 연모의
정을 상대방에게 전하는 전달자로 표현되었다.

오호미와노 이라츠메(大神女郎)는 어떤 사람인지 알 수 없다. 역시 오호토모노 야카모치(大伴家持)에게
보낸 작품인 618번가도 지었다.

오호토모노 스쿠네 야카모치(大伴宿禰家持)에 대해서는 1451번가의 해설에서 설명하였다.

오호토모노 타무라노 오호오토메(大伴田村大孃)가
여동생인 사카노우헤노 오호오토메(坂上大孃)에게 준 노래 1수

1506 지난 도읍의/ 나라시(奈良思)의 언덕의/ 두견새에게/ 말 전하라 보냈네/ 어떻게 전하던가

🌸 **해설**

옛 도읍인 나라시(奈良思)의 언덕의 두견새에게 내가 그대를 그리워한다는 말을 전하라고 보내었네.
새는 내 말을 어떻게 전하던가. 잘 전해졌는가라는 내용이다.

역시 두견새를, 여동생에게 자신의 마음을 전하는 전달자로 표현한 것이다.

오호토모노 타무라노 오호오토메(大伴田村大孃)와 사카노우헤노 오호오토메(坂上大孃)는 모두 大伴宿
奈麿의 딸이다. 권제4의 759번가의 左注에 '위는, 타무라노 오호오토메(田村大孃)와 사카노우헤노 오호오토
메(坂上大孃)는 모두 右大辯 스쿠나마로(宿奈麿)卿의 딸이다. 그가 田村 마을에 살았으므로, (딸의) 호를
田村大孃이라고 하였다. 다만 동생인 坂上大孃은 어머니가 坂上 마을에 살았으므로 坂上大孃이라고 하였
다. 이 때 자매는 안부를 묻는데 노래로 증답했던 것이다'고 하였다. 759번가에서는 오호토모노 타무라노
이헤노 오호오토메(大伴田村家大孃)라고 하였다.

大伴家持攀[1]橘花贈坂上大嬢謌一首幷短謌

1507 伊加登伊可等　有吾屋前尓　百枝刺　於布流橘　玉尓貫　五月乎近美　安要奴我尓　花咲尓
家里　朝尓食尓　出見毎　氣緒尓　吾念妹尓　銅鏡　清月夜尓　直一眼　令覩麻而尓波
落許須奈　由米登云管　幾許　吾守物乎　宇礼多伎也　志許霍公鳥　曉之　裏悲尓　雖追雖
追　尚來鳴而　徒　地尓令散者　爲便乎奈美　攀而手折都　見末世吾妹兒

いかといかと[2]　あるわが屋前に　百枝さし　生ふる橘　玉に貫く[3]　五月を近み　あえぬがに[4]
花咲きにけり　朝に日に[5]　出で見るごとに　息の緒[6]に　わが思ふ妹に　眞澄鏡[7]　清き月夜に
ただ一目　見するまでには　散りこすな[8]　ゆめといひつつ　ここだくも[9]　わが守るものを
慨きや[10]　醜霍公鳥　曉の　うら悲しきに[11]　追へど追へど　なほし來鳴きて　徒らに　地に散
らせば　術を無み　攀ぢて手折りつ　見ませ吾妹子

いかといかと　あるわがやどに　ももえさし　おふるたちばな　たまにぬく　さつきをちかみ
あえぬがに　はなさきにけり　あさにけに　いでみるごとに　いきのをに　わがおもふいもに
まそかがみ　きよきつくよに　ただひとめ　みするまでには　ちりこすな　ゆめといひつつ
ここだくも　わがもるものを　うれたきや　しこほととぎす　あかときの　うらがなしきに
おへどおへど　なほしきなきて　いたづらに　つちにちらせば　すべをなみ　よぢてたをりつ
みませわぎもこ

---

1 **攀** : 당겨서 꺾는 것이다.
2 **いかといかと** : 어떤 뜻인지 알 수 없다.
3 **玉に貫く** : 5월 5일의 옥추단이다.
4 **あえぬがに** : 넘친다는 뜻이다. 'がに'는 '~처럼'이라는 뜻이다.
5 **朝に日に** : 아침에도 낮에도.
6 **息の緒** : 생명. 숨을 쉬는 것이 사는 것이며, 연속적인 것을 '…のを'라고 한다.
7 **眞澄鏡** : 잘 간 거울이다. '清き'를 상투적으로 수식하는 枕詞이다.
8 **散りこすな** : 'こす'는 願望을 나타낸다.
9 **ここだくも** : 'ここだく'는 'に'보다 'も'를 위하는 경우가 많다.
10 **慨きや** : 화가 난다는 뜻이다.
11 **うら悲しきに** : 아내를 생각해서 슬프다는 뜻이다.

오호토모노 야카모치(大伴家持)가 홍귤 꽃을 꺾어서
사카노우헤노 오호오토메(坂上大孃)에게 보내는 노래 1수와 短歌

1507 어떨까 어떨까/ 하고 우리 정원에/ 가지 무성히/ 자라난 홍귤나무/ 약구슬로 꿸/ 단오가 가까우니/ 넘칠 정도로/ 꽃이 많이 피었네/ 아침과 낮에/ 나가서 볼 때마다/ 목숨과 같이/ 내가 생각는 그대께/ (마소카가미)/ 아름다운 달밤에/ 한번이라도/ 보여줄 때까지는/ 지지를 말아/ 절대로 말하면서/ 이렇게까지/ 내가 지키는 것을/ 한탄스럽네/ 두견새라는 놈이/ 날이 샐 무렵/ 왠지 마음 슬플 때/ 쫓아도 쫓아도/ 역시 와서 울어서/ 허망하게도/ 땅에 지게 하므로/ 방법이 없어/ 끌어당겨 꺾었네/ 보시지요 그대여

🌸 해설

어떻게 자랄까 하고 기대하고 있던, 우리 집 정원에 가지들을 무성하게 뻗치면서 잘 자라난 홍귤나무 꽃은, 약구슬로 꿸 때인 단오가 가까워지니 차고 넘칠 정도로 꽃이 아름답게 많이 피었지요. 아침에도 그리고 낮에도 나가서 꽃을 볼 때마다, 목숨처럼 내가 사랑하는 그대에게, 거울을 잘 갈아서 아름답게 빛나듯이 그렇게 아름다운 달밤에 한번만이라도 꽃을 보여줄 때까지는 절대로 지지 말라고 말하면서 이렇게까지 내가 지키고 있었지요. 그런데 한탄스럽게도 날이 샐 무렵 왠지 마음이 슬플 때, 두견새라는 놈이 쫓아내어도 쫓아내어도 역시 또 와서 울어서는 허망하게도 꽃을 지게 해서 땅에 떨어뜨리니 어쩔 두리가 없어서 가지를 끌어당겨 꺾었지요. 그러니 그대여 이 꽃을 보시지요라는 내용이다.
'いかといかと ある'를 大系에서는 '크고 넓다, 거대하다'로 해석하였다『萬葉集』 2, p.308].
오호토모노 스쿠네 야카모치(大伴宿禰家持)에 대해서는 1451번가의 해설에서 설명하였다.

反謌

1508　望降　清月夜尓　吾妹兒尓　令覩常念之　屋前之橘

十五夜降ち[1]　清き月夜に　吾妹子に　見せむと思ひし　屋前の橘

もちくたち　きよきつくよに　わぎもこに　みせむともひし　やどのたちばな

1509　妹之見而　後毛將鳴　霍公鳥　花橘乎　地尓落津

妹が見て　後も鳴かなむ[2]　霍公鳥　花橘を　地に散らしつ

いもがみて　のちもなかなむ　ほととぎす　はなたちばなを　つちにちらしつ

大伴家持贈紀女郎謌一首

1510　瞿麥者　咲而落去常　人者雖言　吾標之野乃　花尓有目八方

瞿麥[3]は　咲きて散りぬ[4]と　人[5]は言へど　わが標めし野の　花[6]にあらめやも[7]

なでしこは　さきてちりぬと　ひとはいへど　わがしめしのの　はなにあらめやも

---

1 十五夜降ち : 十六夜를 말하는 '既望'을 번역한 것인가. 보름이 막 지난 밤이라는 뜻이다. 약간 이지러진 十六夜의 밝은 달밤의 홍귤나무 꽃에 새로운 풍류가 있다.
2 鳴かなむ : 'なむ'는 願望을 나타낸다.
3 瞿麥 : 여성을 寓意한 것이다.
4 咲きて散りぬ : 남성에게 쏠리는 것을 말한다.
5 人 : 세상 사람이다.
6 花 : 女郎을 寓意한 것이다.
7 あらめやも : 어째서 있는 것일까. 'めや'는 강한 부정을 동반한 의문이다. 그대는 마음이 변하는 일은 없다는 뜻이다.

反歌

1508 보름 막 지난/ 아름다운 달밤에/ 그대에게요/ 보이려고 생각한/ 우리 집의 홍귤 꽃

🌸 해설

보름이 막 지나고 난 다음날의 아름다운 달밤에, 그대에게 보여주려고 생각했던 우리 집의 홍귤나무 꽃이라는 내용이다.

1509 그대 보고 난/ 후에 울면 좋을 걸/ 두견새는요/ 홍귤나무의 꽃을/ 땅에 지게 하였네

🌸 해설

그대가 꽃을 보고 난 후에 두견새가 울었더라면 좋았을 텐데. 그대가 꽃을 보기도 전에 두견새는 울어서 홍귤나무의 꽃을 땅에 지게 하였네라는 내용이다.

오호토모노 야카모치(大伴家持)가
키노 이라츠메(紀女郎)에게 보내는 노래 1수

1510 패랭이꽃은/ 피어서 져버렸다/ 사람들 말해도/ 내가 표시한 들의/ 꽃일 리가 없겠지요

🌸 해설

패랭이꽃은 피어서 져버렸다고 세상 사람들은 소문을 내어서 말하지만, 내가 내 사람으로 표시한 들판의 꽃일 리가 없겠지요라는 내용이다.

그대가 다른 사람에게 마음이 기울었겠다고 말들을 하지만 그대가 변심한 것은 아니겠지요라는 뜻이다.

오호토모노 스쿠네 야카모치(大伴宿禰家持)에 대해서는 1451번가의 해설에서 설명하였다.

中西 進은 작자가 '紀女郎과는 이미 장난스런 노래를 주고 받고 있다'고 하였다.

秋雜謌

崗本天皇¹御製謌一首

1511　暮去者　小倉乃山尓　鳴鹿者　今夜波不鳴　寐宿家良思母

夕されば　小倉の山²に　鳴く鹿³は　今夜は鳴かず　寝にけらしも⁴

ゆふされば　をぐらのやまに　なくしかは　こよひはなかず　いねにけらしも

大津皇子御謌⁵一首

1512　経毛無　緯毛不定　未通女等之　織黄葉尓　霜莫零

經もなく　緯も定めず⁶　少女⁷らが　織れる⁸黄葉に　霜⁹な降りそね¹⁰

たてもなく　ぬきもさだめず　をとめらが　おれるもみちに　しもなふりそね

---

1 崗本天皇 : 高市(타케치) 岡本이라면 34대 舒明천황이며, 後岡本이라면 舒明천황의 황후였던 齊明천황이
　다. 다만 노래는 전송되던 것으로 이 두 사람 중 누구의 작품도 아닐 가능성이 높다.
2 小倉の山 : 奈良縣 櫻井市인가.
3 鳴く鹿 : 이상은 일상의 경험을 말한 것이다. 이하는 현재의 일이다.
4 寝にけらしも : 울지 않은 이유를, 잤기 때문인가 하고 추량하는 친절함이 있다. 앞 구의 내용으로 추량하면
　함께 자는 것이다.
5 謌 : 『懷風藻』에 같은 작자의 한시가 있는데 그 시보다 뒤에 창작된 노래인가.
6 緯も定めず : 뒤섞인 단풍의 아름다움을 말한다.
7 少女 : 선녀를 연상한 것이다.
8 織れる : 완료의 'る'는 다 짰다는 뜻이다.
9 霜 : 단풍잎을 마르게 하는 서리이다.
10 霜な降りそね : 'な'는 금지를 나타낸다.

가을 雜歌

....

오카모토노 스메라미코토(崗本천황)가 지은 노래 1수

1511 저녁이 되면/ 오구라(小倉)의 산에서/ 우는 사슴은/ 오늘밤 울지 않네/ 이미 잠들었나봐

🌼 해설

보통 때 같으면 저녁이 되면 오구라(小倉)산에서 사슴이 울었는데 그 사슴이 오늘밤에는 울지를 않네. 아마도 이미 잠이 들었나 보다라는 내용이다.

이 작품은 권제9의 1664번가에 중복해서 보이는데 雄略천황의 작품으로 되어 있다.

오호츠노 미코(大津황자)의 노래 1수

1512 날실도 없고/ 씨실도 없는데도/ 아가씨들이/ 다 짠 단풍잎들에/ 서리 내리지 말게

🌼 해설

어느 것을 날실이라고 하고 어느 것을 씨실이라고 할 것도 없이 선녀들이 다 짜서 완성한 아름다운 단풍에 서리가 내리면 단풍잎이 말라버리니까 서리가 내리지 말라는 내용이다.

『懷風藻』에 같은 작자의 한시가 있는데 단풍을 직물로 표현한 것은 한시에도 보인다『萬葉集私注』 4, p.299].

오호츠노 미코(大津황자)에 대해 井手 至는, '天武천황의 제3 황자로 母는 大田황녀(天智천황의 공주). 持統천황의 朱鳥 원년(686)에 모반죄로 처형되었다. 24세였다'고 하였다『萬葉集全注』 8, pp.183~184].

穂積皇子御謌二首

1513   今朝之旦開　鴈之鳴聞都　春日山　黄葉家良思　吾情痛之

今朝の朝明　雁が音聞きつ¹　春日山　黄葉にけらし　わが情痛し²

けさのあさけ　かりがねききつ　かすがやま　もみちにけらし　わがこころいたし

1514   秋芽者　可咲有良之　吾屋戸之　淺茅之花乃　散去見者

秋萩は　咲くべくあるらし　わが屋戸の　淺茅³が花の　散りぬる見れば

あきはぎは　さくべくあるらし　わがやどの　あさぢがはなの　ちりぬるみれば

---

1 雁が音聞きつ : 기러기로 가을이 온 것을 알고 카스가(春日)의 가을 풍경을 생각한다.
2 わが情痛し : 계절의 변화로 인해서 마음이 아픈 것이다.
3 淺茅 : 키가 낮은 띠이다. 흰색의 꽃을 '치바야'라고 한다.

호즈미노 미코(穂積황자)의 노래 2수

1513 오늘 새벽 무렵/ 기럭 소리 들었네/ 카스가(春日)산은/ 단풍이 들었겠지/ 나의 마음이
   아프네

🌸 **해설**

   오늘 아침 날이 샐 무렵에 기러기가 우는 소리를 들었네. 카스가(春日)산은 아마도 단풍이 들었겠지.
그것을 생각하면 나의 마음이 아프네라는 내용이다.
   호즈미노 미코(穂積황자)에 대해 井手 至는, '天武천황의 제5 황자로 母는 大蕤娘. 慶雲 2년(705) 二品親王
으로 知太政官事, 和銅 8년(715)에 一品으로 사망하였다. 이복 여동생 但馬황녀와 밀회하여 志賀 山寺에
유배된 적도 있으며 비련 끝에 황녀가 사망한 후에는 大伴坂上郎女와 결혼하였다'고 하였다『萬葉集全注』
8, p.185].

1514 가을 싸리는/ 필 때가 된 것 같네요/ 우리 정원의/ 낮은 띠의 꽃들이/ 다 진 것을 보면은

🌸 **해설**

   가을 싸리꽃이 필 때가 된 것 같네. 우리 집 정원의 낮은 띠의 꽃들이 다 진 것을 보면은이라는 내용이다.
私注에서는, '싸리는 사실상 여름 중반 무렵부터 피기 시작하고 띠풀 꽃이 지는 것은 초여름이므로
양자의 배합은 계절적으로는 부자연스러운 것은 없다'고 하였다『萬葉集私注』 4, p.301].

但馬皇女御謌一首[1]　一書云, 子部王作[2]

1515　事繁　里尒不住者　今朝鳴之　鴈尒副而　去益物乎 [一云, 國尒不有者]

言しげき　里に住まずは　今朝鳴きし[3]　雁に副ひて　去なましものを [一は云はく, 國にあらずは]

ことしげき　さとにすまずは　けさなきし　かりにたぐひて　いなましものを [あるはいはく, くににあらずは]

山部王惜秋葉謌一首

1516　秋山尒　黄反木葉乃　移去者　更哉秋乎　欲見世武

秋山に　もみつ木の葉の　移りなば　さらにや秋を　見まく[4]欲りせむ

あきやまに　もみつこのはの　うつりなば　さらにやあきを　みまくほりせむ

1　但馬皇女御謌一首 : 穗積황자 작품과 나란히 실은 것은 穗積황자와 但馬황녀의 연애담에 의한 것이다. 다만 穗積황자의 노래는 相聞의 색채가 전혀 없다.
2　子部王作 : 황녀의 노래를 子部王이 전승하였으므로 작자명이 혼동되었다.
3　今朝鳴きし : 처음으로 기러기 소리를 듣고 1수를 착상한 것이다. 기러기가 바다를 넘는 것을 알고 있었던 것인가.
4　見まく : '見る'의 명사형이다.

타지마노 히메미코(但馬황녀)의 노래 1수

어떤 책에는 말하기를 코베노 오호키미(子部王)가 지은 것이라고 한다

1515 소문이 많은/ 마을에 살지 않고/ 오늘 아침 운/ 기러기를 따라서/ 떠나가고 싶구내어떤
       책에는 말하기를, 나라에 있지 않고

🌸 **해설**

사람들의 소문이 시끄러운 마을에 살지 않고, 오늘 아침에 우는 소리를 들은 기러기를 따라서 이곳을
떠나가고 싶구내어떤 책에는 말하기를, 나라에 있지 않고라는 내용이다.

타지마노 히메미코(但馬황녀)는 天武천황의 딸이다. 母는 鎌足女氷上娘이다. 『일본서기』天武천황 2년
(673) 2월조에 藤原대신의 딸 女氷上娘이 황녀를 낳았다고 하였다. 和銅 원년(708) 6월에 사망하였다. 持統
천황 때 穗積황자를 연모하는 노래가 있다[中西 進, 『萬葉集事典』(講談社, 1996), p.250].

야마베노 오호키미(山部王)가 가을 단풍을 아쉬워하는 노래 1수

1516 가을 산에요/ 물이 든 단풍잎이/ 져버린다면/ 더욱 다음 가을을/ 보고 싶어질 건가

🌸 **해설**

가을 산에 아름답게 물이 든 단풍잎이 다 져버린다면, 더욱더 다음 가을을 보고 싶다고 생각할 것인가라
는 내용이다.

단풍잎이 지면, 이듬해의 가을을 맞이하여 다시 아름다운 단풍잎을 보고 싶어 하게 될 것이라는 뜻이다.
'야마베노 오호키미(山部王)'는 누구인지 알 수 없다. 私注에서는, '壬申亂에서 전사한 사람이 있지만
그 사람이라고 생각되지 않는다. (중략) 桓武천황의 이름은 山部王인 것이 『일본서기』延曆 4년조에 보이지
만 그렇다고 보기에는 전후의 노래들과 시대가 맞지 않는다. 천황은 天平 9년(737)에 태어났으므로 이
노래는 빨라도 寶字 이후가 아니면 안 된다. 더구나 다음에 나오는 겨울 相聞에는 寶字 2년(758)으로 추정되
는 작품이 있으므로 여기에 桓武천황 山部王 시대의 작품이 있는 것도 완전히 불가능하다고 생각되지는
않는다'고 하였다[『萬葉集私注』 4, p.302].

長屋王謌一首

1517　味酒　三輪乃祝之　山照　秋乃黄葉乃　散莫惜毛

味酒[1]　三輪の祝[2]の　山照らす　秋の黄葉の　散らまく惜しも

うまさけ　みわのはふりの　やまてらす　あきのもみちの　ちらまくをしも

---

1 味酒 : 'みわ'는 술의 고어이며 三輪山을 수식하는 枕詞이다.
2 三輪の祝 : 神職. '祝の山'이라고 한 것은 불충분한 표현으로도 보이지만 神山을 '祝の山'이라고도 했던 것인가.

나가야노 오호키미(長屋王)의 노래 1수

1517 (우마사케)/ 미와(三輪) 신관 지키는/ 산을 빛내는/ 가을의 단풍잎이/ 지는 것이 아쉽네

✿ 해설

맛있는 좋은 술이라는 뜻을 이름으로 한 미와(三輪)신사의 신관이 지키는 산을, 아름답게 빛나게 하는 가을 단풍잎이 지는 것이 아쉽네라는 내용이다.

나가야노 오호키미(長屋王)를 井手 至는, '高市황자의 아들. 母는 御名部황녀. 慶雲 원년(704)에 정4위상, 和銅 2년(709)에 宮內卿, 3년에 式部卿, 養老 2년(718)에 大納言, 5년에 右大臣, 神龜 원년(724)에 左大臣이 되고 정치의 중추적 인물이 되었으나 天平 원년(729) 2월에 참소에 의해 자결하였다. 나이 54세였다'고 하였다[『萬葉集全注』 8, p.189].

山上臣憶良七夕謌十二首[1]

1518   天漢　相向立而　吾戀之　君來益奈利　紐解設奈 [一云, 向河]

天の川　相向き立ちて　わが戀ひし　君來ますなり[2]　紐解き[3]設けな[4] [一は云はく, 川に向ひて]

あまのかは　あひむきたちて　わがこひし　きみきますなり　ひもときまけな [あるいはいはく, かはにむかひて]

左注　右, 養老八年[5]七月七日, 應令[6].

1519   久方之　漢瀨尒　船泛而　今夜可君之　我許來益武

ひさかたの　天の川瀨[7]に　船浮けて　今夜か君が　我許[8]來まさむ

ひさかたの　あまのかはせに　ふねうけて　こよひかきみが　わがりきまさむ

左注　右, 神龜元年七月七日夜, 左大臣宅.

---

1 七夕謌十二首 : 이하 수년 동안의 작품을 일괄하였다.
2 君來ますなり : 중국의 전설과는 반대로 남자가 방문한다. 'なり'는 추량을 나타낸다.
3 紐解き : 잠자리를 함께 하기 위하여 옷 띠를 푸는 것이다.
4 設けな : '設け'는 '준비하다'는 뜻이다. 'な'는 희망을 나타내는 조사이다.
5 養老八年 : 養老 8년 2월에 神龜로 개원하였다. 養老 6년이나 7년의 잘못이다.
6 應令 : 令旨. 황태자(후의 聖武천황)의 명령이다. 동시에 다수의 조정 신하에게 명령을 내렸다고 생각된다.
7 天の川瀨 : 원문의 '漢'은 중국에서 漢水를 하늘 위에 있는 하늘의 강으로 생각했으므로 사용한 것이다.
8 我許 : 여인의 곁으로라는 뜻이다.

야마노우헤노 오미 오쿠라(山上臣憶良)의 칠석 노래 12수

1518 하늘 은하수/ 마주 향하여 서서/ 내가 그리던/ 그대 오는 듯하네/ 띠 풀고 기다리자 [어떤 책에는 말하기를, 강을 향하여 서세]

❀ 해설

하늘 은하수를 향하여 서서 내가 그립게 생각하고 있던 그대가 오는 듯하네. 그러니 옷 띠를 풀고 기다리재어떤 책에는 말하기를, 강을 향하여 서세라는 내용이다.

大系에서는 '君來ますなり'를, '견우가 오는 노 젓는 소리가 들렸다'로 해석하였다[『萬葉集』 2, p.312].

야마노우헤노 오미 오쿠라(山上臣憶良)에 대해 全集에서는, '大寶 원년(701) 42세 때 遣唐少錄이 되어, 粟田朝臣眞人을 따라 이듬해 당나라로 갔다. 돌아온 시기는 알 수 없으나 慶雲 4년(707) 정월 무렵이라고 한다. 和銅 7년(714)에 종5위하, 靈龜 2년(716)에 伯耆守가 되었고 또 養老 5년(721)에 佐爲王 등과 함께 동궁(후의 聖武천황)에게 侍講하였다. 神龜 말년에 筑前守로 임명되어, 같은 시기에 大宰帥로 내려왔던 大伴旅人과 교유를 하였으며 인간미가 넘치는 많은 노래와 한문을 남겼다. 旅人보다 뒤에 歸京하여 天平 5년(733)에 74세로 사망하였다고 생각된다'고 하였다[『萬葉集』 2, p.505].

> 좌주 위는, 養老 8년(724) 7월 7일, 명령에 응한 것이다.

1519 (히사카타노)/ 하늘의 강여울에/ 배를 띄워서/ 오늘밤은 그대가/ 내 곁에 올 건가요

❀ 해설

멀고 먼 하늘의 강에다가 배를 띄워서 오늘밤은 그대가 내 곁으로 올 것인가요라는 내용이다.

일본의 칠석 노래에서는 견우가 배를 타고 직녀에게로 가는 것으로 표현되고 있다. 해양문화의 특성을 나타낸다.

> 좌주 위는, 神龜 원년(724) 7월 7일 밤에, 左大臣의 집.
> 全集에서는, 左大臣은 長屋王으로 이때 49세였으며 憶良은 65세였다고 하였다[『萬葉集』 2, p.330].

1520 牽牛者 織女等 天地之 別時由 伊奈宇之呂 河向立 思空 不安久尓 嘆空 不安久尓

靑浪尓 望者多要奴 白雲尓 滯者盡奴 如是耳也 伊伎都枳乎良牟 如是耳也 戀都追安良

牟 佐丹塗之 小船毛賀茂 玉纏之 眞可伊毛我母 [一云, 小棹毛何毛] 朝奈藝尓 伊可伎渡

夕塩尓 [一云, 夕倍尓毛] 伊許藝渡 久方之 天河原尓 天飛也 領巾可多思吉 眞玉手乃

玉手指更 餘宿毛 寐而師可聞 [一云, 伊毛左祢而師加] 秋尓安良受登母 [一云, 秋不待登毛]

ひこぼし[牽牛]¹は 織女²と 天地の 別れし時ゆ いなうしろ³ 川に向き立ち 思ふそら⁴ 安からなくに⁵

嘆くそら 安からなくに 靑波⁶に 望みは絶えぬ 白雲に 涙は盡きぬ かくのみや 息衝き⁷

居らむ かくのみや 戀ひつつあらむ さ丹塗の 小舟もがも⁸ 玉纏⁹の 眞櫂もがも [一は云

はく, 小棹もがも] 朝凪に い搔き¹⁰渡り 夕潮¹¹に [一は云はく, ゆふべにも] い漕ぎ渡り

ひさかたの 天の川原に 天飛ぶや 領巾¹²片敷き¹³ 眞玉手の 玉手さし交へ あまた夜も

寝てしかも¹⁴ [一は云はく, いもさねてしか] 秋にあらずとも [一は云はく, 秋待たずとも]

ひこぼしは たなばたつめと あめつちの わかれしときゆ いなうしろ かはにむきたち

おもふそら やすからなくに なげくそら やすからなくに あをなみに のぞみはたえぬ

しらくもに なみだはつきぬ かくのみや いきづきをらむ かくのみや こひつつあらむ

さにぬりの をぶねもがも たままきの まかいもがも [あるはいはく, をさをもがも] あさなぎ

に いかきわたり ゆふしほに [あるはいはく, ゆふべにも] いこぎわたり ひさかたの あまの

かはらに あまとぶや ひれかたしき またまでの たまでさしかへ あまたよも いねてしかも

[あるはいはく, いもさねてしか] あきにあらずとも [あるはいはく, あきまたずとも]

---

1 牽牛 : 전설의 **牽牛星**을 남자 별로 번역한 것이다.
2 織女 : 직녀성을 직역한 것이다. 좋은 베틀을 사용하는 여성이다.
3 いなうしろ : 짚으로 짠 자리이다. '깔다, 겹치는 상태' 등을 말한다. 이 작품에서는 '카하'로 이어진다.
4 思ふそら : 境遇.
5 安からなくに : 'やすけなくに'로 훈독한 경우도 있다.
6 靑波 : 푸른색과 흰색을 대비하였다.
7 息衝き : 탄식하는 것이다.
8 小舟もがも : 官船이다. 'もがも'는 願望을 나타낸다.
9 玉纏 : 벚나무 껍질을 배에 감은 예(942번가)가 있는데, 노에도 감았던 것인가.
10 い搔き : 'い'는 접두어. 노로 물을 젓는 것이다.
11 夕潮 : 강의 실제 상태를 벗어난 표현이다. 따라서 '一云'이 생겨난 것인가.
12 領巾 : 天女를 연상한 것이다.
13 片敷き : 보통 혼자 자는 것을 표현한다.
14 寢ねてしかも : 'いね'는 자는 것이다. 'てしかも'는 원망을 나타낸다.

1520 견우별은요/ 직녀 아가씨와요/ 하늘과 땅이/ 분리된 때로부터/ (이나우시로)/ 강을 향하여
서서/ 생각는 마음/ 편안하지를 않고/ 탄식하는 맘/ 편안하지를 않고/ 푸른 파도에/ 보이
지를 않고요/ 흰 구름에요/ 눈물 말라버렸네/ 이렇게만이/ 탄식하며 있을까/ 이렇게만이/
그리고 있을 건가/ 붉은 칠을 한/ 작은 배 있으면/ 가죽을 감은/ 노가 있다면은[어떤 책에
말하기를, 작은 노 있다면]/ 아침뜸에는/ 노 저어 건너고/ 저녁 조수에 [어떤 책에 말하기
를, 저녁쯤에도]/ 저어서 건너서/ (히사카타노)/ 하늘의 은하수에/ (아마토부야)/ 너울 반
쯤 깔고/ 구슬과 같은/ 팔을 서로 베고는/ 몇 날 밤이나/ 잠을 자고 싶네 [어떤 책에 말하기
를, 함께 잠자고 싶네]/ 가을은 아니라 해도 [어떤 책에 말하기를, 가을 안 기다려도]

　　견우는 직녀와, 하늘과 땅이 분리된 때로부터 강을 향하여 서서 생각는 마음이 편안하지를 않고,
탄식하는 마음이 편안하지를 않고, 강에 이는 푸른 파도에 의해 희망은 끊어졌네. 뻗쳐 있는 흰 구름을
바라보고 눈물도 말라버렸네. 이렇게 탄식만 하며 있는 것일까. 이렇게 애타게 직녀를 그리워하고만 있을
것인가. 붉은 칠을 한 작은 배가 있었으면 좋겠네. 멋진 가죽을 감은 노도 있었으면 좋겠네[어떤 책에
말하기를, 작은 노도 있으면]. 그렇다면 바람이 잠잠한 아침뜸에는 노를 저어서 건너가고 저녁 무렵의
조류에[어떤 책에 말하기를, 저녁에도] 배를 저어서 건너서 먼 하늘의 은하수에, 가벼워서 하늘을 나는
것 같은 너울을 반쯤 깔고, 구슬과 같이 아름다운 팔을 서로 어긋하고는 몇 날 밤이나 몇 날 밤이나 자고
싶은 것이네[어떤 책에 말하기를, 함께 잠자고 싶네]. 가을은 아니라고 해되[어떤 책에 말하기를, 가을을
기다리지 않아도]라는 내용이다.

　　삭은 배와 노만 있다년, 가을의 칠월 칠석 꼭 그날을 기다리지 않더라노 언세든지 배를 타고 노를
저어 은하수를 건너서 직녀에게 가서 함께 잘 수 있을 것이라는 뜻이다.

　　中西 進은, '이 작품은 일련의 남성의 입장에서 노래한 것'이라고 하였다.

反謌

1521 風雲者　二岸尓　可欲倍杼母　吾遠嬬之［一云，波之嬬乃］事曾不通

風雲[1]は　二つの岸に　通へども　わが遠妻の［一は云はく，はしづまの］言そ通はぬ

かぜくもは　ふたつのきしに　かよへども　わがとほづまの［あるはいはく，はしづまの］ことそ
かよはぬ

1522 多夫手二毛　投越都倍吉　天漢　敝太而礼婆可母　安麻多須辨奈吉

礫[2]にも　投げ越しつべき　天の川　隔てれ[3]ばかも　あまた[4]術無き

たぶてにも　なげこしつべき　あまのかは　へだてればかも　あまたすべなき

> 左注　右，天平元年七月七日夜，憶良仰觀天河．［一云，帥[5]家作］

---

1 風雲 : 漢字의 도입인가.
2 礫 : 던지는 돌맹이다.
3 隔てれ : 완료를 나타낸다.
4 あまた : 많이, 완전히라는 뜻이다.
5 帥 : 오호토모노 타비토(大伴旅人)이다. 앞의 작품 이후로 神龜 2년(725)부터 5년까지의 작품이 없는 것은, 도읍에 있는 황태자, 長屋王, 大宰府의 旅人과 같은 사람들이 없었기 때문이다.

反歌

1521 바람과 구름/ 양쪽의 해안을요/ 지나가지만/ 나의 먼 곳 아내의[어떤 책에 말하기를, 사랑
스런 아내의]/ 말은 통하지 않네

해설

바람과 구름은 은하수의 양쪽 해안을 지나가지만 먼 곳에 있는 나의 아내의[어떤 책에 말하기를, 사랑스런 아내의] 말은 전혀 전하여 오지 않네라는 내용이다.
견우의 입장에서, 직녀의 소식을 알고 싶어하는 마음을 노래한 것이다.

1522 돌맹이라도/ 던지면 닿을 듯한/ 은하수인데/ 떨어져 있어선가/ 전연 방법이 없네

해설

작은 돌맹이라도 던지면 넘어가서 닿을 듯한 가까운 은하수인데, 그 은하수가 사이를 갈라놓고 있기 때문인가. 어떻게 할 방법이 전연 없네라는 내용이다.

좌주 위는, 天平 원년(729) 7월 7일 밤, 오쿠라(憶良)가 은하수를 바라보고. [어떤 책에는 말하기를, 장관 집에서 지었다고 한다]
井手 至는, '이때 憶良은 筑前守. 그러므로 이 長歌와 短歌 3수는 九州에서의 작품이며 大宰府의 大伴旅人의 관저에서 지은 것'이라고 하였다[『萬葉集全注』 8, p.202].

1523　秋風之　吹尓之日從　何時可登　吾待戀之　君曾來座流

秋風の　吹きにし日¹より　いつしかと²　わが待ち戀ひし　君そ來ませる

あきかぜの　ふきにしひより　いつしかと　わがまちこひし　きみそきませる

1524　天漢　伊刀河浪者　多々祢杼母　伺候難之　近此瀬呼

天の川　いと川波は　立たねども　伺候ひ難し³　近きこの瀬を

あまのかは　いとかはなみは　たたねども　さもらひかたし　ちかきこのせを

---

1 吹きにし日 : 7월의 입추를 말한다.
2 いつしかと : 의문뿐만이 아니라 願望이 있다.
3 伺候ひ難し : 물결의 상태를 보아 강을 건너갈 기회를 엿보는 것이 보통인데 살펴보지도 않고 헤어진다는 뜻이다.

1523 가을바람이/ 불기 시작한 날로/ 언제일까고/ 내 기다리며 그린/ 그대가 오셨네요

해설

가을바람이 불기 시작한 날로부터 언제면 올 것인가 하고 내가 기다리며 그리워했던 그대가 이제야 오셨네요라는 내용이다.

기다리던 견우가 찾아온 것을 기뻐한 직녀의 입장에서의 노래이다.

1524 은하수에는/ 심하게 강 물결은/ 일지 않는데/ 살펴보기 힘드네/ 가까운 이 여울을

해설

은하수에는 심하게 강 물결은 일고 있지도 않은데, 배가 떠날 준비를 해서, 배가 출발해도 좋은지 파도 상태를 살펴볼 수조차 없네. 이렇게 가까운 여울을이라는 내용이다.

물결 상태를 살펴서 더 머물고 싶어도 떠나야만 하므로, 직녀와의 이별을 안타까워한 견우의 입장에서의 작품이다.

이 작품을 中西 進은 남성의 입장에서의 노래로 보았다. 私注에서는, '견우의 노래로도 직녀의 노래로도 볼 수 있다'고 하였대『萬葉集私注』 4, p.311]. 井手 至는 '만났을 때 견우가, 이렇게 가깝게 있으면서 좀처럼 만날 수가 없었다고 탄식하며 직녀에게 이야기해주는 형식의 노래인가'라고 하였대『萬葉集全注』 8, p.204].

1525　袖振者　見毛可波之都倍久　雖近　度爲便無　秋西安良称波

　　　　袖振らば　見¹もかはしつべく　近けども　渡るすべ²無し　秋にしあらねば

　　　　そでふらば　みもかはしつべく　ちかけども　わたるすべなし　あきにしあらねば

1526　玉蜻蜒　髣髴所見而　別去者　毛等奈也戀牟　相時麻而波

　　　　玉かぎる³　髣髴に見えて　別れなば　もとな⁴や戀ひむ　逢ふ時までは

　　　　たまかぎる　ほのかにみえて　わかれなば　もとなやこひむ　あふときまでは

　　　[左注]　右, 天平二年七月八日夜, 帥⁵家集會.

---

1 見 : 소매를 흔드는 모습을.
2 渡るすべ : 건너는 방법이다.
3 玉かぎる : 구슬이 희미하게 빛난다는 뜻으로 'ほのか'를 상투적으로 수식하는 枕詞이다.
4 もとな : 'もとなし(이유 없이, 자꾸만)'의 어간.
5 帥 : 大伴旅人.

1525　소매 흔들면/ 서로 볼 수 있을 정도/ 가깝지만은/ 건너갈 방법 없네/ 가을 아니기 때문에

해설

옷소매를 흔들면 서로 볼 수 있을 정도로 가깝지만 직녀에게로 건너갈 방법이 없네. 지금은 가을이 아니기 때문에라는 내용이다.

가을은 견우와 직녀가 만나는 음력 7월 7일을 말한다. 음력 가을의 7월 7일이 되어야만 만날 수 있는 안타까움을 견우의 입장에서 노래한 것이다.

私注에서는, '견우의 노래로도 직녀의 노래로도 볼 수 있다. 혹은 제삼자의 입장에서의 작품으로 보아도 좋다'고 하였다[『萬葉集私注』 4, p.311].

1526　(타마카기루)/ 희미하게 보고서/ 헤어진다면/ 자꾸만 그립겠죠/ 다시 만날 때까지

해설

구슬이 희미하게 빛나듯이 그렇게 꿈인 것처럼 희미하게 보고 헤어진다면 자꾸만 그립겠지요. 다시 만날 때까지는이라는 내용이다.

'髣髴に見えて'를 大系・注釋・全集에서는 '잠시 동안만 보고'로 해석하였다.

좌주　위는, 天平 2년(730) 7월 8일 밤, 장관 집에 모였다.

1527   牽牛之　迎嬬船　己藝出良之　天漢原尒　霧之立波

　　　　牽牛の　嬬迎へ船[1]　漕ぎ出らし　天の川原に　霧の立てるは[2]

　　　　ひこぼしの　つまむかへぶね　こぎづらし　あまのかはらに　きりのたてるは

1528   霞立　天河原尒　待君登　伊徃還尒　裳襴所沾

　　　　霞立つ　天の川原に　君待つと　いゆきかへるに　裳の裾ぬれぬ

　　　　かすみたつ　あまのかはらに　きみまつと　いゆきかへるに　ものすそぬれぬ

1529   天河　浮津之浪音　佐和久奈里　吾待君思　舟出為良之母

　　　　天の川　ふつ[3]の波音　騒くなり　わが待つ君し　舟出すらしも

　　　　あまのかは　ふつのなみおと　さわくなり　わがまつきみし　ふなですらしも

---

1 嬬迎へ船 : 견우가 직녀를 맞이한다고 하는 새로운 표현이다.
2 霧の立てるは : 노를 저으므로 물거품이 일어서 안개가 낀다는 뜻이다.
3 ふつ : 모두, 완전히라는 뜻이다.

1527 견우별이요/ 직녀 맞이하는 배/ 저어 출발 한 듯해/ 하늘의 은하수에/ 안개 끼어 있으니

🌸 해설

견우가, 직녀 맞이하는 배를 저어서 출발을 한 듯하네. 하늘의 은하수에 노를 저을 때 생긴 물거품이 안개로 끼어 있는 것을 보면이라는 내용이다.

中西 進은, '이하 3수는 연대를 기록하지 않았다. 天平 3년(731)에 旅人이 歸京한 후에 혼자 부른 것인가' 라고 하였다.

私注에서는, '이하 3수는 창작 사정을 설명하지 않았지만 역시 자발적인 창작은 아니고, 칠석 모임 등에서 지은 것일 것이다. 귀족들이 문인을 초대하여 칠석을 보내는 풍습이 있었으므로 그 방면의 전문가인 憶良도 해마다 칠석 노래를 짓지 않으면 아니 되었을 것이다'고 하였다『萬葉集私注』 4, p.312]. 井手 至는 '제삼자의 입장에서의 노래'라고 하였다『萬葉集全注』 8, p.207].

1528 안개가 끼인/ 하늘의 은하수에/ 님 기다리며/ 서성이는 동안에/ 치맛자락 젖었네

🌸 해설

안개가 낀 하늘의 은하수에서 그대를 기다리느라고 서성이며 있는 동안에 치맛자락이 젖었답니다라는 내용이다.

이 작품은 직녀의 입장에서의 노래이다.

1529 하늘 은하수/ 모든 파도 소리 내/ 시끄럽네요/ 내 기다리는 그대/ 배를 내고 있나봐

🌸 해설

하늘 은하수의 모든 파도가 소리를 내며 시끄러운 것이 들리네요. 내가 기다리는 그대가 배를 출발시키고 있는기 봅니다리는 내용이다

'浮津'을 大系・私注・注釋・全集・全注에서는 'うきつ'로 읽고 선착장으로 해석하였다.

大宰諸卿大夫幷官人等¹宴筑前國蘆城驛家謌二首

1530　娘部思　秋芽子交　蘆城野　今日乎始而　萬代尒將見

　　　　女郎花　秋萩まじる　蘆城の野　今日を始めて　萬代に見む²

　　　　をみなへし　あきはぎまじる　あしきのの　けふをはじめて　よろづよにみむ

1531　珠逮　葦木乃河乎　今日見者　迄萬代　將忘八方

　　　　珠匣³　蘆城の川を　今日見ては⁴　萬代までに　忘らえめやも⁵

　　　　たまくしげ　あしきのかはを　けふみては　よろづよまでに　わすらえめやも

　　　左注　右二首, 作者未詳.

---

1 諸卿大夫幷官人等：卿(大貳 이상), 大夫(國司 이상)와 이하 사람들.
2 萬代に見む：언제까지나 보고 감상한다는 뜻이다.
3 珠匣：멋진 빗 상자는 다리가 달려 있으므로 '아시(蘆)'에 이어지는가.
4 今日見ては：'は'는 강조하는 것이다.
5 萬代までに 忘らえめやも：제4, 5구는 頌歌의 상투적인 표현이다.

大宰의 여러 卿大夫와 관료 등이 츠쿠시노 미치노쿠치(筑前)國의 아시키(蘆城) 驛家에서 연회하는 노래 2수

1530 마타리에다/ 가을싸리 섞여 핀/ 아시키(蘆城)들을/ 오늘을 시작으로/ 언제까지나 보자

✿ 해설

마타리에다 가을싸리가 섞여서 피어 있는 아름다운 아시키(蘆城)들판이여. 오늘을 시작으로 해서 언제까지나 보고 감상하자는 내용이다.

全集에서는, '大宰府에 부임한 관료가 환영회 등에서 처음으로 아시키(蘆城) 驛家를 방문하여 지은 것일 것이다'고 하였다[『萬葉集』 2, p.334].

1531 (타마쿠시게)/ 아시키(蘆城)의 강을요/ 오늘 본 후는/ 만대 후까지라도/ 잊을 수가 있을까

✿ 해설

멋진 빗 상자의 다리라는 뜻이 들어 있는 그 아시키(蘆城)의 강을 오늘 처음 본 이후로는 만대 후까지라도 잊을 수가 있을까라는 내용이다.

'珠匣'을 大系에서는, '빗 상자의 뚜껑을 연다(開 : あける)는 뜻에서 'あ'를 수식하는가'라고 하였다[『萬葉集』 2, p.315].

좌주 위의 2수는, 작자가 명확하지 않다.

笠朝臣金村伊香山[1]作謌二首

1532　草枕　客行人毛　徃觸者　尒保比奴倍久毛　開流芽子香聞

　　　　草枕　旅行く人も　行き觸れば　にほひぬべくも　咲ける萩かも

　　　　くさまくら　たびゆくひとも　ゆきふれば　にほひぬべくも　さけるはぎかも

1533　伊香山　野邊尒開有　芽子見者　公之家有　尾花之所念

　　　　伊香山　野邊に咲きたる　萩見れば　君が家[2]なる　尾花[3]し思ほゆ

　　　　いかごやま　のへにさきたる　はぎみれば　きみがいへなる　をばなしおもほゆ

1　伊香山 : 石上乙麿의 관계에 의해 **越前**으로 가는 여행길이라 생각된다.
2　君が家 : 乙麿의 집인가.
3　尾花 : 참억새의 이삭. 아름답게 이삭으로 나와 있을 것을 연상한다.

카사노 아소미 카나무라(笠朝臣金村)가
이카고(伊香)산에서 지은 노래 2수

1532 (쿠사마쿠라)/ 여행가는 사람도/ 스쳐 지나도/ 꼭 물이 들 정도로/ 피어 있는 싸리여

풀을 베개로 하여 잠을 자는 힘든 여행을 가는 사람도, 가다가 스치기만 해도 반드시 옷에 물이 들 정도로 많이 피어 있는 싸리여라는 내용이다.

'이카고(伊香)산을 大系에서는, '滋賀縣 伊香郡 木之本町 大音(오오토) 주변의 산'이라고 하였다『萬葉集』 2, p.316].

카사노 아소미 카나무라(笠朝臣金村)는 어떤 사람인지 알 수 없다. 창작 연대가 분명한 것은 靈龜 원년 (715)에서 天平 5년(733)까지로 행행 供奉의 작품이 많다[全集『萬葉集』 2, p.496]. 카사노 아소미 카나무라 (笠朝臣金村)의 작품 중에서 364번가 이하는 鹽津山의 작품이 있다.

1533 이카고(伊香)산의/ 들 근처 피어 있는/ 참억새 보면/ 그대의 집에 있는/ 억새꽃이 생각나네

이카고(伊香)산의 들 근처에 피어 있는 참억새를 보면, 그대 집의 억새꽃이 생각이 나네라는 내용이다.

石川朝臣老夫謌一首

1534　娘部志　秋芽子折礼　玉桙乃　道去裹跡　爲乞兒

　　　女郎花　秋萩手折れ　玉桙の[1]　道行苞[2]と　乞はむ兒[3]のため

　　　をみなへし　あきはぎたをれ　たまほこの　みちゆきつとと　こはむこのため

藤原宇合卿謌一首

1535　我背兒乎　何時曾旦今登　待苗尒　於毛也者將見　秋風吹

　　　わが背子を　何時そ[4]今か[5]と　待つなへに[6]　面や[7]は見えむ　秋の風[8]吹く

　　　わがせこを　いつそいまかと　まつなへに　おもやはみえむ　あきのかぜふく

1　玉鉾の : '玉'은 美稱. 칼 모양의 물건을 땅에 세운 것에서 나온 표현이라고 한다. '길'을 상투적으로 수식하는
　　枕詞이다.
2　道行苞 : 여행 선물이다.
3　乞はむ兒 : 여성을 연상한 것이다.
4　何時そ : 오는 것이 언제일까라는 뜻이다.
5　今か : '今か来る'를 줄인 것이다.
6　待つなへに : 기다리는 것과 함께.
7　面や : 강한 부정을 동반한 의문을 나타낸다.
8　秋の風 : 바람은 찾아오는 조짐이기도 하지만, 바람뿐이라고 하는 공허함이 있다.

이시카하노 아소미 오키나(石川朝臣老夫)의 노래 1수

1534 마타리도요/ 가을싸리도 꺾게/ (타마호코노)/ 여행했던 선물을/ 달라는 그녀 위해

해설

마타리도 가을싸리도 꺾어 두게나. 여행 갔던 선물을 달라는 그녀에게 주기 위해서라는 내용이다.
井手 至는 '여행에 동행한, 경험이 적은 젊은 사람들을 향하여 부른 노래'라고 하였다[『萬葉集全注』 8,
p. 213].
이시카하노 아소미 오키나(石川朝臣老夫)는 어떤 사람인지 알 수 없다.

후지하라노 우마카히(藤原宇合)卿의 노래 1수

1535 그리운 이를/ 언젤까 지금 올까/ 기다리다가/ 얼굴 볼 수 있을까/ 가을바람이 부네

해설

사랑하는 사람을 언제 올까, 지금 올까 하고 기다리다가 과연 얼굴을 볼 수가 있을 것인가. 공연하게도
가을바람이 부네라는 내용이다.
후지하라노 우마카히(藤原宇合)에 대해 全集에서는, '不比等의 셋째 아들. 遣唐副使, 常陸守, 持節대장군
등을 거쳐, 神龜 3년(726) 式部卿 종3위로 知造難波宮事가 되었고 또 參議, 서해도절도사, 大宰帥 등을 역임
하였다. 天平 9년(737)에 정3위로 사망하였다. 『懷風藻』에 시 6수, 『經國集』에 賦 1편이 실려 있다'고 하였다
[『萬葉集』 2, p. 502].

緣達師[1]謌一首

1536　暮相而　朝面羞　隱野乃　芽子者散去寸　黃葉早續也

　　　暮に逢ひて　朝面無み[2]　隱野[3]の　萩は散りにき　黃葉早續げ

　　　よひにあひて　あしたおもなみ　なばりのの　はぎはちりにき　もみちはやつげ

山上臣憶良詠秋野花[4]二首

1537　秋野尒　咲有花乎　指折　可伎數者　七種花　其一

　　　秋の野に　咲きたる花を　指折り　かき數ふれば　七種の花 [その 一[5]]

　　　あきののに　さきたるはなを　およびをり　かきかぞふれば　ななくさのはな [その 一]

---

1 緣達師：'師'는 敬稱이다.
2 朝面無み：隱野를 형용한 것이다. 얼굴을 숨기는(隱：나바루) '隱野'로 연결된다.
3 隱野：名張의 들이다.
4 秋野花：이른바 가을의 대표적인 일곱 화초를 말한다. 乞巧奠(칠석날 밤에 여자들이 견우성과 직녀성에게 길쌈과 바느질을 잘 하게 해 달라고 재주를 비는 의식)에 바쳤으므로 일곱 종류의 선정이 필요했다. 일곱 종류는 憶良이 생각해낸 것인가.
5 その 一：'その 一'은 노래 불리어진 흔적을 나타낸다.

엔다치 호우시(緣達師)의 노래 1수

1536 저녁에 만나서/ 아침엔 면목 없어/ 나바리(隱野)들의/ 싸리는 져버렸네/ 단풍 빨리 물들게

🌸 해설

　저녁에 남자와 만나서 동침을 하고 아침에는 부끄러워서 고개를 숙이고 숨는다는 뜻을 이름으로 한 나바리(隱野) 들판의 싸리는 져버렸네. 단풍이여. 빨리 이어서 물이 들라는 내용이다.

　가을을 대표하는 싸리꽃이 졌으니 그 뒤를 이어서 단풍이 빨리 물들었으면 좋겠다는 뜻이다.

　緣達師에 대해 私注에서는, '작자 緣達師의 師는 법사라는 뜻으로 緣達이라고 하는 이름의 승려일 것이라고 말해지지만, 『일본서기』 大化 원년(645)조에 緣達이라고 하는 백제의 대사가 보인다. 그것과 관계는 없다고 해도 緣은 백제계의 성으로 達師가 이름, 백제에서 귀화한 성씨들 중의 한 사람일 것이다. 행적은 물론 알 수 없다. 이 작품만 전하는 작자다'고 하였다[『萬葉集私注』 4, p.317].

야마노우헤노 오미 오쿠라(山上臣憶良)가
가을 들판의 꽃을 노래한 노래 2수

1537 가을 들판에/ 피어 있는 꽃들을/ 손가락 꼽아/ 수를 세어 보면은/ 일곱 종류 꽃이네

🌸 해설

　가을 들판에 피어 있는 꽃들의 종류를 손가락을 꼽아가며 숫자를 세어 보면 일곱 종류의 꽃이네라는 내용이다.

　'かき數ふれば'의 'かき'는 접두어이다.

　私注에서는, '憶良의 작품이지만 연대가 명확하지 않다. 이 작품 전후에 大宰府에 관한 노래들이 보이므로 혹은 筑紫에 있을 때의 작품일지도 모르지만 이 권제8은 반드시 세부까지 연대순이라고도 생각되지 않으므로 연대미상이라고 할 수밖에 없다. 다음 작품과 합쳐서 하나의 형식을 이루는 것은 憶良이 한시 등에서 얻은 착상일 것이다'고 하였다[『萬葉集私注』 4, p.318].

1538　芽之花　乎花葛花　瞿麥之花　姫部志　又藤袴　朝兒之花 [其二]

　　　萩の花　尾花葛花　瞿麥の花　女郎花　また藤袴　朝貌の花 [その 二]

　　　はぎのはな　をばなくずはな　なでしこのはな　をみなへし　またふぢばかま　あさがほのはな
　　　[その 二]

天皇御製謌二首

1539　秋田乃　穂田乎鴈之鳴　闇尓　夜之穂杼呂尓毛　鳴渡可聞

　　　秋の田[1]の　穂田を雁が音[2]　闇けくに　夜のほどろ[3]にも　鳴き渡るかも

　　　あきのたの　ほだをかりがね　くらけくに　よのほどろにも　なきわたるかも

---

1 秋の田 : 동격을 나타낸다.
2 雁が音 : 기러기가 우는 소리를 말한다. 기러기 자체를 말하기도 한다.
3 ほどろ : 동이 틀 무렵을 가리킨다.

1538　싸리나무 꽃/ 참억새꽃과 칡꽃/ 그리고 패랭이꽃/ 마타리에다/ 또한 등골나무 꽃/ 도라지
　　　　꽃이지요

 해설

　　그 일곱 종류의 꽃은 싸리나무 꽃, 참억새꽃, 칡꽃, 패랭이꽃, 마타리, 또 등골나무 꽃, 그리고 도라지꽃
이라는 내용이다.
　　577 577의 旋頭歌 형식이다. '朝貌の花'에 대해 全集에서는, '미상. 나팔꽃, 무궁화, 도라지 등으로 보는
설이 있다. (중략) 나팔꽃은 수입식물로 고대에는 없었다고 하는 설이 있으며, 무궁화는 나무로 이것을
제외하면 여섯 종류가 일년생인 점이 의문스럽고 도라지가 비교적 타당하다. 그러나 최근 재래종인, 낮에
도 피는 나팔꽃이 있는 것이 각지에서 보고되고 있어서 나팔꽃도 도외시할 수 없다. 그 외에 메꽃이라는
설도 있다'고 하였다[『萬葉集』 2, p.336].
　　中西 進은 노래가 577 577의 旋頭歌 형식인 것은 연회석에서의 구송용이기 때문이라고 하였다.

천황(聖武천황)이 지은 노래 2수

1539　가을 무렵 밭/ 이삭 난 밭 기러기/ 어두운데도/ 동이 틀 무렵에도/ 울며 날아서 가네

 해설

　　가을의, 이삭이 나온 밭을 기러기는, 아직 어두운데 동이 틀 무렵에도 울면서 날아가네라는 내용이다.

1540　今朝乃旦開　鴈鳴寒　聞之奈倍　野邊能淺茅曾　色付丹來

　　　今朝の朝明　雁が音寒く　聞きし¹なへ²　野邊の淺茅そ　色づき³にける

　　　けさのあさけ　かりがねさむく　ききしなへ　のへのあさぢそ　いろづきにける

大宰帥大伴卿謌二首

1541　吾岳尓　棹牡鹿來鳴　先芽之　花嬬問尓　來鳴棹牡鹿

　　　わが岡⁴に　さ男鹿⁵來鳴く　初萩の　花嬬⁶問ひに　來鳴くさ男鹿

　　　わがをかに　さをしかきなく　はつはぎの　はなづまどひに　きなくさをしか

---

1 **聞きし** : 앞의 노래의 내용을 이은 것이다.
2 **なへ** : '～와 함께'라는 뜻이다.
3 **色づき** : 단풍이 든다는 뜻이다.
4 **わが岡** : 내가 사는 언덕을 말한다.
5 **さ男鹿** : 'さ'는 접두어이다.
6 **花嬬** : 꽃을 사슴의 아내로 보았다.

1540　오늘 동틀 무렵/ 기러기 소리 춥게/ 들었을 때에/ 들판의 낮은 띠가/ 물드는 것 알았네

해설

　오늘 아침 동이 틀 무렵에 기러기 우는 소리가 춥게 들렸을 때, 들판의 낮은 띠가 물이 드는 것을 알았네라는 내용이다.

　이 작품은 1578번가와 비슷한 내용이다.

大宰府 장관 오호토모(大伴)卿의 노래 2수

1541　집 근처 언덕/ 수사슴 와서 우네/ 처음 핀 싸리/ 꽃을 아내로 하려/ 와서 우는 수사슴

해설

　우리 집 근처의 언덕에 수사슴이 와서 울고 있네. 제일 먼저 핀 싸리꽃을 아내로 하려고 구혼하러 와서 우는 수사슴이여라는 내용이다.

　사슴이 우는 것을 꽃에게 구혼하는 것으로 보았다.

　오호토모(大伴)卿은 타비토(旅人)이다.

　私注에서는, 아내가 없는 작자의 심정이 어딘가에 스며나와 있을 것이라고 하였다『萬葉集私注』 4, p.322].

1542 吾岳之　秋芽花　風乎痛　可落成　將見人裳欲得

わが岡の　秋萩の花　風をいたみ[1]　散るべく[2]なりぬ　見む[3]人もがも[4]

わがをかの　あきはぎのはな　かぜをいたみ　ちるべくなりぬ　みむひともがも

三原王謌一首

1543 秋露者　移尒有家里　水鳥乃　青羽乃山能　色付見者

秋の露は　移に[5]ありけり　水鳥の　青羽[6]の山の　色づく[7]見れば

あきのつゆは　うつしにありけり　みづとりの　あをばのやまの　いろづくみれば

---

1 風をいたみ : 'を…み'는 'が…なので(이…이므로)'라는 뜻이다.
2 散るべく : 반드시 질 것이 틀림없는 것처럼.
3 見む : 지금 본다는 것이다.
4 人もがも : 願望을 나타낸다.
5 移に : 접염 염색 재료를 말한다. 꽃을 종이에 염색해서 천에 옮긴다.
6 青羽 : 푸른 날개 색으로 색을 주로 한 표현이다.
7 色づく : 노란색·붉은 색이 된다.

1542   집 근처 언덕/ 가을의 싸리꽃은/ 바람이 심하니/ 질 것 같이 되었네/ 볼 사람 있었으면

 해설

우리 집 근처의 언덕에 피어 있는 가을 싸리꽃은 바람이 이렇게 심하게 부니 곧 지게 되었네. 그러니 지금 피어 있는 동안 이 꽃을 볼 사람이 있었으면 좋겠네라는 내용이다.

미하라노 오호키미(三原王)의 노래 1수

1543   가을의 이슬은/ 접염의 재료였네요/ (미즈토리노)/ 푸른 날개 색 산이/ 물드는 것을 보면

해설

가을 이슬은 접염(일본어로 '우츠시' 염색인데, 염료를 종이나 천에 묻힌 다음 그것을 염색하고자 하는 천에 대고 눌러서 물들이는 것이다) 재료였던 것이었네. 물새와 같이 푸른 날개 색이었던 산이 물이 드는 것을 보면이라는 내용이다.

가을에 이슬이 내려서 날씨가 추워지자 산이 울긋불긋하게 단풍이 드는 것을, 이슬이 산을 염색한 것으로 표현한 것이다.

미하라노 오호키미(三原王)는 솜人親王의 아들이며 養老 원년(717) 無位에서 종4위하가 되고 天平勝寶 원년(749)에는 정3위, 天平勝寶 4년(752) 7월 10일에 中務卿 정3위로 사망하였다大系 『萬葉集』 2, p.318].

湯原王七夕謌二首

1544　牽牛之　念座良武　從情　見吾辛苦　夜之更降去者

　　　牽牛の　思ひます¹らむ　情より　見るわれ²苦し　夜の更けゆけば³

　　　ひこぼしの　おもひますらむ　こころより　みるわれくるし　よのふけゆけば

1545　織女之　袖續三更之　五更者　河瀬之鶴者　不鳴友吉

　　　織女の　袖つぐ⁴夜⁵の　曉⁶は　川瀬の鶴は　鳴かずともよし

　　　たなばたの　そでつぐよるの　あかときは　かはせのたづは　なかずともよし

---

1 思ひます : 존대어.
2 見るわれ : 제삼자의 입장에서 부르는 노래는 많지 않다.
3 更けゆけば : ‘くたちなば'로 훈독하기도 한다.
4 袖つぐ : 계속하다.
5 夜 : 원문의 三更은 12시이다.
6 曉 : 원문의 五更은 오전 4시이다.

유하라노 오호키미(湯原王)의 칠석 노래 2수

1544 견우별이요/ 그립게 생각을 할/ 마음보다도/ 보는 내가 괴롭네/ 밤이 깊어가므로

견우가 직녀를 그립게 생각하고 있을 그 애타는 마음보다도, 보고 있는 자신이 오히려 마음이 더 아프네. 밤이 점점 깊어가므로라는 내용이다.

밤이 점점 깊어 날이 새면 견우와 직녀가 헤어져야 하므로, 견우보다도 옆에서 보는 작자 자신이 더 마음 아프다는 내용이다.

유하라노 오호키미(湯原王)에 대해 全集에서는, '志貴황자의 아들이다. 萬葉 후기를 대표하는 작자의 한 사람이다. 短歌만 19수 전하고 있지만 아름다운 작품이 많다'고 하였다(『萬葉集』 2, p.506).

1545 직녀별이요/ 소매 함께 하는 밤/ 새벽녘에는/ 강여울의 학은요/ 울지 않아도 좋네

직녀가 견우와 소매를 서로 교차하여 잠자리를 함께 하고 있는 밤, 그 밤이 새는 새벽에는 강의 학이 새벽을 알리며 울지 않아도 좋다는 내용이다.

1544번가는 견우의 마음을 생각한 것이었음에 비해 이 작품은 직녀의 마음을 생각한 것이다.

市原王七夕謌一首

1546　妹許登　吾去道乃　河有者　附目縫結跡　夜更降家類

　　　　妹許[1]と　わが行く道の　川にあれば[2]　附目縫結ぶと　夜そ更降にける

　　　　いもがりと　わがゆくみちの　かはにあれば　つくめむすぶと　よそふけにける

藤原朝臣八束謌一首

1547　棹四香能　芽二貫置有　露之白珠　相佐和仁　誰人可毛　手尓將卷知布

　　　　さ男鹿の　萩に貫き[3]置ける　露の白珠[4]　あふさわに[5]　誰の人かも　手に纏かむちふ[6]

　　　　さをしかの　はぎにぬきおける　つゆのしらたま　あふさわに　たれのひとかも　てにまかむちふ

---

1 妹許 : 'がリ'는 장소를 말한다.
2 川にあれば : 주어가 생략되었다.
3 萩に貫き : 가지에 이슬이 나란히 붙어 있는 모양을 형용한 것이다.
4 露の白珠 : 이슬이라고 하는 진주.
5 あふさわに : 가볍게, 경솔하게라는 뜻이다.
6 ちふ : 'といふ'의 축약 형태이다.

이치하라노 오호키미(市原王)의 칠석 노래 1수

1546 아내 곁으로/ 내가 가는 도중의/ 강인 것이므로/ 노 매듭 묶느라고/ 밤이 깊어버렸네

아내가 있는 곳으로 내가 가는 도중에 있는 강이므로, 건너기 위해 노를 배에 묶는 동안 밤이 깊어버렸네라는 내용이다.

附目은 노를 배에 묶는 매듭이다.

강을 건너기 위해 배를 준비하는 동안 밤이 깊어버렸다고 탄식하는, 견우의 입장에서의 노래이다.

이치하라노 오호키미(市原王)는 安貴王의 아들이며 志貴황자의 증손자이며, 天平 14년(743)에 종5위하, 天平勝寶 2년(750)에 정5위하, 天平寶字 2년(758)에 治部大輔 등이 되었다[井手 至, 『萬葉集全注』 8, p.226].

후지하라노 아소미 야츠카(藤原朝臣八束)의 노래 1수

1547 수사슴이요/ 싸리에다 꿰어놓은/ 이슬 흰 구슬이여/ 경솔하게도/ 대체 어떤 사람이/ 손에
      차겠다 하나

수사슴이 싸리 가지에 꿰어놓은 흰 구슬과 같은 이슬을, 경솔하게도 도대체 어떤 사람이 자신의 손에 구슬로 꿰어서 감겠다고 하는 것인가라는 내용이다.

577 577 旋頭歌 형식의 작품이다.

후지하라노 아소미 야츠카(藤原朝臣八束)에 대해 井手 至는, '藤原房前의 셋째 아들. 天平寶字 연간에 藤原眞楯으로 개명하였고 天平 12년(740)에 종5위하, 天平 19년에 治部卿 등을 지내고 天平神護 2년(766) 3월에 성3위 大納言 겸 式部卿으로 사망하였다'고 하였다[『萬葉集全注』 8, p.44]. 그리고 이 작품을, 다른 사람이 소중하게 생각하는 여인을 경솔하게 자신의 사람으로 하려고 하는 자를 질책하는 寓意를 가진 작품일 것으로 보았다[『萬葉集全注』 8, p.228].

大伴坂上郎女晩芽子[1]謌一首

1548 咲花毛　乎曾呂波獻　奧手有　長意尓　尚不如家里

　　　咲く花も　をそろはうきを[2]　晩なる　長き心に　なほ如かずけり

　　　さくはなも　をそろはうきを　おくてなる　ながきこころに　なほしかずけり

---

1 **晩芽子** : 좀처럼 피지 않는 싸리꽃을 말한다.
2 **をそろはうきを** : 경솔한 것이다.

오호토모노 사카노우헤노 이라츠메(大伴坂上郎女)의
늦게 피는 싸리꽃 노래 1수

1548 피는 꽃들도/ 경솔한 것은 싫네/ 늦게 피어서/ 오래 가는 마음에/ 미치지를 못하네

해설

　피는 꽃들 중에서도 서둘러서 경솔하게 피는 것은 오히려 싫네요. 늦게 피어서 오래 가는 마음에 역시 미치지를 못하네요라는 내용이다. 금방 마음이 변하는 경솔한 사람보다 마음이 변하지 않는 사람이 더 좋다는 뜻이다.

　'乎曾呂波猷'을 私注・全注에서는 'をそろはうとし'로[(『萬葉集私注』 4, p.326), (『萬葉集全注』 8, p.228)], 全集에서는 'をそろはいとはし'로[『萬葉集』 2, p.338], 大系・注釋에서는 'をそろはあきぬ'로[(『萬葉集』 2, p.321), (『萬葉集注釋』 8, p.187)] 훈독하였다.

　오호토모노 사카노우헤노 이라츠메(大伴坂上郎女)에 대해서는 1432번가의 해설에서 설명하였다.

典鑄正紀朝臣鹿人，至衛門大尉大伴宿祢稻公跡見庄作謌一首

1549 射目立而　跡見乃岳邊之　瞿麥花　總手折　吾者將去　寧樂人之爲

射目[1]立てて　跡見の岳邊の　瞿麥が花　總手[2]折り　われは行きなむ　寧樂人の爲

いめたてて　とみのをかへの　なでしこがはな　ふさたをり　われはゆきなむ　ならびとのため

---

1 **射目** : 짐승을 기다리다가 활을 쏘는 장소를 말한다. 지명에 연결되는 **枕詞**이다.
2 **總手** : 가득이라는 뜻이다.

典鑄正 키노 아소미 카히토(紀朝臣鹿人)가, 衛門大尉 오호토모노 스쿠네 이나키미(大伴宿禰稻公)의 토미(跡見) 농장에 도착하여 지은 노래 1수

1549 (이메타테테)/ 토미(跡見) 언덕 근처의/ 예쁜 패랭이꽃을/ 가득 꺾어서/ 나는 가져가야지/ 나라(奈良) 사람을 위해

🌸 해설

　　숨어서 기다리다가 활을 쏠 곳을 세워서 본다는 뜻을 이름으로 한 토미(跡見) 언덕 근처에 피어있는 예쁜 패랭이꽃을 가득 꺾어서 나는 가져가야겠네요. 나라(奈良)에서 나를 기다리고 있는 사랑하는 사람을 위하여라는 내용이다.
　　577 577의 旋頭歌 형식이다.
　　私注에서는 '射目'을 활을 쏘는 사람들로 보고 그 사람들을 세워서 토미[짐승의 흔적(跡: 토)을 보고(見: 미) 찾음]한다는 뜻으로 지명 토미(跡見)를 수식하는 枕詞라고 하였다『萬葉集私注』 4, p.327].
　　제5구 '吾者將去'를 大系에서는 中西 進과 마찬가지로 'われはゆきなむ'로 훈독하였다『萬葉集』 2, p.321]. 그러나 私注에서는 '吾者持將去'를 취하고 'われはもちゆかむ'로 [『萬葉集私注』 4, p.327], 注釋에서는 '吾者持將去'를 취하면서 'われはもちいなむ'로『萬葉集注釋』 8, p.189], 全集에서는 '吾者將去'를 취하면서도 'わはもちてゆく'로 훈독하였고『萬葉集』 2, p.339], 全注에서도 '吾者將去'를 취하면서 'われはもちゆく'로 훈독하였다『萬葉集全注』 8, p.230].
　　키노 아소미 카히토(紀朝臣鹿人)는 紀小鹿女郎의 父로 天平 9년(737) 9월에 외종5위하였으며, 오호토모노 스쿠네 이나키미(大伴宿禰稻公)는 타비토(旅人)의 庶弟로 天平 2년(730)에는 右兵庫助였는데 위계로 보면 이 작품은 天平 2년 이전의 삭품이 된다『萬葉集私注』 4, p.327].

湯原王鳴鹿謌一首

1550 秋芽之　落乃亂尓　呼立而　鳴奈流鹿之　音遙者

秋萩の　散りのまがひ[1]に　呼び立てて[2]　鳴くなる[3]鹿の　聲の遙けさ

あきはぎの　ちりのまがひに　よびたてて　なくなるしかの　こゑのはるけさ

市原王謌一首

1551 待時而　落鍾礼能　零收　開朝香　山之將黄變

時待ちて　ふりし時雨[4]の　雨止みぬ　明けむ朝か　山のもみたむ

ときまちて　ふりししぐれの　あめやみぬ　あけむあしたか　やまのもみたむ

---

1 まがひ : 섞여 어지러운 것이다.
2 呼び立てて : 지는 꽃을 아쉬워해서라는 견해도 있다.
3 鳴くなる : 추량이다.
4 時雨 : 늦가을과 초겨울에 내리는 비를 말한다.

유하라노 오호키미(湯原王)의 우는 사슴 노래 1수

1550 가을 싸리꽃/ 어지럽게 지는데/ 부르며 서서/ 우는 듯한 사슴의/ 소리 아득함이여

🌸 해설

　가을 싸리꽃이 어지럽게 지는 속에, 짝을 부르며 서서 울고 있는 듯한 사슴의 소리가 아득하게 들려온다는 내용이다.
　1,2구를 보면 눈앞의 풍경을 그린 것 같지만 3구 이하를 보면 먼 곳의 풍경을 표현한 것이어서 내용이 잘 맞지 않는 듯한 느낌이 든다. 유하라노 오호키미(湯原王)에 대해 全集에서는, '志貴황자의 아들이다. 萬葉 후기를 대표하는 작가의 한 사람이다. 短歌만 19수 전하고 있지만 아름다운 작품이 많다'고 하였다『萬葉集』 2, p.506].

이치하라노 오호키미(市原王)의 노래 1수

1551 계절 맞이해/ 내린 늦가을 비는/ 이젠 그쳤네/ 내일 아침에는요/ 산이 물들겠지요

🌸 해설

　제 계절을 맞이해서 내린 늦가을의 비는 이젠 그쳤네. 내일 아침에는 산이 단풍으로 물들어 있겠지라는 내용이다.
　단풍이 물들기를 기다리는 마음을 노래한 것이다.
　이치하라노 오호키미(市原王)는 安貴王의 아들이며 志貴황자의 증손자이며, 天平 14년(743)에 종5위하, 天平勝寶 2년(750)에 정5위하, 天平寶字 2년(758)에 治部大輔 등이 되었다[井手 至, 『萬葉集全注』 8, p.226].

湯原王蟋蟀謌一首

1552　暮月夜　心毛思努尓　白露乃　置此庭尓　蟋蟀鳴毛

　　　夕月夜[2]　心もしのに[3]　白露の　置くこの庭に　蟋蟀鳴くも

　　　ゆふづくよ　こころもしのに　しらつゆの　おくこのにはに　こほろぎなくも

衛門大尉大伴宿祢稲公謌一首

1553　鍾礼能雨　無間零者　三笠山　木末歴　色附尓家里

　　　時雨[4]の雨　間無くし降れば　三笠山　木末あまねく　色づきにけり

　　　しぐれのあめ　まなくしふれば　みかさやま　こぬれあまねく　いろづきにけり

---

1 **蟋蟀** : 널리 귀뚜라미, 여치 등 가을 곤충을 말하는가.
2 **夕月夜** : '夕月'이라고도 '夕月夜'라고도 한다.
3 **心もしのに** : 'しのに'는 'しなふ'와 같은 어근이다. 마음이 울적한 상태를 말한다. **夕月·白露**·귀뚜라미 등 모든 것이 'しの'이다.
4 **時雨** : 늦가을과 초겨울에 내리는 비를 말한다.

유하라노 오호키미(湯原王)의 귀뚜라미 노래 1수

1552 달이 밝은 밤/ 마음도 울적할 때/ 흰 이슬이요/ 내린 이곳 정원에/ 귀뚜라미가 우네

❋ 해설

　달이 밝은 밤에 마음도 울적한데, 흰 이슬이 내린 이곳 정원에서 귀뚜라미 등 가을 곤충이 우니 더욱 마음이 울적하다는 내용이다.

　유하라노 오호키미(湯原王)에 대해 全集에서는, '志貴황자의 아들이다. 萬葉 후기를 대표하는 작가의 한 사람이다. 短歌만 19수 전하고 있지만 아름다운 작품이 많다'고 하였다[『萬葉集』 2, p.506].

衛門大尉 오호토모노 스쿠네 이나키미(大伴宿禰稲公)의 노래 1수

1553 늦가을의 비가/ 끊임없이 내리니/ 미카사(三笠)산의/ 나뭇가지는 모두/ 물이 들어버렸네

❋ 해설

　늦가을에 비가 끊임없이 내리므로 미카사(三笠)산의 나뭇가지는 모두 단풍으로 물이 들어버렸네라는 내용이다.

　늦가을에 비가 내리니 단풍이 들었다는 계절감각을 노래한 것이다.

　오호토모노 스쿠네 이나키미(大伴宿禰稲公)는 타비토(旅人)의 庶弟로 天平 2년(730)에는 右兵庫助였는데 위계로 보면 이 작품은 天平 2년 이전의 작품이 된다[『萬葉集私注』 4, p.327].

大伴家持和謌[1]一首

1554　皇之　御笠乃山能　秋黄葉　今日之鍾礼尓　散香過奈牟

　　　大君[2]の　三笠の山の　黄葉は　今日の時雨[3]に　散りか過ぎなむ

　　　おほきみの　みかさのやまの　もみちばは　けふのしぐれに　ちりかすぎなむ

安貴王謌一首

1555　秋立而　幾日毛不有者　此宿流　朝開之風者　手本寒母

　　　秋立ちて　幾日もあらねば[4]　この寝ぬる　朝明の風は　手本寒しも

　　　あきたちて　いくかもあらねば　このねぬる　あさけのかぜは　たもとさむしも

1　**大伴家持和謌** : 追和인가. 노래 뜻은 계절과 다르다.
2　**大君** : 미카사(御笠---三笠)의 소리로 연결된다.
3　**時雨** : 늦가을과 초겨울에 내리는 비를 말한다.
4　**あらねば** : '아닌데'로도 해석할 수 있지만, 추위에 적응이 되지 않아 지금까지의 따뜻함에 비해서 춥다는 것을 말했다고 한다면 순접이 된다. 특히 손목이라고 한 것을 보면 가을이 되어 함께 잠자리를 하고 있지 않은 상태를 말하는가.

오호토모노 야카모치(大伴家持)가 답한 노래 1수

1554 (오호키미노)/ 미카사(三笠)의 산의요/ 단풍잎은요/ 오늘 늦가을 비에/ 다 져버릴 것인가

❀ 해설

왕의 傘蓋(산개)라고 하는 뜻을 이름으로 한 미카사(三笠)산의 단풍잎은 오늘 내리는 늦가을 비에 다 져버리고 말 것인가라는 내용이다.

1551번가와 1553번가에서는 늦가을 비가 내리면 단풍이 드는 것을 노래하였는데, 이 작품에서는 늦가을 비를 단풍이 지는 것과 연관시켰다.

오호토모노 스쿠네 야카모치(大伴宿禰家持)에 대해서는 1451번가의 해설에서 설명하였다.

아키노 오호키미(安貴王)의 노래 1수

1555 가을이 되어/ 며칠도 안 지났으니/ 이렇게 자는/ 새벽 무렵 바람은/ 손목에 차갑네요

❀ 해설

가을이 되고 나서 며칠도 지나지 않았으므로 이렇게 자고 있는 잠자리의, 새벽 무렵의 바람은 손목에 차갑게 느껴지네요라는 내용이다.

아키노 오호키미(安貴王)에 대해 井手 至는, '市原王의 父이며, 春日王의 아들. 志貴황자의 손자. 天平 원년(729)에 종5위하, 17년에 종5위상'이라고 하였다『萬葉集全注』8, p.237].

忌部首黑麿謌一首

1556 　秋田苅　借蘆毛未　壞者　鴈鳴寒　霜毛置奴我二

　　　秋田苅る　假蘆¹もいまだ　壞たねば²　雁が音寒し　霜も置きぬがに³

　　　あきたかる　かりほもいまだ　こぼたねば　かりがねさむし　しももおきぬがに

故郷⁴豊浦寺⁵之尼私房宴謌三首

1557 　明日香河　逝廻丘之　秋芽子者　今日零雨尓　落香過奈牟

　　　明日香川　行き廻る丘⁶の　秋萩は　今日降る雨に　散りか過ぎなむ

　　　あすかがは　ゆきみるをかの　あきはぎは　けふふるあめに　ちりかすぎなむ

　　　左注　右一首, 丹比眞人國人

---

　1 **假蘆**：수확기에 임시로 머물며 자는, 작은 집을 말한다.
　2 **壞たねば**：역접관계이다.
　3 **ぬがに**：'~와 같은'이라는 뜻이다.
　4 **故郷**：明日香을 가리킨다.
　5 **豊浦寺**：蘇我稲目이 창건하였다. 奈良縣 高市郡 明日香村 豊浦宮趾에 있었다.
　6 **行き廻る丘**：雷岳을 가리킨다.

이무베노 오비토 쿠로마로(忌部首黑麿)의 노래 1수

1556　가을 밭 베는/ 작은 집도 아직은/ 안 부쉈는데/ 기러기 소리 춥네/ 서리까지 내릴 듯해

🌼 해설

　먼 곳에 있는 가을밭을 수확하기 위해 머물며 생활할 수 있도록 만든 작은 집도 아직은 철거를 하지 않았는데 벌써 기러기가 춥게 울고 있는 것이 들리네. 거기에다 서리까지 내릴 듯하네라는 내용이다.
　이무베노 오비토 쿠로마로(忌部首黑麿)에 대해 大系에서는, '天平寶字 2년(758)에 정6위상에서 종5위하, 3년에는 連성을 받았으며 6년에는 內史局助'라고 하였다[『萬葉集』 2, p.322].

故鄕(明日香) 토유라(豊浦)寺의 여승의 개인 방에서 연회하는 노래 3수

1557　아스카(明日香)강이/ 흘러 도는 언덕의/ 가을 싸리꽃/ 오늘 내리는 비에/ 다 져버린 것일까

🌼 해설

　아스카(明日香)강이 그 옆을 흐르며 돌아가는 언덕에 피어 있는 가을 싸리꽃은, 오늘 내리는 비에 다 져버린 것일까요라는 내용이다.

　　좌주　위의 1수는, 타지히노 마히토 쿠니히토(丹比眞人國人)
　타지히노 마히토 쿠니히토(丹比眞人國人)는 天平 8년(736)에 종5위하, 民部小輔 등을 거쳐서 天平寶字 원년(757)에 橘奈良麻呂의 모반에 연좌되어 伊豆에 유배되었다[『萬葉集全注』 8, p.241].

1558 鶉鳴　古郷之　秋芽子乎　思人共　相見都流可聞

鶉鳴く¹　古りにし郷の　秋萩を　思ふ人どち²　相見つるかも

うづらなく　ふりにしさとの　あきはぎを　おもふひとどち　あひみつるかも

1559 秋芽子者　盛過乎　徒尒　頭刺不挿　還去牟跡哉

秋萩は　盛りすぐるを　徒らに　挿頭に挿さず　還りなむとや

あきはぎは　さかりすぐるを　いたづらに　かざしにささず　かへりなむとや

[左注]　右二首, 沙弥尼³等

---

1 鶉鳴く : 황야의 풍경을 가지고 '古リ'에 연결하였다. 겸양의 뜻도 들어 있다.
2 思ふ人どち : 고향에, 마음이 통하는 사람들을 맞이하여 연회를 여는 기쁨을 노래한 것이다.
3 沙弥尼 : 승려와 여승이다. 沙弥는 승려를 말한다. 沙弥尼(계를 받기 전의 출가한 사람)로 보는 설도 있다.

1558   메추리 우는/ 아주 오랜 마을의/ 가을 싸리꽃/ 마음 맞는 분들과/ 함께 보았습니다

해설

메추라기가 우는 아주 오래된 마을에 핀 가을의 싸리꽃을 마음이 통하는 좋은 분들과 함께 즐겁게 보았습니다라는 내용이다.

1559   가을 싸리꽃/ 한창 때 끝나는데/ 사심이 없이/ 머리 장식도 않고/ 돌아가시렵니까

해설

가을 싸리꽃이 한창 아름답지만 이 한창 때도 곧 끝날 것인데, 사심이 없이 꺾어서 머리에 장식도 해보지 않고 돌아가시렵니까라는 내용이다.
손님들이 더 오래 머물기를 원하며 붙잡는 노래이다.
中西 進은 이 작품을, '여승의 작품이다. 장난스런 寓意가 있다'고 하였다.

좌주 위의 2수는 沙弥尼等

大伴坂上郎女跡見田庄作謌二首

1560 妹目乎　始見之埼乃　秋芽子者　此月其呂波　落許須莫湯目

妹が目[1]を　始見[2]の崎の　秋萩は　この月ごろは　散りこす[3]なゆめ

いもがめを　はつみのさきの　あきはぎは　このつきごろは　ちりこすなゆめ

1561 吉名張乃　猪養山尒　伏鹿之　嬬呼音乎　聞之登聞思佐

吉名張の　猪養の山に　伏す鹿の　嬬呼ぶ聲を　聞くが羨しさ[4]

よなばりの　ゐかひのやまに　ふすしかの　つまよぶこゑを　きくがともしさ

---

1 妹が目 : 눈을 보다, 만난다는 뜻으로 'はつ'를 수식한다. 'はつ'는 조금이라는 뜻이다.
2 始見 : 어디 있는지 알 수 없다. 토미(跡見) 가까이 있을 것이다.
3 散りこす : 'こす'는 希求를 나타내는 보조동사이다.
4 聞くが羨しさ : 경험을 신기하게, 부럽게 생각한다.

오호토모노 사카노우헤노 이라츠메(大伴坂上郎女)가
토미(跡見) 농장에서 지은 노래 2수

1560 (이모가메오)/ 하츠미(始見)의 곳에 핀/ 가을 싸리꽃/ 이번 달 동안에는/ 절대 지지를 말게

❀ 해설

    아내의 눈을 잠시 본다고 하는 뜻을 이름으로 한 하츠미(始見) 곳에 핀 아름다운 가을 싸리꽃은, 이번 달 동안에는 절대로 지지를 말라는 내용이다.

    私注에서는, '딸 坂上大嬢에게 보낸 것인지도 모른다. 그렇다면 枕詞 속에, 딸을 보고 싶어하는 뜻을 담아서 사용했다고 보아야 하며, 제5구도 딸을 기다리는 마음일 것이다'고 하였다『萬葉集私注』 4, p.335]. 오호토모노 사카노우헤노 이라츠메(大伴坂上郎女)에 대해서는 1432번가의 해설에서 설명하였다.

1561 요나바리(吉名張)의/ 이카히(猪養)의 산에요/ 사는 사슴이/ 짝을 부르는 소리/ 듣는 것은 부럽네

❀ 해설

    요나바리(吉名張)의 이카히(猪養)의 산에 사는 사슴이 짝을 부르며 우는 소리를 듣는 것은 부러운 것이 네라는 내용이다.

    '伏す鹿の'를 全集에서는 '자고 있는'으로 해석하였다『萬葉集』 2, p.342]. 私注에서는 '聞くが羨しき'를 '듣는 것 쓸쓸하네'로 해석하였다『萬葉集私注』 4, p.335]. '요나바리(吉名張)'를 大系에서는 奈良縣 磯城郡 初瀬 町 吉隱이라고 하였다『萬葉集』 2, p.323].

巫部麻蘇娘子鴈謌一首

1562　誰聞都　從此間鳴渡　鴈鳴乃　嬬呼音乃　乏蜘在可

　　　　誰¹聞きつ　此間ゆ鳴き渡る　雁がねの　嬬呼ぶ聲²の　羨しくもある³か

　　　　たれききつ　こゆなきわたる　かりがねの　つまよぶこゑの　ともしくもあるか

大伴家持和謌一首

1563　聞津哉登　妹之問勢流　鴈鳴者　眞毛遠　雲隱奈利

　　　　聞きつやと　妹が問はせる　雁が音は　まこと⁴も遠く　雲隱るなり⁵

　　　　ききつやと　いもがとはせる　かりがねは　まこともとほく　くもがくるなり

---

　1 誰 : 家持에게 들었는가고 묻는 뜻이 들어 있다.
　2 嬬呼ぶ聲 : 내 소리라는 寓意가 있다. 기러기는 소식을 전하는 새로도 생각되었다.
　3 羨しくもある : 상대방을 찾아 우는 것이 부럽다는 것이다.
　4 まこと : 부럽다고 하는 것에 대해 동감이라는 뜻이다.
　5 雲隱るなり : 그대의 마음 정도는 구름에 가려져서 들을 수 없다는 뜻이다. 'なり'는 추량을 나타낸다.

카무나기베노 마소노 오토메(巫部麻蘇娘子)의 기러기 노래 1수

1562 누가 들었나/ 여기서 울며 가는/ 기러기가요/ 짝 부르는 소리가/ 부럽기도 한 것이네

🌸 해설

　누가 들었을 것인가. 이곳에서 울며 날아 건너가는 기러기가 짝을 부르는 소리가 부럽게 생각되는 것이었다는 내용이다.

　카무나기베노 마소노 오토메(巫部麻蘇娘子)는 어떤 사람인지 알 수 없다.

　1563번가의 제목이 〈오호토모노 야카모치(大伴家持)의 답한 노래 1수〉로 되어 있고 내용도 1562번가에 대한 답이므로 이 작품은 작자가 大伴家持에게 보낸 노래임을 알 수 있다. 오호토모노 스쿠네 야카모치(大伴宿禰家持)에 대해서는 1451번가의 해설에서 설명하였다.

　井手 至는 '자신에게 소식도 보내지 않는 상대방 남성을 빈정거리기 위해 하늘을 날아가는 기러기를 말한 것인가'라고 하였다[『萬葉集全注』 8, p.245].

오호토모노 야카모치(大伴家持)가 답한 노래 1수

1563 들었느냐고/ 그대가 물어봤던/ 기러기 소리/ 정말로 아주 멀리/ 구름 속에 숨었네

🌸 해설

　들었느냐고 그대가 물어본 기러기 소리는, 정말로 그대가 말한 것처럼 아주 멀리 구름 속에 숨어서 들리지 않았지요. 그대는 기러기 소리를 들었다니 부럽군요라는 내용이다.

　기러기는 이미 멀리 날아가 버렸다고 받아서 얼버무리는 노래이다.

　오호토모노 스쿠네 야카모치(大伴宿禰家持)에 대해서는 1451번가의 해설에서 설명하였다. 여성의 노래에 대한 답가이지만 그다지 사랑의 열의를 나타내지 않고 있다.

日置長枝娘子謌一首

1564　秋付者　尾花我上尒　置露乃　應消毛吾者　所念香聞

　　　秋づけば　尾花が上に　置く露の　消¹ぬべくも吾は　思ほゆるかも

　　　あきづけば　をばながうへに　おくつゆの　けぬべくもわは　おもほゆるかも

大伴家持和謌²一首

1565　吾屋戸乃　一村芽子乎　念兒尒　不令見殆　令散都類香聞

　　　わが屋戸の　一群萩を　思ふ兒に　見せずほとほと　散らしつるかも

　　　わがやどの　ひとむらはぎを　おもふこに　みせずほとほと　ちらしつるかも

---

1 消 : 'け'는 'きゆ'의 축약형이다.
2 **大伴家持和謌** : 위의 노래에 답한 노래로는 어울리지 않는다. 1572번가와 바뀐 것이라는 설도 있다. 다른 **娘子**의 노래에 답한 것인가.

헤키노(日置) 나가에노 오토메(長枝娘子)의 노래 1수

1564 가을이 되면/ 참억새꽃의 위에/ 내린 이슬의/ 꺼질 것같이 나는/ 생각이 되는군요

✿ 해설

　　가을이 되면 참억새꽃 위에 내린 이슬이 곧 사라지듯이 그처럼 곧 목숨이 다할 것처럼 생각이 되는군요
라는 내용이다.
　　그리움에 애타는 마음을 표현한 것이다. 1565번가의 제목이 〈오호토모노 야카모치(大伴家持)의 답한
노래 1수〉로 되어 있고 내용도 1562번가에 대한 답이므로 이 작품은 작자가 大伴家持에게 보낸 노래임을
알 수 있다.
　　헤키노(日置) 나가에노 오토메(長枝娘子)는 어떤 사람인지 알 수 없다.

오호토모노 야카모치(大伴家持)가 답한 노래 1수

1565 우리 정원의/ 한 무더기 싸리꽃/ 연인에게도/ 보이지 않고 거의/ 져버리고 말았네

✿ 해설

　　우리 집 정원에 피어 있는 한 무더기의 아름다운 싸리 꽃을 사랑하는 사람에게 보이지도 못하였는데
거의 다 져버리고 말았네라는 내용이다.
　　1564번가에 대해 답한 노래이지만 1564번가에 대한 답가로는 다소 내용이 맞지 않는 느낌이다.
　　오호토모노 스쿠네 야카모치(大伴宿禰家持)에 대해서는 1451번가의 해설에서 설명하였다

大伴家持秋謌四首

1566 　久堅之　雨間毛不置　雲隱　鳴曾去奈流　早田鴈之哭

　　　　ひさかたの　雨間もおかず[1]　雲隱り　鳴きそ行くなる　早稲田[2]雁がね

　　　　ひさかたの　あままもおかず　くもがくり　なきそゆくなる　わさだかりがね

1567 　雲隱　鳴奈流鴈乃　去而將居　秋田之穗立　繁之所念

　　　　雲隱り　鳴くなる雁の　去きて居む　秋田の穗立[3]　繁くし思ほゆ

　　　　くもがくり　なくなるかりの　ゆきてゐむ　あきたのほたち　しげくしおもほゆ

---

1 **雨間もおかず**：'雨間'은 비와 비 사이. 갠 사이. 'おかず'는 남김 없이로, '비가 잠시 개었다고는 하지만 쉬지 않고 늘'이라는 뜻이다. '비가 내리는 때도'라는 뜻은 아니다. 제목은 비가 오는 것 같지만, 비가 오는 날이면 조금 쉴 수 있는 것이다.
2 **早稲田**：'와사, 와세'는 '오소'와 같고, 매우 빨리, 서둘러서라는 뜻이라고 한다. 早稲田에 사는 기러기여.
3 **秋田の穗立**：이삭이 열림. 그 풍성한 상태를, 연모의 정이 끊임없는 마음으로 연결시켰다.

오호토모노 야카모치(大伴家持)의 가을 노래 4수

1566 (히사카타노)/ 비 갠 때도 쉬잖고/ 구름에 숨어/ 울며 가는 듯하네/ 와사다(早稻田) 기러기여

해설

먼 하늘에서 내리던 비가 개었을 때도 쉬지를 않고, 구름에 숨어서 울면서 날아가는 것 같네. 와사다(早稻田)에 사는 기러기여라는 내용이다.

'雨間も'를 大系・私注・注釋・全注에서는 中西 進과 마찬가지로 '비가 잠시 멈춘 때'로 해석하였다. 그러나 全集에서는 '비가 내리는 동안에도'로 해석을 하였다[『萬葉集』 2, p.344].

1567 구름에 숨어/ 우는 듯한 기러기/ 날아가 있을/ 가을밭 이삭처럼/ 많이도 생각나네

해설

구름에 숨어서 울고 있는 듯한 기러기가 날아가서 있을 가을밭의 이삭이 풍성한 것처럼, 그렇게 많이 끊임없이 기러기가 생각나네라는 내용이다.

'繁くし思ほゆ'를 大系・私注・全注에서는, 풍성한 가을밭의 이삭 상태가 생각되는 것으로 해석하였다 [(『萬葉集』 2, p.325), (『萬葉集私注』 4, p.339), (『萬葉集全注』 8, p.249)].

1568　雨隱　情鬱悒　出見者　春日山者　色付二家利

　　　雨隱り[1]　情いぶせみ[2]　出で見れば　春日の山は　色づきにけり[3]

　　　あまごもり　こころいぶせみ　いでみれば　かすがのやまは　いろづきにけり

1569　雨晴而　清照有　此月夜　又更而　雲勿田菜引

　　　雨晴れて　清く[4]照りたる　この月夜[5]　また夜くたちて　雲な棚引き

　　　あめはれて　きよくてりたる　このつくよ　またよくたちて　くもなたなびき

　　[左注]　右四首, 天平八年[6]丙子秋九月作.

---

1 雨隱り : 늦가을 비가 계속되므로 집 안에 있다.
2 情いぶせみ : 마음이 개운하지 않은 상태를 말한다.
3 色づきにけり : 4,5구와 비슷한 표현이 2180·2199번가에 보인다.
4 清く : 비온 뒤에, 촉촉한 풍경이 한층 청명한 것을 말한다.
5 月夜 : 달을 말한다.
6 天平八年 : 家持가 18, 9세 때이다.

1568 비에 갇혀서/ 마음도 울적하여/ 나가서 보면/ 카스가(春日)의 산은요/ 물이 들어 있네요

 해설

비가 계속 내려서 집 안에 갇혀 있으니 마음도 울적해서 문밖으로 나가 보니 카스가(春日)산은 울긋불긋 아름답게 완전히 단풍이 들어 있네라는 내용이다.

1569 비가 개어서/ 청명하게 비추는/ 밝은 달이여/ 또 밤이 깊은 뒤에/ 구름 끼는 일 없길

 해설

모처럼 비가 개어서 청명하게 비추는 밝은 달이여. 밤이 깊은 뒤에 구름이 다시 끼는 일이 없었으면 좋겠네라는 내용이다.

좌주 위의 4수, 天平 8년(736) 丙子 가을 9월에 지었다.

藤原朝臣八束謌二首

1570 此間在而　春日也何處　雨障　出而不行者　戀乍曾乎流

此處にありて¹　春日や何處²　雨障　出でて行かねば　戀ひ³つつぞ居る

ここにありて　かすがやいづく　あまつつみ　いでてゆかねば　こひつつぞをる

1571 春日野尒　鍾礼零所見　明日従者　黄葉頭刺牟　高圓乃山

春日野に　時雨ふる⁴見ゆ⁵　明日よりは　黄葉挿頭さむ⁶　高圓の山

かすがのに　しぐれふるみゆ　あすよりは　もみちかざさむ　たかまとのやま

---

1 此處にありて : '여기에 있으면'이라는 뜻이다.
2 春日や何處 : 거리가 먼 것을 표현하였다.
3 戀ひ : 春日의 단풍을 그리워하는 것이다.
4 時雨ふる : 종지형이다.
5 見ゆ : 눈앞의 春日山의 풍경에 의하면 高圓山은 단풍이 들었겠지. 그러므로라는 뜻이다.
6 黄葉挿頭さむ : 종지형이다.

후지하라노 아소미 야츠카(藤原朝臣八束)의 노래 2수

1570 여기에 있으면/ 카스가(春日)는 어딘가/ 비에 갇혀서/ 나가지 않다 보니/ 그리워하며 있네

✿ 해설

이곳에 있으면 카스가(春日)는 어디에 있는 것인가 하고 생각하네. 그 정도로 비에 갇혀서 나가지 않고 春日山을 그리워하고 있네라는 내용이다.

비가 계속 내리자 春日山의 풍경을 그리워한 작품이다.

후지하라노 아소미 야츠카(藤原朝臣八束)에 대해 井手 至는, 藤原房前의 셋째 아들. 天平寶字 연간에 藤原眞楯으로 개명하였고 天平 12년(740)에 종5위하, 天平 19년에 治部卿 등을 지내고 天平神護 2년(766) 3월에 정3위 大納言겸 式部卿으로 사망하였다고 하였다[『萬葉集全注』 8, p.227].

1571 카스가(春日)들에/ 늦가을 비 내리네/ 내일부터는/ 단풍으로 장식하자/ 타카마토(高圓)산
이여

✿ 해설

카스가(春日)들에 늦가을 비가 내리는 것이 보이네. 내일부터는 단풍으로 머리 장식을 하고 놀자. 타카마토(高圓)산이여라는 내용이다.

'黃葉挿頭さむ'를 私注에서는 의인법으로 보고 타카마토(高圓)산이 단풍을 머리에 장식할 것이다고 해석하였다[『萬葉集私注』 4, p.341]. 大系・注釋・全集・全注에서도 그렇게 해석하였다.

大伴家持白露謌一首

1572　吾屋戸乃　草花上之　白露乎　不令消而玉尓　貫物尓毛我

わが屋戸の　草花[1]が上の　白露を　消たずて玉に　貫くものにもが

わがやどの　をばながうへの　しらつゆを　けたずてたまに　ぬくものにもが

大伴利上謌一首

1573　秋之雨尓　所沾乍居者　雖賤　吾妹之屋戸志　所念香聞

秋の雨に　濡れつつをれば　賤しけど[2]　吾妹が屋戸し　思ほゆるかも

あきのあめに　ぬれつつをれば　いやしけど　わぎもがやどし　おもほゆるかも

---

1 草花 : '草'는 참억새를 말한다. 草花는 참억새 꽃이다.
2 賤しけど : 보통은 특별히 내세울 정도도 아니지만이라는 뜻이다.

오호토모노 야카모치(大伴家持)의 白露 노래 1수

1572 우리 정원의/ 참억새꽃의 위의/ 흰 이슬을요/ 꺼주잖고 구슬로/ 꿰는 것 하고 싶네

해설

우리 집 정원에 피어있는 참억새꽃 위에 내려 있는 흰 이슬을 꺼지게 하지 않고, 구슬로 해서 꿰는 것으로 하고 싶네라는 내용이다.

참억새꽃과 그 위의 흰 이슬을 연결하여 가을의 계절감각을 노래하였다. 『萬葉集』에서는 흰 이슬을 대부분 구슬로 보고 있다.

오호토모노 스쿠네 야카모치(大伴宿禰家持)에 대해서는 1451번가의 해설에서 설명하였다

오호토모노 토시카미(大伴利上)의 노래 1수

1573 가을의 비에요/ 계속 젖고 있으면/ 변변찮지만/ 내 아내의 집이요/ 생각이 나는군요

해설

가을비에 계속 젖고 있으면, 어디라도 좋으니 옷을 말리고 싶어서, 변변찮지만 내 아내의 집이 마치 대저택처럼 계속 마음에 생각나네라는 내용이다.

'賤しけど'를 注釋에서는 中西 進과 마찬가지로 아내의 집 건물이 초라한 것으로 해석하였다[『萬葉集注釋』 8, p.215]. 全注에서도 그렇게 해석하였다[『萬葉集全注』 8, p.255]. 그러나 私注에서는 '별거중인 아내 또는 연인을 생각하는 노래이므로 '賤し'는 자신의 마음이며 아내의 집은 아니다. 젖으면서 있는 것은 그의 신체가 아니라, 주변의 풍물이라고 보아야만 할 것이다. 아내의 집은 비속에 쓸쓸하게 있는 작자의 마음을 끌고 있는 즐거운 집인 것이다'고 하였다[『萬葉集私注』 4, p.343]. 全集에서는 상대방이 자신의 집을 초라하다고 겸손하게 말한 것을 그대로 받아서 한 표현일 것이다고 하였다[『萬葉集』 2, p.345]. 이 주석서들에서 모두 'いやしけど'로 훈독을 하고 있는데, 이렇게 훈독을 한다면 '아내의 집이 보잘 것 없는 것'으로 해석하는 것이 전후 문맥으로 보아 맞는 듯하다.

오호토모노 토시카미(大伴利上)에 대해 私注에서는, '다른 곳에 작품이 보이지 않으므로 1436번가의 大伴村上을 잘못 표기한 것일 것이라고 말해지기도 하지만 명확하지 않다. 이대로라면 '토카미'라고도 읽을 것이다'고 하였다[『萬葉集私注』 4, p.343].

右大臣[1]橘家宴謌七首

1574　雲上尓　鳴奈流鴈之　雖遠　君將相跡　手廻來津

　　　雲の上に　鳴くなる雁の　遠けども　君[2]に逢はむと　た廻り來つ

　　　くものうへに　なくなるかりの　とほけども　きみにあはむと　たもとほりきつ

1575　雲上尓　鳴都流鴈乃　寒苗　芽子乃下葉者　黄變可毛

　　　雲の上に　鳴きつる雁の　寒きなへ[3]　萩の下葉は　黄變ぬる[4]かも

　　　くものうへに　なきつるかりの　さむきなへ　はぎのしたばは　もみちぬるかも

　　　左注　右二首[5]

1　右大臣 : 橘諸兄을 말한다. 같은 때의 노래가 1024번가 이하에 보인다. 山城國 綴喜(츠즈키)郡 井手町의
　館에서 열린 연회이다.
2　君 : 주인인 諸兄이다.
3　寒きなへ : '~와 함께'라는 뜻이다.
4　黄變ぬる : 동사 'もみづ'가 완료를 동반한 것이다.
5　右二首 : 주빈의 작품이지만 이 다음에 성명이 누락되었다. 高橋安麿인가.

右大臣 타치바나(橘) 집에서 연회하는 노래 7수

1574 구름의 위에서/ 우는 기러기처럼/ 멀긴 하지만/ 그대를 만나려고/ 멀리 돌아서 왔죠

🌸 해설

　　구름 위에서 울고 있는 기러기처럼 그대의 집은 멀었지만, 그대를 만나려고 멀리 길을 돌아서 넘어왔답니다라는 내용이다.

　　'た廻り來つ'를 大系・私注・注釋・全注에서는, 中西 進과 마찬가지로 '길을 돌아서'로 해석하였다. 그러나 해석이 노래 문맥과 잘 맞지 않으므로 '먼 길을 마다않고 열심히 왔다'는 뜻으로 해석해야 할 것이다.

　　中西 進은, '이 작품은 (연회를) 시작할 때 인사하는 노래이다'고 하였다.

1575 구름의 위에서/ 우는 기러기 소리/ 추위와 함께/ 싸리의 아래쪽 잎/ 물이 들어버렸네

🌸 해설

　　구름 위에서 울고 있는 기러기 소리의 차가움과 함께 싸리의 아래쪽 잎은 물이 들어버렸네라는 내용이다.

　　기러기가 우는 때가 되자 싸리잎도 물었다는 계절 감각을 노래한 것이다.

> **좌주**　위의 2수는
> 大系에서는, '家持의 작품이므로 자신의 이름을 기록하지 않았다고 하는 설이 있다. 諸兄이라는 설도 있지만 노래 내용과 맞지 않는다'고 하였다[『萬葉集』 2, p.327].

1576　此岳尓　小牡鹿履起　宇加遅良比　可聞可聞爲良久　君故尓許曾

この岳に　小牡鹿[1]履み起こし　窺狙ひ[2]　かもかも[3]すらく　君ゆゑにこそ

このをかに　をしかふみおこし　うかねらひ　かもかもすらく　きみゆゑにこそ

左注　右一首, 長門守巨曾倍朝臣津嶋

1577　秋野之　草花我末乎　押靡而　來之久毛知久　相流君可聞

秋の野の　草花[4]が末を　押しなべて[5]　來しく[6]もしるく　逢へる君[7]かも

あきののの　をばながうれを　おしなべて　こしくもしるく　あへるきみかも

1　小牡鹿 : '牡鹿'으로 표기해도 'をしか(오시카)'이지만, 이것을 'しか' 표기에 사용하였다.
2　窺狙ひ : 이상은 다음 구의, 사랑 때문에 애쓰는 모습을 비유한 풍경이다.
3　かもかも : 이렇게 저렇게라는 뜻이다.
4　草花 : 참억새꽃이다.
5　押しなべて : 쏠리게 하여라는 뜻이다.
6　來しく : 온 것이다.
7　逢へる君 : 주인 諸兄에 대한 인사.

1576 이 언덕에서/ 수사슴을 일으켜서/ 기회 엿보듯/ 이리저리 하는 건/ 그대 때문이지요

🌸 **해설**

이 언덕에 들어와서는 수사슴을 일으켜서, 기회를 엿보아 겨냥하듯이, 이렇게 저렇게 애를 쓰는 것은 친애하는 그대 때문이지요라는 내용이다.

'小牡鹿(をしか)'의 '小(を)'를 大系・全集에서도 中西 進과 마찬가지로 '男, 雄(を)'으로 보아 수사슴이라고 하였고[大系『萬葉集』 2, p.327), (全集『萬葉集』 2, p.346)], 注釋・全注에서는 접두어로 보고, '사슴'이라고 해석하였다[(『萬葉集注釋』 8, p.220), (『萬葉集全注』 8, p.258)]. 私注에서는 원문대로 '작은 사슴'으로 해석하였다[『萬葉集私注』 4, p.345].

제3구까지를, 私注・注釋・全集에서는 '~기회를 엿보아 겨냥하듯이'로 해석하여, 다음의 4, 5구를 수식하는 序詞로 보았다. 이렇게 해석하면 '이렇게 저렇게 애를 쓴다'고 하였으므로 구체적으로 무슨 일인지는 알 수 없지만 여러 가지로 열심히 애를 쓴다는 뜻이지만 사냥은 아닌 것이 된다. 大系와 全注에서는, '사슴을 쫓으며 기회를 엿보아 겨냥하며 애를 쓰는 것은 모두 그대를 위해서'라고 해석하였다. 이렇게 해석하면 실제로 사냥에 최선을 다하고 있다는 뜻이 된다. 井手 至는 연회에 앞서 행해진 사냥하는 모습을 묘사하여 주인을 칭찬하는 노래. 앞의 작품의 싸리꽃과의 배합으로 사슴을 노래한 것을 실은 것인가라고 하였다[『萬葉集全注』 8, p.258]. 실제 사냥이 아니라고 보면 노래 내용이 다소 불분명하게 되어버린다. 실제 사냥으로 보면 생동감이 있고 뜻도 더 분명하게 된다.

[좌주] 위의 1수는, 나가토노 카미(長門守) 코소베노 아소미 츠시마(巨曾倍朝臣津嶋)

私注에서는 巨曾倍對馬朝臣에 대해, '天平 4년(732) 8월 27일에 山陰道節度使의 판관으로 외종5위 하를 받았다. 對馬朝臣이라고 한 것은 敬稱일 것이다'고 하였다[『萬葉集私注』 4, p.327]. 권제6의 1024번가도 지었다.

1577 가을 들판의/ 참억새꽃의 끝을/ 쓰러뜨리며/ 온 보람도 크므로/ 만난 그대이지요

🌸 **해설**

가을 들판의 참억새꽃의 끝을 쓰러뜨리며 애써서 찾아온 보람노 커서 만나게 된 그대라는 내용이다. 길도 제대로 없는 곳을 힘들게 찾아왔지만 고생한 보람이 있어서 주인을 만나게 되었다는 기쁨을 노래한 것이다.

1578 今朝鳴而　行之鴈鳴　寒可聞　此野乃淺茅　色付尓家類

今朝鳴きて　行きし雁が音　寒み¹かも　この野の淺茅　色づきにける

けさなきて　ゆきしかりがね　さむみかも　こののあさぢ　いろづきにける

【左注】　右二首, 阿倍朝臣蟲麿

1579 朝扉開而　物念時尓　白露乃　置有秋芽子　所見喚鷄本名

朝戸あけて　もの思ふ²時に　白露の　置ける秋萩　見えつつ³もとな⁴

あさとあけて　ものおもふときに　しらつゆの　おけるあきはぎ　みえつつもとな

---

1 寒み : 차갑게 우는 소리가 단풍이 들게 하였다고 한다.
2 もの思ふ : 남성을 보내는 여성의 마음. 연회석에 적합했던가. 어울렸던가.
3 見えつつ : 원문의 '喚鷄'는 닭을 부르는 소리 '츠츠'에 의한 것이다.
4 もとな : 마음에 확실성이 없는 상태를 말한다.

1578 아침에 울며/ 가던 기러기 소리/ 차가와선가/ 이 들판의 낮은 띠/ 물이 들어 있네요.

🌸 해설

아침에 울면서 날아가던 기러기 소리가 차가웠던 때문일까. 이 들판의 낮은 띠는 물이 들어 있네라는 내용이다.

가을이 깊어져 날씨가 추워지는 것을, 기러기 소리가 차갑다고 표현하였다.

> **좌주** 아베노 아소미 무시마로(阿倍朝臣蟲麿)
>
> 아베노 아소미 무시마로(阿倍朝臣蟲麿)는 권제4의 667번가의 左注에 '오호토모노 사카노우헤노 이라츠메(大伴坂上郎女)의 어머니인 이시카하(石川) 內命婦와 아베노 아소미 무시마로(安陪朝臣 蟲麿)의 어머니 아즈미(安曇) 外命婦는 함께 살던 자매로 친한 사이였다. 그래서 郞女와 蟲麿는 자주 만나 서로 이야기를 하고 하였으므로 이에 장난기어린 연애 노래를 지어서 주고받은 것이다'고 되어 있다. 이 左注로 보면 大伴坂上郎女와 安倍朝臣蟲麿는 이종사촌간이 된다. 全注에서는, '坂上 郎女의 從兄弟. 天平 9년(737) 외종5위하, 皇后宮亮, 10년에 中務少輔, 13년에 정5위하 播磨守, 天平勝寶 원년(749)에 종4위하 中務大輔로 사망. 이외에 4·665, 672, 6·980에 창작가, 8·1650에 전송가를 남겼다. 이 2수부터 연회 노래의 작자 이름에 관직명을 쓰지 않은 것은 정식 연회가 끝나고 난 후, 다음날 아침에도 여전히 남아 있던 사람들 사이에 불린 것이기 때문일 것이다'고 하였다[『萬 葉集全注』 8, pp.260~261].

1579 아침 문 열어서/ 생각에 잠겼을 때에/ 흰 이슬이요/ 내린 가을 싸리꽃/ 눈에 띄네 어렴풋

🌸 해설

아침에 문을 열어서 생각에 잠겼을 때, 흰 이슬이 내린 가을 싸리꽃이 눈에 띄네. 어렴풋하게라는 내용이다.

'朝戶'는 본래 남성과 동침을 한 후에 남성을 보내기 위하여 여는 문이라는 뜻이다. 그러므로 헤어져야 하는 안타까움이 있다.

여기에서는 연회 다음날 서로 헤어지기 힘든 마음을 나타낸 것이다.

1580 棹牡鹿之　來立鳴野之　秋芽子者　露霜負而　落去之物乎

さ男鹿の　來立ち鳴く野の　秋萩[1]は　露霜[2]負ひて　散りにしものを[3]

さをしかの　きたちなくのの　あきはぎは　つゆしもおひて　ちりにしものを

左注　右二首，文忌寸馬養
　　　天平十年戊寅秋八月廿日

---

1 秋萩 : 싸리는 사슴의 아내라고 한다.
2 露霜 : 이슬과 서리를 말한다. 단순히 이슬이라고 하는 설도 있다.
3 散りにしものを : 가을 싸리꽃이 없는데도 수사슴은 공허하게 울고 있다.

1580 수사슴이요/ 와서 우는 들판의/ 가을 싸리꽃/ 이슬 서리를 맞아/ 져버린 것인 것을

해설

수사슴이 와서 우는 들판의 가을 싸리꽃은, 이미 이슬과 서리를 맞아서 다 져버린 것이라는 내용이다.

좌주 위의 2수는, 아야노 이미키 우마카히(文忌寸馬養)

天平 10년(738) 戊寅 가을 8월 20일

아야노 이미키 우마카히(文忌寸馬養)에 대해 私注에서는, '文馬養은 윤칠월에 主稅頭. 백제계 왕인의 자손, 壬申亂의 공신인 禰磨의 아들이다. 이때(天平 10년)는 외종5위하였다. 아마 諸兄 집에서의 연회의, 날이 새어서의 작품일 것이다'고 하였대『萬葉集私注』 4, p.347].

橘朝臣奈良麿[1]結集宴謌十一首

1581　不手折而　落者惜常　我念之　秋黃葉乎　挿頭鶴鴨

手折らずて　散りなば惜しと　わが思ひし　秋の黃葉を　かざしつるかも

たをらずて　ちりなばをしと　わがおもひし　あきのもみちを　かざしつるかも

1582　希將見　人尒令見跡　黃葉乎　手折曾我來師　雨零久仁

めづらしき[2]　人に見せむと　黃葉を　手折りそあが來し　雨の降らくに

めづらしき　ひとにみせむと　もみちばを　たをりそあがこし　あめのふらくに

左注　右二首, 橘朝臣奈良麿

---

1 **橘朝臣奈良麿** : **諸兄**의 아들이다. 당시 **宿禰**였는데 그후 **勝寶** 2년 정월에 **朝臣** 성을 받았다. 후의 성을 표기한 것이다.
2 **めづらしき** : 보기가 힘들어 그립다는 뜻으로 여기서는 **久米女王**을 가리킨다.

타치바나노 아소미 나라마로(橘朝臣奈良麿)의, 연회를 끝맺는 노래 11수

1581 꺾지를 않고/ 진다면 아쉽다고/ 내가 생각을 한/ 가을의 단풍잎을/ 장식을 한 것이네

🌸 해설

　꺾어보지도 못하고 져버리면 아쉽다고 내가 생각했던 가을 단풍잎을 지금 머리장식으로 한 것이네라는 내용이다.

　타치바나노 아소미 나라마로(橘朝臣奈良麿)에 대해 全集에서는, '諸兄의 아들이다. 天平 12년(740)에 종5위하, 같은 해 다시 종5위상으로 승진하였다. 大學頭, 攝津大夫, 民部大輔, 시종, 右大辯 등을 지냈다. 天平寶字 원년(759)에 父가 사망한 지 반년 뒤에 藤原仲麻呂를 제거하려고 하였으나 실패하고 죽임을 당하였다고 하였다'『萬葉集』 2, p.500].

1582 마음 끌리는/ 사람에게 보이려/ 단풍잎을요/ 꺾어서는 내가 왔네/ 비가 내리는데도

🌸 해설

　마음이 맞는 사람에게 보이려고 단풍잎을 꺾어서는 내가 왔네. 비가 내리는데도라는 내용이다.

　비가 오는 데도 손님을 위해 단풍잎을 꺾어 왔다고 주인이 인사하는 노래이다. 연회를 여는 날 비가 내리고 있었음을 알 수 있다.

　中西 進은 이 작품을, '주인이 주빈에게 인사하는 노래이다'고 하였다.

> **좌주** 　위의 2수는, 타치바나노 아소미 나라마로(橘朝臣奈良麿)

1583 　黄葉乎　令落鍾礼尓　所沾而來而　君之黄葉乎　挿頭鶴鴨

黄葉を　散らす時雨に　濡れて來て　君[1]が黄葉を　かざしつるかも

もみちばを　ちらすしぐれに　ぬれてきて　きみがもみちを　かざしつるかも

　左注　右一首, 久米女王

1584 　希將見跡　吾念君者　秋山乃　始黄葉尓　似許曾有家礼

めづらしと　わが思ふ君[2]は　秋山の　初黄葉[3]に　似てこそありけれ

めづらしと　わがもふきみは　あきやまの　はつもみちばに　にてこそありけれ

　左注　右一首, 長忌寸娘[4]

---

1 君 : 奈良麿를 가리킨다. 이 때 17,8세였다고 한다.
2 君 : 奈良麿를 가리킨다.
3 初黄葉 : 순진하고 아름다운 모양이다.
4 長忌寸娘 : 久米女王의 시녀인 노래를 잘 짓는 老女.

1583 단풍잎을요/ 지게 하는 가을비/ 맞으며 와서/ 그대의 단풍잎을/ 장식하게 되었네

✿ 해설

단풍잎을 떨어뜨리며 내리는 늦가을비에 젖으면서 왔지만, 그대가 꺾어온 단풍잎을 머리에 장식하게 되었네라는 내용이다.

中西 進은 이 작품을, '주인에게 답례하는 노래이다'고 하였다.

좌주 위의 1수, 쿠메노 오호키미(久米女王)

쿠메노 오호키미(久米女王)에 대해 私注에서는, '어떤 사람인지 알 수 없다. 天平 17년(745)에 無位에서 종5위하가 되어 있으므로 이때는 아직 無位의 젊은 女王이었다고 보인다. (중략) 親王의 딸인가. 다만 父는 알 수 없다'고 하였다『萬葉集私注』 4, p.350]. 井手 至는 '작품은 이 작품 1수뿐이다. 奈良麻呂의 연인일까라고도 말해진다'고 하였다『萬葉集全注』 8, p.266].

1584 마음 끌린다/ 내가 생각는 그대/ 가을의 산의/ 신선한 단풍잎과/ 꼭 그대로 닮았네요

✿ 해설

만나기가 힘든, 마음 끌린다고 내가 생각는 그대는 가을 산의 신선한 단풍잎과 꼭 그대로 닮았네요라는 내용이다.

井手 至는, '奈良麻呂는 이 때 17,8세였으므로 이제 막 물이 들기 시작한 단풍잎으로 비유하는 것이 어울린다고 생각된다'고 하였다『萬葉集全注』 8, pp.266~267].

좌주 위의 1수, 나가노 이미키노 오토메(長忌寸娘)

1585　平山乃　峯之黄葉　取者落　鍾礼能雨師　無間零良志

奈良山[1]の　峯の黄葉　取れば散る　時雨の雨し　間無く降るらし

ならやまの　みねのもみちば　とればちる　しぐれのあめし　まなくふるらし

左注　右一首, 内舎人[2]縣犬養宿祢吉男[3]

1586　黄葉乎　落卷惜見　手折來而　今夜挿頭津　何物可將念

黄葉を　散らまく[4]惜しみ　手折り來て　今夜かざしつ　何か思はむ

もみちばを　ちらまくをしみ　たをりきて　こよひかざしつ　なにかおもはむ

左注　右一首, 縣犬養宿祢持男

---

1 奈良山：1591번가의 **左注**에 의하면 이 작품들은 **諸兄**의 옛집에서의 연회로, 옛집은 **奈良山**에 있었다.
2 內舍人：그때 **家持**도 內舍人이었다.
3 縣犬養宿祢吉男：奈良麿의 조모는 縣犬養三千代였다.
4 散らまく：'まく'는 'む'의 명사형이다.

1585 나라(奈良)의 산의/ 봉우리의 단풍잎/ 잡으면 지네/ 늦가을의 비가요/ 계속 내리는가봐

🌸 **해설**

나라(奈良)산 산봉우리의 단풍잎을 손으로 잡으면 곧 떨어져 버리네. 아마도 늦가을비가 끊임없이 내리는 듯하네라는 내용이다.

> **좌주** 위의 1수는 內舍人 아가타노 이누카히노 스쿠네 요시오(縣犬養宿禰吉男)
> 大系에서는 內舍人을, '中務省에 속하여 칼을 차고 숙직, 경비 그밖의 잡무를 맡는다. 정원은 90명'이라고 하였다(『萬葉集』2, p.329].
> 아가타노 이누카히노 스쿠네 요시오(縣犬養宿禰吉男)에 대해 私注에서는, '縣犬養宿禰는 諸兄의 母인 三千代의 생가이므로 이 吉男도 橘家와 관련이 있는 것이다. 吉男은 內舍人으로 天平寶字 2년(758)에 정6위상에서 종5위하가 되었다. 家持 등과 동년배 정도일 것이다'고 하였다(『萬葉集私注』4, p.351].

1586 단풍잎을요/ 지는 것이 아쉬워/ 꺾어 와서는/ 오늘밤 장식했네/ 무엇을 생각할까

🌸 **해설**

단풍잎이 지는 것이 아쉬워서, 그 단풍잎을 손으로 꺾어 와서는 오늘밤 장식으로 했네. 이제 무엇을 생각할까. 아무것도 염려할 것은 없네라는 내용이다.
'何か思はむ'를 全集에서는 '무엇을 부족하게 생각할까'로 해석하였다(『萬葉集』2, p.349].
단풍잎이 지기 전에 꺾어 와서 장식까지 했으니 매우 만족스럽다는 내용으로 주인에게 인사하는 노래일 것이다.

> **좌주** 위의 1수는, 아가타노 이누카히노 스쿠네 모치오(縣犬養宿禰持男)
> 아가타노 이누카히노 스쿠네 모치오(縣犬養宿禰持男)에 대해 私注에서는, '持男은 吉男의 동생일 시노 보든냐'고 하였다(『萬葉集私注』4, p.351]. 大系에서는 '전미상. 吉男의 가까운 친척인가'라고 하였다(『萬葉集』2, p.329].

1587　足引乃　山之黃葉　今夜毛加　浮去良武　山河之瀨尒

あしひきの　山の黃葉　今夜もか　浮びゆくらむ[1]　山川の瀨に

あしひきの　やまのもみちば　こよひもか　うかびゆくらむ　やまがはのせに

左注　右一首, 大伴宿祢書持[2]

1588　平山乎　令丹黃葉　手折來而　今夜挿頭都　落者雖落

奈良山を　にほはす黃葉　手折り來て　今夜かざしつ　散らば散るとも[3]

ならやまを　にほはすもみち　たをりきて　こよひかざしつ　ちらばちるとも

左注　右一首, 三手代人名

1　浮びゆくらむ : 현재 추량이다. 지금은.
2　大伴宿祢書持 : 家持의 동생으로 天平 18년(746) 9월에 사망하였다.
3　散らば散るとも : 1586·1589번가의 結句와 같은 내용이다. 또 매화연의 821번가의 結句와도 같다. 연회석의 기분을 나타낸 것이다.

1587 (아시히키노)/ 산의 단풍잎은요/ 오늘밤에도/ 떠서 흘러갈 건가/ 산속 계곡 여울에

해설

산의 단풍잎은 져서 오늘밤에도 산속 계곡 여울에 떠서 흘러갈 것인가라는 내용이다.
단풍잎이 산속 여울에 떠서 흘러가는 것을 상상한 것이다.
中西 進은, '이 작품부터는 상상의 풍경으로 바뀐다'고 하였다.

좌주 위의 1수는, 오호토모노 스쿠네 후미모치(大伴宿禰書持)
오호토모노 스쿠네 후미모치(大伴宿禰書持)는 타비토(旅人)의 아들, 야카모치(家持)의 동생이다.

1588 나라(奈良)의 산을/ 물들이는 단풍을/ 꺾어 와서는/ 오늘밤 장식했네/ 진다면 져도 좋네

해설

나라(奈良)산을 아름답게 물들이는 단풍을 꺾어 와서는 오늘밤 장식으로 했네. 그래서 아쉬울 것이
없으니 이제 단풍잎은 진다면 져도 좋다는 내용이다.

좌주 위의 1수는, 미테시로노 히토나(三手代人名)
미테시로노 히토나(三手代人名)는 어떤 사람인지 알 수 없다.

1589　露霜尒　逢有黄葉乎　手折來而　妹挿頭都　後者落十方

　　　　露霜に　あへる黄葉を　手折り來て　妹¹にかざしつ　後は散るとも

　　　　つゆしもに　あへるもみちを　たをりきて　いもにかざしつ　のちはちるとも

　　　左注　右一首, 秦許遍麿

1590　十月　鍾礼尒相有　黄葉乃　吹者將落　風之隨

　　　　十月　時雨に逢へる　黄葉の　吹かば散りなむ　風のまにまに

　　　　かむなづき　しぐれにあへる　もみちばの　ふかばちりなむ　かぜのまにまに

　　　左注　右一首, 大伴宿祢池主²

---

1 **妹**：연회석의 유녀인가.
2 **大伴宿祢池主**：이 작자는 奈良麿의 변으로 죽임을 당했다고도 생각된다. 越中에서 家持와 둘도 없는 노래
　친구였다.

1589 이슬 서리를/ 만난 단풍잎을요/ 꺾어 와서는/ 그녀에게 꽂았네/ 후에는 지더라도

 해설

이슬 서리를 맞은 단풍잎을 꺾어 와서는 그녀의 머리에 꽂아서 장식을 했네. 아쉬울 것이 없으니 이제 단풍잎은 지더라도 좋다는 내용이다.

> **좌주** 위의 1수는, 하다노 코헤마로(秦許遍麿)
>
> 하다노 코헤마로(秦許遍麿)를 私注에서는, '無姓의 秦性氏이므로 신분도 낮은 사람일 것이다'고 하였다『萬葉集私注』4, p.353]. 全集에서는, "秦'은 '肌'의 借訓으로 사용한 예도 있고(2399), 또 귀화 인 秦氏가 바친 비단이 피부에 부드러웠으므로 '秦'을 '하다'라고 불렀다고 『古語拾遺』에 있다'고 하였다『萬葉集』2, p.350].

1590 시월달의요/ 늦가을 비를 만난/ 단풍잎은요/ 불면 떨어지겠지/ 바람이 부는 대로

해설

시월달의 늦가을 비를 만난 단풍잎은 바람이 불면 부는 대로 떨어지겠지라는 내용이다.

> **좌주** 위의 1수는, 오호토모노 스쿠네 이케누시(大伴宿禰池主)
>
> 오호토모노 스쿠네 이케누시(大伴宿禰池主)에 대해 私注에서는, '池主는 후에 家持와 함께 越中 國司가 되고 후에 越前으로 옮겨가서도 증답한 시가가 있다. (중략) 天平 10년 駿河國 正稅帳에 의하면 이때는 정7위하 春宮坊少屬일 것이다. 家持와의 친교 관계는 확실하지 않다. 寶字 원년의 奈良麿의 모반에 연좌하여 있으므로 奈良麿와는 오래 교유를 하였던 것으로 보인다'고 하였다『萬 葉集私注』4, pp.353~354].

1591　黄葉乃　過麻久惜美　思共　遊今夜者　不開毛有奴香

　　　　黄葉の　過ぎまく惜しみ　思ふどち[1]　遊ぶ今夜は　明けずもあらぬか[2]

　　　　もみちばの　すぎまくをしみ　おもふどち　あそぶこよひは　あけずもあらぬか

　　左注　右一首, 內舍人大伴宿祢家持

　　　　　　以前[3]冬十月十七日, 集於右大臣橘卿之舊宅宴飮也.

大伴坂上郎女, 竹田庄作謌二首

1592　然不有　五百代小田乎　苅亂　田蘆尓居者　京師所念

　　　　然とあらぬ[4]　五百代小田[5]を　苅り亂り[6]　田廬[7]に居れば　都し思ほゆ

　　　　しかとあらぬ　いほしろをだを　かりみだり　たぶせにをれば　みやこしおもほゆ

---

1 思ふどち : 동지를 말한다.
2 明けずもあらぬか : 'ぬか'는 願望을 나타낸다. 끝맺는 노래의 인사이다.
3 以前 : '이상의 노래는'이라는 뜻이다.
4 然とあらぬ : 제대로가 아니라는 뜻이다..
5 五百代小田 : 1町(10段. 3600평. 약 1·2헥타르). 1段이 50代로 360步(1步는 1평). '그렇게 넓지 않은 그것을'이라는 뜻이다.
6 苅り亂り : 익숙하지 않은 노동이 힘들므로 도움을 생각한 것이다.
7 田廬 : 짐승 등을 지키기 위해 밭에 세운 작은 집이다.

1591 붉은 단풍이/ 지는 것이 아쉬워/ 친구들이랑/ 놀고 있는 오늘밤/ 새지 말아 주었으면

해설

아름다운 단풍이 지는 것이 아쉬워서 마음이 맞는 사람들과 즐겁게 놀고 있는 오늘밤은 새지 말아 주었으면 좋겠다는 내용이다.

계속 즐겁게 놀고 싶다는 마음을 표현한 것이다.

> **좌주** 위의 1수는, 內舍人 오오토모노 스쿠네 야카모치(大伴宿禰家持)
> 이상은 겨울 10월 17일에, 右大臣 타치바나(橘)卿의 舊宅에 모여 연회하였다.
> 오호토모노 스쿠네 야카모치(大伴宿禰家持)에 대해서는 1451번가의 해설에서 설명하였다

오호토모노 사카노우헤노 이라츠메(大伴坂上郎女)가
타케다(竹田) 농장에서 지은 노래 2수

1592 얼마 되지 않는/ 삼천육백 평 밭을/ 잘도 못 베고/ 농막에 있으면요/ 도읍이 생각나네요

해설

얼마 되지도 않는 삼천육백 평정도의 작은 밭을 제대로 베지도 못하고 농막에 있으면 도읍이 생각나네라는 내용이다.

私注에서는 '然不有'를 '默あらず'로 훈독하고 '놀지를 않고'로 해석하였으며, 大伴坂上郎女가 밭에서 실질적으로 일을 한 것이라기보다는 감독한 것이라고 하였다『萬葉集私注』 4, pp.354~355]. 그러나 '苅り亂り…都し思ほゆ'라 하였으므로 감독만 한 것이 아니라 실제로 풀을 베어보고 지쳐서, 농촌처럼 힘들지 않은 편안한 도읍을 생각하였을 것임을 알 수 있다.

오호토모노 사카노우헤노 이라츠메(大伴坂上郎女)에 대해서는 1432번가의 해설에서 설명하였다.

1593　隱口乃　始瀬山者　色附奴　鍾礼乃雨者　零尒家良思母

　　　隱口の　泊瀬の山は　色づきぬ　時雨の雨は　降りにけらしも

　　　こもりくの　はつせのやまは　いろづきぬ　しぐれのあめは　ふりにけらしも

　　　左注　右, 天平十一年己卯秋九月作.

佛前唱謌[1]一首

1594　思具礼能雨　無間莫零　紅尒　丹保敝流山之　落卷惜毛

　　　時雨の雨　間無くな降りそ　紅に　にほへる[2]山の　散らまく惜しも

　　　しぐれのあめ　まなくなふりそ　くれなゐに　にほへるやまの　ちらまくをしも

　　　左注　右, 冬十月[3]皇后宮[4]之維摩講[5], 終日供養大唐高麗等種々音樂[6], 尒乃唱此謌詞. 彈琴者市原
　　　王, 忍坂王 [後賜姓大原眞人赤麿也] 謌子者田口朝臣家守, 河邊朝臣東人, 置始連長谷等十數人也.

　1　佛前唱謌 : 부처 앞에서 부른 노래. 불교적 내용은 아니지만 '紅に にほへる' 등의 표현은 특별하다.
　2　にほへる : 당시 'もみぢ'는 대부분 황색이며 붉은 색은 아니다.
　3　冬十月 : 天平 5년부터 매년 10월 10일에서 16일까지 행해졌다.
　4　皇后宮 : 光明황후의 궁전이다. 보통은 興福寺에서 행하였다.
　5　維摩講 : 유마경을 강하는 법회다. 유마경은 유마힐의 교리를 기록한 불경이다.
　6　種々音樂 : 아악료의 악사·樂生에 의해 외래의 음악이 관리되고 있었다. 그 밖에 백제악·신라악·기악이 있다.

1593 (코모리쿠노)/ 하츠세(泊瀨)의 산은요/ 물이 들었네/ 늦가을의 비는요/ 내린 것 같으네요

해설

　　양쪽에 산이 있는 깊숙하게 숨은 곳이라는 뜻의 하츠세(泊瀨)산은 단풍이 아름답게 물이 들었네. 벌써 가을도 끝나려고 늦가을의 비가 내린 것 같네라는 내용이다.

　　'隱口'는 '泊瀨'를 상투적으로 수식하는 枕詞이다. 全集에서는 '泊瀨 계곡이 奈良 분지에서 들어가 깊숙한 곳에 있으므로 말한다. 'く'는 장소를 의미하는 고어'라고 하였다『萬葉集』2, p.209]. 大系에서는 '양쪽에 산이 있는 숨은 곳'이라는 뜻으로 해석하였다[『萬葉集』2, p.332].

　　좌주　위는, 天平 11년(739) 己卯 가을 9월에 지었다.

부처 앞에서 부른 노래 1수

1594　늦가을의 비여/ 계속 내리지 말게/ 붉은색으로/ 물이 든 산의 단풍/ 지는 것이 아쉽네

해설

　　늦가을에 내리는 비여 계속 내리지 말아 주었으면 좋겠네. 붉은색으로 아름답게 물이 든 산의 단풍이 지는 것이 아쉽네라는 내용이다.

　　좌주　위는, 겨울 10월의 황후궁의 유마강에서, 하루 종일 大唐・高麗 등의 각종 음악을 부처에게 공양하고 이 노래를 불렀다. 거문고를 탄 사람은 이치하라노 오호키미(市原王)・오사카노 오호키미(忍坂王) [후에 大原眞人赤麿 성을 받았다], 노래를 부른 사람은 타구치노 아소미 야카모리(田口朝臣家守)・카하베노 아소미 아즈마히토(河邊朝臣東人)・오키소메노 므라지 하츠세(置始連長谷) 등 10여 명이었다.

　　私注에서는, '冬十月은 앞의 작품을 받아서 天平 11년일 것이다. 황후궁은 光明子이다. (중략) 奈良 興福寺의 유마회는 鎌足의 山階寺에서 ㅗ의 병의 치유를 위해 행해신 것을 시작으로 하여, 그 아늘 不比等에 의해 그의 父인 鎌足의 기일에 행해지게 되었고, 天平 5년 이후에는 10월 10일에서 16일까지 행해졌고, 후에는 조정의 보호를 받아 유명한 불교 법회가 되었다'고 하였다[『萬葉集私注』4, p.357].

大伴宿祢像見謌一首

1595 秋芽子乃　枝毛十尾二　降露乃　消者雖消　色出目八方

秋萩の　枝もとををに¹　置く露の²　消なば消ぬとも　色³に出でめや⁴も

あきはぎの　えだもとををに　おくつゆの　けなばけぬとも　いろにいでめやも

大伴宿祢家持到娘子門⁵作謌一首

1596 妹家之　門田乎見跡　打出來之　情毛知久　照月夜鴨

妹が家の　門田⁶を見むと　うち出來し　情もしるく⁷　照る月夜かも

いもがいへの　かどたをみむと　うちでこし　こころもしるく　てるつくよかも

---

1 とををに : 휠 정도로라는 뜻이다.
2 露の : 이슬과 같이라는 뜻이다. 이슬은 꺼지고 또 무색인 것이므로 이렇게 표현한 것이다.
3 色 : 내 마음의 생각을 다른 사람에게 나타내는 것이다.
4 出でめや : 강한 부정을 동반한 의문이다.
5 娘子門 : 문은 자주 사랑의 장소로 불리어진다. 다만 여기에서는 그 느낌을 부른 노래로 낭자는 가공적
　　인물이다.
6 門田 : 문 앞의 밭이다. 만나지 않아도라는 뜻을 나타낸다.
7 情もしるく : '보람이 있어서'의 뜻에서 'しるく 照る'로 전환한다. 연가의 느낌을 겸한 달을 노래한 것이다.

오호토모노 스쿠네 카타미(大伴宿禰像見)의 노래 1수

1595 가을 싸리꽃/ 가지도 휠 정도로/ 내린 이슬이/ 꺼지면 꺼져도요/ 밖으로 드러낼까요

해설

   가을 싸리꽃의 가지도 휠 정도로 많이 내린 이슬이 사라지는 것처럼, 그렇게 꺼지면 꺼지더라도 밖으로 드러내는 일이 어떻게 있을 수 있을 것인가라는 내용이다.

   차라리 죽더라도 자신의 생각을 다른 사람에게 드러낼 수는 없다는 뜻이다.

   中西 進은, '사랑의 노래이지만 이슬로 표현하였으므로 이슬을 중심으로 하여 雜歌에 넣은 것인가'라고 하였다.

   오호토모노 스쿠네 카타미(大伴宿禰像見)에 대해 全集에서는, '天平寶字 8년(764)에 종5위하. 神護景雲 3년(769)에 左大舍人 助, 寶龜 3년(772)에 종5위상, 天平勝寶 2년(750) 무렵에 攝津少進 정6위상이었던 것을 정창원 문서로 알 수 있다'고 하였다『萬葉集』 2, p.493〕.

오호토모노 스쿠네 야카모치(大伴宿禰家持)가
娘子의 문에 이르러서 지은 노래 1수

1596 그녀의 집의요/ 문앞 밭을 보려고/ 찾아왔는데/ 보람도 무척 커서/ 밝게 비추는 달아

해설

   사랑하는 사람의 집 문밖에 있는 밭이라도 보려고 찾아왔는데 그렇게 생각한 보람도 무척 커서, 밝게 비추는 달이여라는 내용이다.

   '밭이라도 보려고 찾아왔는데'는 만나러 왔다는 뜻이다. 그런데 달이 밝은 것만 말하여 처음 목적과 달라진 것 같고, 私注에서는 '相聞으로 분류될 수 없는 것은 단순히 달빛 아래 밭을 본 느낌이기 때문일 것이다'고 하였다『萬葉集私注』 4, p.358〕. 물론 달이 밝아서 밭을 잘 볼 수 있었다는 뜻이 되겠지만 '보람이 있다'는 것은 어싱을 만나러 왔다는 뜻으로도 볼 수 있지 않을까 싶다.

   오호토모노 스쿠네 야카모치(大伴宿禰家持)에 대해서는 1451번가의 해설에서 설명하였다

大伴宿祢家持秋謌三首

1597　秋野尒　開流秋芽子　秋風尒　靡流上尒　秋露置有

秋の野[1]に　咲ける秋萩　秋風に　靡ける上に　秋の露置けり

あきののに　さけるあきはぎ　あきかぜに　なびけるうへに　あきのつゆおけり

1598　棹牡鹿之　朝立野邊乃　秋芽子尒　玉跡見左右　置有白露

さ男鹿の　朝立つ野邊の　秋萩に　珠と見るまで　置ける白露

さをしかの　あさたつのへの　あきはぎに　たまとみるまで　おけるしらつゆ

1599　狹尾牡鹿乃　胸別尒可毛　秋芽子乃　散過鷄類　盛可毛行流

さ男鹿の　胸別にかも[2]　秋萩の　散り過ぎにける　盛りかも去ぬる

さをしかの　むなわけにかも　あきはぎの　ちりすぎにける　さかりかもいぬる

左注　右, 天平十五年[3]癸未秋八月見物色作.

---

1 **秋の野** : 제목과 어울리게 秋를 네 번 사용한 장난스런 노래이다.
2 **胸別にかも** : 가슴으로 나무 가지나 그 외의 장애물을 헤치고 나가는 것이다. 'にかも'는 '~에 의해서인가'라
는 뜻이다.
3 **天平十五年** : 743년. 이 무렵 家持는 久邇京에 있었다.

오호토모노 스쿠네 야카모치(大伴宿禰家持)의 가을 노래 3수

1597　가을 들판에/ 핀 가을 싸리꽃이/ 가을바람에/ 쏠리고 있는데다/ 가을 이슬이 내렸네

🌸 해설

　가을 들판에 피어 있는 가을 싸리꽃이, 추운 가을바람이 강하게 불어서 쏠리고 있는데 그 위에 또 가을 이슬이 내렸네라는 내용이다.
　오호토모노 스쿠네 야카모치(大伴宿禰家持)에 대해서는 1451번가의 해설에서 설명하였다

1598　수사슴이요/ 아침에 선 들 가의/ 가을 싸리에/ 구슬로 보이도록/ 내린 흰 이슬이여

🌸 해설

　수사슴이 아침에 서 있는 들판 가의 가을 싸리에 구슬인가 하고 생각될 정도로 반짝이며 내려 있는 흰 이슬이여라는 내용이다.
　수사슴과 싸리는 함께 노래된 경우가 많다.

1599　수사슴이요/ 가슴으로 헤쳤나/ 가을 싸리는/ 져버리고 말았네/ 한창 때가 지난 건가

🌸 해설

　수사슴이 가슴으로 헤치고 지나갔기 때문일까. 가을 싸리는 다 져버리고 말았네. 아니면 꽃의 절정기가 지난 것일까라는 내용이다.
　싸리꽃이 진 이유를 생각한 노래이다.

　　좌주　위는, 天平 15년(743) 癸未 가을 8월에 경치를 보고 지었다.

內舍人石川朝臣廣成謌二首

1600　妻戀尒　鹿鳴山邊之　秋芽子者　露霜寒　盛須疑由君

　　　妻戀ひに　鹿鳴く山邊の　秋萩は　露霜寒み　盛り過ぎ行く

　　　つまごひに　かなくやまへの　あきはぎは　つゆしもさむみ　さかりすぎゆく

1601　目頰布　君之家有　波奈須爲寸　穗出秋乃　過良久惜母

　　　めづらしき[1]　君が家なる　はな薄[2]　穗に出づる秋の　過ぐらく[3]惜しも

　　　めづらしき　きみがいへなる　はなすすき　ほにいづるあきの　すぐらくをしも

---

1 **めづらしき** : 여기서는 진귀하다는 뜻보다는 감상해야만 한다는 뜻이 강하다.
2 **はな薄** : 참억새꽃. '花薄'이라고 한 표현은 이 작품뿐이다.
3 **過ぐらく** : '過ぐ'의 명사형이다.

內舍人 이시카하노 아소미 히로나리(石川朝臣廣成)의 노래 2수

1600 짝이 그리워/ 사슴 우는 산 근처/ 가을 싸리꽃/ 이슬 서리 추워서/ 전성기 지나가네

해설

짝이 그리워서 사슴이 울고 있는 산 근처의 가을 싸리꽃은, 이슬과 서리가 내려서 추우므로 꽃이 져서 전성기가 지나가네라는 내용이다.

이시카하노 아소미 히로나리(石川朝臣廣成)는, '天平寶字 2년(758)에 종5위하, 4년에 高圓朝臣 성을 받았으며, 文部少輔, 攝津亮 등을 지냈다'(『萬葉集全注』 8. p.281).

1601 마음 끌리는/ 그대의 집에 있는/ 참억새꽃이/ 이삭을 내는 가을이/ 지나는 것 아쉽네

해설

나의 마음이 끌리는 사랑스러운 그대 집의 참억새꽃이 아름다운 이삭을 내는 가을이 지나가는 것이 아쉽네라는 내용이다.

大伴宿祢家持鹿鳴謌二首

1602 山妣姑乃　相響左右　妻戀尓　鹿鳴¹山邊尓　獨耳爲手

山彦²の　相響むまで　妻戀ひに　鹿鳴く³山邊に　獨⁴りのみして

やまびこの　あひとよむまで　つまごひに　かなくやまへに　ひとりのみして

1603 頃者之　朝開尓聞者　足日木篦　山呼令響　狹尾牡鹿鳴哭

この頃の　朝明に聞けば⁵　あしひきの⁶　山呼び響め⁷　さ男鹿鳴くも

このころの　あさけにきけば　あしひきの　やまよびとよめ　さをしかなくも

左注　右二首, 天平十五年癸未八月十六日作.

---

1 鹿鳴：『시경』의 鹿鳴을 의식한 용어. 보통이라면 鹿歌라고 표기한다.
2 山彦：산신의 소리라고 생각했다.
3 鹿鳴く：廣成의 작품과 같다.
4 獨：'妻戀ひ'와 대응한다.
5 朝明に聞けば：후의 '朝床に聞けば'(4150)와 호응한다.
6 あしひきの：원문의 '篦'는 화살에 사용한 대나무. '노'라고 읽는다.
7 山呼び響め：짝을 부르는 것이 아니고 울부짖는 것에 가깝다.

오호토모노 스쿠네 야카모치(大伴宿禰家持)의 鹿鳴 노래 2수

1602 산의 메아리/ 울려 만날 때까지/ 짝을 그리며/ 사슴 우는 산 근처/ 나는 혼자만 있고

🌸 해설

산의 메아리가 울려서 서로 만날 때까지 짝을 그리워하여 사슴이 우는 산 근처에 나는 혼자만 있고라는 내용이다.

私注에서는, '天平 15년(743) 8월 작품이므로 久邇京에서의 작품일 것이다. 그렇게 보면 '鹿鳴く山邊に 獨りのみして'는 실제 상황으로 보인다'고 하였다『萬葉集私注』 4, p.361]. 久邇京에서 奈良에 있는 아내 大孃을 그리워하는 내용의 노래라 생각된다.

오호토모노 스쿠네 야카모치(大伴宿禰家持)에 대해서는 1451번가의 해설에서 설명하였다

1603 요즈음 들어/ 새벽녘에 들으면/ (아시히키노)/ 산을 울리면서요/ 수사슴 울고 있네

🌸 해설

요즈음 들어서 날이 샐 무렵에 들으면 산을 울리면서 수사슴이 울고 있네라는 내용이다.

中西 進은 수사슴이 우는 것을 짝을 부르는 것이 아니라고 하였지만, 역시 짝을 부르는 소리라 생각된다. 앞의 작품과 마찬가지로 작자가 久邇京에서 奈良에 있는 아내 大孃을 그리워하는 마음을 나타낸 것임을 알 수 있다.

좌주 위의 2수는, 天平 15년(743) 癸未 8월 16일에 지었다.

大原眞人今城傷惜寧樂故郷[1]謌一首

1604 　秋去者　春日山之　黃葉見流　寧樂乃京師乃　荒良久惜毛

　　　秋されば　春日の山の　黃葉見る　奈良の都の　荒るらく[2]惜しも

　　　あきされば　かすがのやまの　もみちみる　ならのみやこの　あるらくをしも

大伴宿祢家持謌一首

1605 　高圓之　野邊乃秋芽子　此日之　曉露尓　開兼可聞

　　　高圓の　野邊の秋萩　この頃の　曉露に　咲きにけむ[3]かも

　　　たかまとの　のへのあきはぎ　このころの　あかときつゆに　さきにけむかも

---

1 **故郷** : 당시의 도읍은 久邇京이었다. 위의 작품과 같은 때의 작품이라면 천도한 지 3년 후가 된다.
2 **荒るらく** : '荒るらく'는 '荒る'의 명사형이다.
3 **咲きにけむ** : 가을 이슬에 의해 꽃이 피는 계절이 왔다고 하는 것이다. 'けむ'는 久邇京에서 상상을 한 것이기 때문이다.

오호하라노 마히토 이미키(大原眞人今城)가
나라(寧樂) 옛 도읍을 마음 아파하며 애석해하는 노래 1수

1604 가을이 되면/ 카스가(春日)의 산의요/ 단풍을 보는/ 나라(奈良)의 도읍지가/ 황폐함이 아쉽네

해설

가을이 되면 카스가(春日)산의 아름다운 단풍을 보며 즐겼던 나라(奈良)의 옛 도읍이 황폐해져 가는 것이 안타깝네라는 내용이다.

奈良 옛 도읍이 황폐해져 가는 것을 안타까워한 노래이다.

全集에서는, '聖武천황은 天平 12년 12월부터 17년 9월까지 奈良을 떠나 전전하였는데, 그 사이에 옛 도읍은 황폐해져 갔다. 이 작품은 天平 15년(743) 또는 16년 가을의 작품일 것이다'고 하였다[『萬葉集』 2, p.354].

오호하라노 마히토 이미키(大原眞人今城)에 대해 全集에서는, '大伴女郎의 아들로(519번가), 高田女王으로부터 노래를 받은 今城王(537번가 제목)과 같은 사람이다. 高田女王의 父 高安王과 그 아우 『門部王・櫻井王보다 젊지만, 똑같이 大原眞人 성을 받고 있는 것을 보면 그 삼형제 중의 누군가의 아들이라고 하는 설이 있다. (중략) 天平 20년(748)에 정7위하 兵部小丞이었다. (중략) 天平寶字 8년(764)에 종5위상까지 승진하였으나 寶龜 2년(771) 복위할 때까지 無位가 되었다. 仲麻呂의 亂에 연루된 때문인가 하고 말해진다. 후에 다시 兵部少輔, 駿河守에 임명되었다'고 하였다[『萬葉集』 2, p.495].

오호토모노 스쿠네 야카모치(大伴宿禰家持)의 노래 1수

1605 타카마토(高圓)의/ 들 가 가을 싸리꽃/ 요즘 들어서/ 새벽녘의 이슬에/ 이제는 피었을까

해설

타카마토(高圓)의 들판 근처의 가을 싸리꽃은, 요즈음 새벽에 내리는 이슬을 맞아 벌써 피었을 것인가라는 내용이다.

奈良의 타카마토(高圓)의 가을 싸리꽃을 그리워한 노래이다.

오호토모노 스쿠네 야카모치(大伴宿禰家持)에 대해서는 1451번가의 해설에서 설명하였다.

秋相聞

額田王思近江天皇[1]作謌一首[2]

1606　君待跡　吾戀居者　我屋戸乃　簾令動　秋之風吹

　　　君待つと　わが戀ひをれば　わが屋戸の　簾動かし　秋の風吹く[3]

　　　きみまつと　わがこひをれば　わがやどの　すだれうごかし　あきのかぜふく

---

1 近江天皇 : 天智천황이다.
2 作謌一首 : 중국 육조 때 유행한 연정시를 모방한 허구의 노래일 가능성도 있다.
3 秋の風吹く : 바람은 사랑하는 사람이 찾아온다는 징조이기도 했다. 그러나 바람의 허망함도 남는다.

가을 相聞

....

누카타노 오호키미(額田王)가 아후미(近江) 천황을
그리워하여 지은 노래 1수

1606 님 기다리며/ 내가 그리워하면/ 우리 집 문의/ 발을 움직이면서/ 가을바람이 부네

🌸 해설

　님을 기다리며 내가 그리워하고 있으면, 우리 집 문에 쳐 놓은 발을 움직이면서 가을바람이 부네. 이것을 보니 님이 찾아올 것인가 보다라는 내용이다.

　누카타노 오호키미(額田王)에 대해 中西 進은, '鏡王의 딸. 오호아마(大海人. 후의 天武천황)황자와의 사이에 토오치(十市)황녀를 낳았다. 舒明朝 초기(630년경)에 태어나 持統朝(690년경)에 사망하였다고 보아진다'고 하였다『萬葉集』 1, p.51].

　井手 至는, '『玉臺新詠』 등을 통해 육조시대의 궁정 규원시를 접한 작자가, 그 여인의 규원의 마음을 시도하여 和歌로 바꾼 것이 이 작품이 되었을 것이다. 아마 이 노래는 그 당시 걸작으로 여겨졌으므로, 歌人의 기억 속에 남아『萬葉集』 중에서는 예가 드물게, 488번가와 중복되어 수록된 것이라 생각된다'고 하였다『萬葉集全注』 8, p.291].

　권제4의 488번가와 같은 노래이다.

鏡王女作謌[1]一首

1607 風乎谷 戀者乏 風乎谷 將來常思待者 何如將嘆

風をだに 戀ふ[2]るはともし 風をだに 來むとし待たば 何か嘆かむ[3]

かぜをだに こふるはともし かぜをだに こむとしまたば なにかなげかむ

---

1 鏡王女作謌：앞의 노래에 대한 창화.
2 戀ふ：그대가.
3 何か嘆かむ：나는 바람조차 기다릴 수 없다. 남편 鎌足이 사망한(669년) 후의 노래인가.

카가미노 오호키미(鏡王女)가 지은 노래 1수

1607 바람이라도/ 생각함이 부럽네/ 바람이라도/ 올 거라 기다리면/ 무엇을 탄식할까

해설

그대가 바람에게라도 마음이 끌리고 있는 것이 부럽네요. 바람이라도 올 것이라고 기다린다면 나는 이렇게 탄식하지는 않겠지요라는 내용이다.

이 작품은 앞의 권제4의 488번가의 내용 중 3·4·5구의 내용을 가지고 지은 것이다.

기다리는 님은 오지 않고 문에 쳐놓은 발을 움직이면서 가을바람만 찾아왔다고 탄식하지만, 그래도 기다리는 대상이 있다고 하는 것은 부러운 일이고 탄식할 일이 아니며, 기다릴 대상이 없는 이 몸은 정말 따분하니, 바람에라도 흔들리는 그대의 마음이 부럽다는 내용이다.

이 작품은 기다릴 대상이 없는 상태를 표현한 것이므로 작자인 카가미노 오호키미(鏡王女)의 남편 카마타리(鎌足)의 사후의 작품으로 추정되고 있다『萬葉集注釋』 4, p.34].

권제4의 489번가와 같다.

카가미노 오호키미(鏡王女)에 대해 全集에서는, '계통을 알 수 없다. 종래 額田王의 언니라고 말해졌지만, 현재로는 舒明천황의 딸이라고 하는 설이 유력하다. 처음에 天智천황에게 총애를 받았으나 후에 藤原鎌足의 정실이 되고 天武천황 12년(683) 7월에 사망하였다'고 하였다『萬葉集』 2, p.496].

弓削皇子御謌一首

1608 秋芽子之　上尒置有　白露乃　消可毛思奈萬思　戀管不有者

秋萩の　上に置きたる　白露の　消かも死なまし¹　戀ひつつあらずは

あきはぎの　うへเにおきたる　しらつゆの　けかもしなまし　こひつつあらずは

丹比眞人謌一首　名闕²

1609 宇陀乃野之　秋芽子師弩藝　鳴鹿毛　妻尒戀樂苦　我者不益

宇陀の野³の　秋萩しのぎ⁴　鳴く鹿も　妻に戀ふらく⁵　われには益さじ⁶

うだのの の　あきはぎしのぎ　なくしかも　つまにこふらく　われにはまさじ

1　消かも死なまし : 'け'는 'き(消)え'의 축약형이다. 'か'는 의문. 'も'는 영탄. 'まし'는 현실에 반대되는 가상을 나타낸다.
2　名闕 : 226번가에도 같은 注가 있다.
3　宇陀の野 : 사냥터로 유명하다.
4　秋萩しのぎ : 억누르는 것이다.
5　戀ふらく : '戀ふ'의 완료 명사형이다.
6　益さじ : 부정 추량이다.

유게노 미코(弓削황자)의 노래 1수

1608 가을 싸리꽃/ 위에 내리어 있는/ 흰 이슬처럼/ 꺼져 죽어 버릴까/ 계속 사랑하지 말고

❀ 해설

　　가을 싸리꽃 위에 내려 있는 흰 이슬이 곧 꺼져서 없어지듯이, 차라리 그렇게 꺼져서 죽어 버릴까. 이렇게 사랑으로 계속 고통을 받으면서 있지 말고라는 내용이다.

　　私注에서는, '弓削황자는 권제2에도, 권제8에도 보였다. 권제2(120번가)에 '吾妹子に 戀ひつつあらずは 秋萩の 咲きて散りぬる 花ならまし'가 있었다. 권제10(2254, 2256, 2258번가)에 비슷한 내용의 노래가 있는 것을 보면, 이 노래도 본래는 민요였던 것을, 권제2와의 유사성으로 인해 弓削황자를 작자로 한 것이겠다'고 하였다『萬葉集私注』 4, pp.364~365].

　　유게노 미코(弓削황자)는 天武천황의 제6 황자로 母는 大江황녀이다. 持統 7년(693)에 淨廣貳의 위를 받고 文武 3년(699) 7월 21일에 사망하였다[大系『萬葉集』 2, p.296].

　　여성의 입장에서의 작품처럼 섬약한 내용이다. 똑같은 작품이, 권제10에 실려 있는 2254번가이다.

타지히노 마히토(丹比眞人)의 노래 1수 이름이 빠져 있다

1609 우다(宇陀)의 들의/ 가을 싸리꽃 밟고/ 우는 사슴도/ 짝을 그리는 것은/ 나보단 크잖겠지

❀ 해설

　　우다(宇陀) 들판의 가을 싸리꽃을 눌러 밟고 울고 있는 사슴도, 짝을 그리워하는 것은 나보다는 더하지 않겠지라는 내용이다.

　　사슴이 우는 소리를 듣고 아내 생각을 하며, 사슴보다 자신이 훨씬 더 아내를 그리워하는 마음이 절실하다는 내용이다.

　　'宇陀の野'를 井手 도는, '奈良縣 宇陀郡 大宇陀町의 安騎野 일대'라고 하였다『萬葉集全注』 8, p.294].

　　타지히노 마히토(丹比眞人)은 누구인지 알 수 없다. 타지히노 마히토 쿠니히토(丹比眞人國人), 타지히노 야누시노 마히토(丹比屋主眞人)는 이미 앞에서 보였다.

丹生女王贈大宰帥大伴卿[1]謌一首

1610　高圓之　秋野上乃　瞿麥之花　丁壯香見　人之挿頭師　瞿麥之花

高圓の　秋の野の上の　瞿麥の花　うらわかみ　人のかざしし　瞿麥の花[2]

たかまとの　あきののうへの　なでしこのはな　うらわかみ　ひとのかざしし　なでしこのはな

笠縫女王謌一首　六人部王之女, 母曰田形皇女也

1611　足日木乃　山下響　鳴鹿之　事乏可母　吾情都末

あしひきの　山下響め　鳴く鹿の　言羨し[3]かも　わがこころ夫[4]

あしひきの　やましたとよめ　なくしかの　ことともしかも　わがこころつま

---

1 大伴卿：타비토(大伴)卿
2 瞿麥の花：女王 자신을 가리킨다.
3 言羨し：心夫이므로 말을 듣는 일이 적다는 뜻이다. 그 나름으로 말이 듣고 싶다.
4 わがこころ夫：마음속으로 사모하는 남편이라는 뜻이다. 뛰어난 표현이다. 이 외에 다른 예가 없다.

니후노 오호키미(丹生女王)가 大宰府 장관
오호토모(大伴)卿에게 보내는 노래 1수

1610　타카마토(高圓)의/ 가을 들판 근처의/ 패랭이꽃이구나/ 신선하므로/ 사람이 장식을 한/
패랭이꽃이구나

❀ 해설

　타카마토(高圓)의 가을 들판 근처의 패랭이꽃이여. 신선하므로 사람이 꺾어서 장식을 한 패랭이꽃이여
라는 내용이다.
　井手 至는, '寓意를 담은 旋頭歌(577, 577형식). 丹生女王이 젊었을 때 大伴旅人의 총애를 받은 것을 회상하
고, 그것을 완곡하게 비유가에 의해 표현한 것'이라고 하였다『萬葉集全注』8, p.296].

카사누히노 오호키미(笠縫女王)의 노래 1수
무토베노 오호키미(六人部王)의 딸, 母를 타가타노 히메미코(田形皇女)라고 했다

1611　(아시히키노)/ 산기슭을 울리며/ 우는 사슴의/ 말이 듣고 싶네요/ 내 맘속 남편이여

❀ 해설

　산기슭까지 울리며 짝을 그리워해서 우는 사슴, 그 사슴과 같은 사랑의 말을 듣고 싶네. 내 마음 속에
간직한 남편이여라는 내용이다.
　'鳴鹿之 事乏可母'를 大系・注釋・全集・全注에서는 中西 進과 마찬가지로 사슴 소리를 듣고 싶듯이 상대
방의 말소리를 듣고 싶다는 뜻으로 해석하였다. 私注에서는 원문의 한자 뜻을 중시하여 '우는 사슴 소리가
드문 것처럼 소식이 거의 없다'로 해석하였다『萬葉集私注』4, p.366].
　'つま'를 全集에서는, '남녀 구별 없이 사용하였다. 여기서는 남성을 가리킨다'고 하였다『萬葉集』2,
p.357].
　카사누히노 오호키미(笠縫女王)는 제목의 주에서 말하는 사실 외에는 어떤 사람인지 알 수 없다.
　井手 至는, '무토베노 오호키미(六人部王)는 身人部王이라고도 표기한다. 和銅 3년(710)에 종4위하, 天平
원년(729)에 정4위상으로 사망하였고 풍류 시중의 흰 사람이며, 다가디노 히메미고(田形皇女)는 天武天皇
의 딸로 母는 蘇我赤兄의 딸 大蕤娘인데, 穗積황자의 친여동생이며 神龜 5년(728)에 이품으로 사망하였다'고
하였다『萬葉集全注』8, p.296].

石川賀係女郎謌一首

1612 神佐夫等　不許者不有　秋草乃　結之紐乎　解者悲哭

神さぶと　不許ぶにはあらね[1]　秋草の[2]　結びし紐[3]を　解く[4]は悲しも

かむさぶと　いなぶにはあらね　あきくさの　むすびしひもを　とくはかなしも

---

1 不許ぶにはあらね : '神さぶ'는 인간적인 사랑에 어울리지 않는 상태를 말한다. 'ね'는 'ねど'.
2 秋草の : 마음은 늙지 않았으나 몸은 가을 풀과 같다는 뜻이다. 이미 나이가 많이 들었던 것인가.
3 結びし紐 : 이미 다른 남자와 묶은 옷 띠이다.
4 解く : 인연을 맺는 것이다.

이시카하노 카케노 이라츠메(石川賀係女郎)의 노래 1수

1612 나이가 들어/ 싫다는 것 아니지요/ 秋草 같은 몸/ 일단 묶은 옷 띠를/ 푸는 것 슬프네요

🌸 해설

　　나이가 들어버렸기 때문에 싫다는 것은 아닙니다. 가을 풀같이 늙은 이 몸이 일단 다른 남성과 묶은 옷 띠를 푸는 것이 슬프네요라는 내용이다.

　　남성의 구혼을 거절하는 노래이다.

　　私注에서는, '神さぶ라는 말의 뜻이 정확하지 않으므로 노래의 의미를 밝히기가 힘들다. 일단 나이가 들었다는 뜻으로 해석하지만, 혹은 여성이 남성으로부터 떨어져 있어서 혼자 쓸쓸하게 있는 것을 말하는 것은 아닐까라고도 생각된다. (중략) 한번 남자와 헤어지며 묶은 띠를 푸는 것은 슬프다는 뜻이다. 독수공방을 하더라도 다시는 남성을 만나지 않겠다는 마음을 노래한 것이겠다'고 하였다『萬葉集私注』 4, p.368].

　　全集에서는 '秋草の'를 枕詞로 보고, '풀이나 나무의 가지를 묶는 것은 길흉을 점치기도 하고 무사하기를 빌기도 하는 주술. 여기서는 다른 사람에게 짓밟히지 않기 위하여 표시를 한다는 뜻으로 수식한 것인가'라고 하였다『萬葉集』 2, p.357].

　　이시카하노 카케노 이라츠메(石川賀係女郎)는 어떤 사람인지 알 수 없다.

賀茂女王謌一首　長屋王之女, 母曰阿倍朝臣也

1613　秋野乎　旦往鹿乃　跡毛奈久　念之君尓　相有今夜香

　　　秋の野を¹　朝行く鹿の　跡もなく　思ひし君に　逢へる²今夜か

　　　あきののを　あさゆくしかの　あともなく　おもひしきみに　あへるこよひか

　　　左注　右歌, 或云椋橋部女王作. 或云笠縫女王作³.

---

1 秋の野を : 각 구마다 'あ'음, 제4구는 'お'음을 의식적으로 나열하였다.
2 逢へる : 꿈에 본 것인가.
3 或云笠縫女王作 : 작자가 혼동되는 것은 傳誦歌의 특징이다. 笠縫女王은 어떤 사람인지 알 수 없다.

카모노 오호키미(賀茂女王)의 노래 1수

나가야노 오호키미(長屋王)의 딸, 母를 아베노 아소미(阿倍朝臣)라고 했다

1613 가을 들판을/ 아침에 가는 사슴/ 행방 모르듯/ 생각하던 그대를/ 만난 오늘밤인가

✿ 해설

가을 들판을 아침에 걸어가는 사슴의 행방을 알 수 없듯이, 그렇게 행방을 알지 못하고 끝없이 생각하던 그대를 만난 오늘밤인가라는 내용이다.

행방을 알 수 없던 연인을 만난 기쁨을 노래한 것이다.

私注에서는 '跡もなく 思ひし君に'를, '행방을 알기 어렵고, 어느 여자에게 가 있는지 찾기 어렵다고 생각한 그대를'로 해석하였다『萬葉集私注』 4, p.368]. 그리고 노래가 개인 서정으로는 부자연스러우므로 본래 민요였을지 모른다고 하였으며, 賀茂女王이 長屋王의 딸이라면 椋橋部女王도 長屋王의 딸인지 모른다고 하였다『萬葉集私注』 4, p.369].

카모노 오호키미(賀茂女王)는 어떤 사람인지 알 수 없다.

좌주 위의 노래는 혹은 쿠라하시베노 오호키미(椋橋部女王)가 지은 것이라고 하고, 혹은 카사누히노 오호키미(笠縫女王)가 지은 것이라고 한다.

遠江守櫻井王奉天皇謌一首

1614 九月之　其始鴈乃　使尓毛　念心者　所聞來奴鴨

九月の　その初雁[1]の　使にも　思ふ心は　聞え來ぬかも[2]

ながつきの　そのはつかりの　つかひにも　おもふこころは　きこえこぬかも

天皇賜報和御謌一首

1615 大乃浦之　其長濱尓　緣流浪　寬公乎　念此日　[大浦者遠江國之海濱名也]

大の浦[3]の　その長濱に　寄する波　寬けく[4]君を　思ふこの頃　[大の浦は遠江國の海濱の名なり]

おほのうらの　そのながはまに　よするなみ　ゆたけくきみを　おもふこのころ

---

1 初雁 : '初'는 雁信을 기다리는 마음을 나타내었다. 일찍이 흉노에게 잡힌 蘇武는 기러기에게, 천자에게 보내는 서신을 맡겼다. 東國은 도읍에 대해, 기러기가 날아가는 방향에서 그렇게 멀리 떨어져 있지 않다.
2 聞え來ぬかも : '來'는 상대방을 주로 한 표현이다. 'ぬかも'는 願望을 나타낸다.
3 大の浦 : 지금의 靜岡縣 磐田市의 國府가 있는 포구를 말한다.
4 寬けく : 여유 있게 생각하는 모습이다.

토호타후미(遠江)守 사쿠라이노 오호키미(櫻井王)가
천황(聖武천황)에게 바치는 노래 1수

1614 구월이 되면/ 보이는 기러기를/ 사자로 해서/ 생각하는 마음은/ 들리게 하고 싶죠

🌸 해설

구월이 되면 모습을 보이는 기러기를 심부름꾼으로 해서라도, 자신이 왕을 그리워하는 마음을 왕의 귀에 들리게 하고 싶다는 내용이다.

'思ふ心は 聞え來ぬかも'를 大系·私注에서는 中西 進과 마찬가지로, 작자가 왕을 생각하는 마음을 왕에게 전하고 싶다는 내용으로 해석하였다. 그러나 注釋·全集·全注에서는, '왕이 생각해주는 마음이 작자에게 들려오지 않는가'로 해석하였다.

토호타후미(遠江)는 靜岡縣 西部. 사쿠라이노 오호키미(櫻井王)에 대해 私注에서는, '후에 大原眞人櫻井이라고 보인다. 紹運錄에 高安王과 門部王의 형제, 長皇子의 아들인 川內王의 아들이라고 하였다. 권제 20(4478번가)에도 1수가 있다. 聖武천황의 시종으로 불린 한 사람인 것은 武智麿傳에 보인다. (중략) 和銅 7년(714)에 무위에서 종5위하, 天平 3년(731)에는 종4위하가 되고, 天平 16년에는 정4위인 大藏卿大原眞人 櫻井이라고 보이지만, 遠江守에 대한 것은 보이지 않는다. 이 작품은 앞에 旅人에게 보낸 丹生女王의 작품이 있으므로 天平 3년 이후의 작품으로 보아도 좋을 것이다'고 하였다[『萬葉集私注』 4, p.370].

천황(聖武천황)이 답하여 내린 노래 1수

1615 오호(大)의 포구의/ 그 긴긴 해변으로/ 치는 파돈양/ 여유롭게 그대를/ 생각하는 요즈음

🌸 해설

오호(大) 포구의 길게 계속되는 그 해변으로 밀려오는 파도처럼, 그렇게 여유롭게 그대를 믿음직스럽게 생각하는 요스음이라는 내용이나.

大系에서는, '聖武천황이 토호타후미(遠江)守인 사쿠라이노 오호키미(櫻井王)에게 친애의 정을 나타낸 것이며, 두 사람은 사촌간이라고 하였다[『萬葉集』 2, p.358].

笠女郎贈大伴宿祢家持謌一首

1616 毎朝　吾見屋戸乃　瞿麥之　花尓毛君波　有許世奴香裳

朝ごとに　わが見る屋戸の　瞿麥が　花にも君は　ありこせぬかも¹

あさごとに　わがみるやどの　なでしこが　はなにもきみは　ありこせぬかも

山口女王贈大伴宿祢家持謌一首

1617 秋芽子尓　置有露乃　風吹而　落涙者　留不勝都毛

秋萩に　置きたる露の　風吹きて　落つる涙は　留めかねつも

あきはぎに　おきたるつゆの　かぜふきて　おつるなみたは　とどめかねつも

---

1 ありこせぬかも : 'こせ'는 희망을 나타내는 보조동사. 'ぬかも'는 願望을 나타내는 종조사이다.

카사노 이라츠메(笠女郞)가 오호토모노 스쿠네 야카모치(大伴宿禰家持)에게 보내는 노래 1수

1616 매 아침마다/ 내가 보는 정원의/ 패랭이꽃의/ 꽃으로라도 그댄/ 있어주지 않는가

해설

매일 아침마다 내가 항상 보는 우리 집 정원의 패랭이꽃으로라도 그대는 있어 주면 좋겠네라는 내용이다.

항상 보고 싶다는 뜻인데 남성을 꽃이라도 되어주면 좋겠다고 표현한 것이 특이하다.

카사노 이라츠메(笠女郞)는 어떤 사람인지 잘 알 수 없다.

야마구치노 오호키미(山口女王)가 오호토모노 스쿠네 야카모치(大伴宿禰家持)에게 보내는 노래 1수

1617 가을 싸리에/ 내려있는 이슬이/ 바람이 불어/ 흐르듯 내린 눈물/ 멈추기 힘드네요

해설

가을 싸리에 내려있는 이슬이 바람이 불면 떨어지는 것처럼, 그렇게 흐르는 눈물을 멈출 수가 없다는 내용이다.

상대방에 대한 그리움으로 항상 눈물을 흘리고 있다는 뜻이다.

야마구치노 오호키미(山口女王)는 어떤 사람인지 잘 알 수 없다. 권제4의 613번가부터 617번가까지 5수도 家持에게 보낸 작품이다.

中西 進은 이 작품을, "落つる'의 의미의 중층에 의해 풍경과 감정이 겹치는 노래이다'고 하였다.

湯原王贈娘子謌一首

1618 玉尓貫　不令消賜良牟　秋芽子乃　宇礼和々良葉尓　置有白露

玉に貫き　消たず賜らむ[1]　秋萩の　末わわらは[2]に　置ける白露

たまにぬき　けたずたばらむ　あきはぎの　うれわわらはに　おけるしらつゆ

大伴家持，至姑[3]坂上郎女竹田庄[4]作謌一首

1619 玉桙乃　道者雖遠　愛哉師　妹乎相見尓　出而曾吾來之

玉桙の[5]　道は遠けど　はしきやし[6]　妹[7]をあひ見に　出でてそあが來し

たまほこの　みちはとほけど　はしきやし　いもをあひみに　いでてそあがこし

---

1 消たず賜らむ : 'たばる'는 받는다는 뜻이다.
2 末わわらは : 'わわら'는 'ををる'와 마찬가지로 휠 정도라는 뜻이다. 'は'는 접미어. 그 외에 흩어진 잎으로 해석하는 설, 'わくらば'로 읽고 '특히'로 해석하는 설도 있다.
3 姑 : 작자 家持의 父인 旅人의 여동생이다.
4 竹田庄 : 760번가의 제목에도 보인다.
5 玉桙の : '玉'은 美稱. 칼 모양의 물건을 땅에 세운 것에서 나온 표현이라고 한다. '길'을 상투적으로 수식하는 枕詞이다.
6 はしきやし : 'はしき'는 '사랑해야 할'이라는 뜻이다. 'やし'는 영탄을 나타낸다.
7 妹 : 坂上郎女를 가리킨다.

유하라노 오호키미(湯原王)가 娘子에게 보낸 노래 1수

1618　구슬로 꿰도/ 꺼지지 말았으면/ 가을 싸리의/ 끝 쪽이 흴 정도로/ 내린 흰 이슬이여

　　구슬로 해서 실에 꿰어도 꺼지지 않는 그대로 있어 주었으면 좋겠네. 가을 싸리의 끝 부분이 흴 정도로 많이 내린 흰 이슬이여라는 내용이다.

　　'和々良葉尓'를 私注에서는 中西 進과 마찬가지로 'わわらはに'로 읽으면서 '흐트러진 잎'으로 해석하였다[『萬葉集私注』 4, p.375]. 全集에서는 'わくらばに'로 읽고 '특별히'로 해석하였대[『萬葉集』 2, p.359]. 全注에서도 全集과 마찬가지로 읽고 '특히 멋지게'로 해석하였다[『萬葉集全注』 8, p.303].

　　유하라노 오호키미(湯原王)에 대해 全集에서는, '志貴황자의 아들이다. 萬葉 후기를 대표하는 작가의 한 사람이다. 短歌만 19수가 전하고 있지만 아름다운 작품이 많다'고 하였대[『萬葉集』 2, p.506].

오호토모노 야카모치(大伴家持)가, 고모인 사카노우헤노 이라츠메(坂上郎女)의 타케다(竹田) 농장에 도착하여 지은 노래 1수

1619　(타마보코노)/ 길은 멀지만서도/ 매우 그리운/ 그대를 만나려고/ 떠나서 나는 왔지요

　　칼 같은 것을 땅에 세워 놓은 길은 멀지만, 그래도 매우 그리운 고모님을 만나려고 이렇게 나는 집을 떠나서 찾아 왔지요라는 내용이다.

　　'玉桙の'를 全集에서는, '妹를 수식하는 枕詞. 일반적으로는 '使'에 연결된다. 옛날에 가래나무 지팡이를 가진 심부름꾼이 연락을 담당하고 있었으므로 수식하게 된 것은 아닐까라고 한다. 또 글자를 알지 못하던 세계의, 문자에 의하지 않는 편지로 謎·判じもの(그림으로 어떤 뜻을 알아맞히는 것)같은 것이 행해지고 있었던 일도 보고되며, 그것을 '타마즈사·타마부사·타마무스비 등으로 불렀던 것 같다고 히였디'고 히였대『萬葉集』 2, pp.282~283].

大伴坂上郎女和謌一首

1620 荒玉之　月立左右二　來不益者　夢西見乍　思曾吾勢思

あらたまの¹　月立つ²までに　來まさ³ねば　夢にし見つつ　思ひそあがせし

あらたまの　つきたつまでに　きまさねば　いめにしみつつ　おもひそあがせし

左注　右二首, 天平十一年己卯秋八月作.

巫部麻蘇娘子謌一首

1621 吾屋前之　芽子花咲有　見來益　今二日許　有者將落

わが屋前の　萩花咲けり　見に來ませ⁴　今二日だみ⁵　あらば散りなむ

わがやどの　はぎはなさけり　みにきませ　いまふつかだみ　あらばちりなむ

---

1 **あらたまの** : 'あら(新), たま(魂)の'로 이어지는가. 月, 年을 상투적으로 수식하는 **枕詞**이다.
2 **月立つ** : 초승달이 된다.
3 **來まさ** : 존대어.
4 **來ませ** : 존대어.
5 **二日だみ** : 'だみ'는 '~만'이라는 뜻이다.

오호토모노 사카노우헤노 이라츠메(大伴坂上郎女)가 답한 노래 1수

1620 (아라타마노)/ 달이 바뀔 때까지/ 오지 않아서/ 꿈에서까지 보며/ 생각을 나는 했지요

❀ 해설

달이 바뀔 때까지 그대가 오지 않아서 꿈에서까지 보면서 나는 그대를 생각하고 있었지요라는 내용이다.
家持를 생각하며 기다리는 따뜻한 마음을 노래한 것이다.
家持는 오호토모노 사카노우헤노 이라츠메(大伴坂上郎女)의 생질이며 사위이다.
오호토모노 사카노우헤노 이라츠메(大伴坂上郎女)에 대해서는 1432번가의 해설에서 설명하였다.

> 좌주 위의 2수는, 天平 11년 己卯 가을 8월에 지었다.

카무나기베노 마소노 오토메(巫部麻蘇娘子)의 노래 1수

1621 우리 정원의/ 싸리꽃이 피었네/ 보러 오세요/ 지금부터 이틀만/ 있으면 지겠지요

❀ 해설

우리 집 정원의 싸리는 꽃이 피었네요. 그러니 보러 오세요. 앞으로 이틀 정도만 지나면 다 져버리겠지
요라는 내용이다.
누구에게 보낸 것인지는 알 수 없지만 정원의 싸리꽃이 지기 전에 보러 오라는 내용이다.
카무나기베노 마소노 오토메(巫部麻蘇娘子)는 어떤 사람인지 알 수 없다.

大伴田村大嬢与妹¹坂上大嬢謌二首

1622 吾屋戸乃　秋之芽子開　夕影尓　今毛見師香　妹之光儀乎

　　　わが屋戸の　秋の萩咲く　夕影に²　今も見てしか³　妹⁴が光儀を

　　　わがやどの　あきのはぎさく　ゆふかげに　いまもみてしか　いもがすがたを

1623 吾屋戸尓　黄變蝦手　毎見　妹乎懸管　不戀日者無

　　　わが屋戸に　黄變つ⁵鶏冠木⁶　見るごとに　妹を懸け⁷つつ　戀ひぬ日は無し

　　　わがやどに　もみつかへるで　みるごとに　いもをかけつつ　こひぬひはなし

---

1 妹 : 이복누이이다. 각각 田村 마을과 坂上 마을에 따로 살았다.
2 夕影に : 싸리에 비치는 저녁 무렵의 빛 속에.
3 今も見てしか : 願望을 나타낸다.
4 妹 : 坂上大嬢이다.
5 黄變つ : 단풍이 든다는 뜻으로 동사이다.
6 鶏冠木 : 단풍나무이다.
7 懸け : 잎이 개구리의 발모양 같으므로 말한 것이다.

오호토모노 타무라노 오호오토메(大伴田村大孃)가
여동생 사카노우헤노 오호오토메(坂上大孃)에게 준 노래 2수

1622 우리 정원의/ 가을 싸리 피었네/ 석양 빛 속에/ 지금도 보고 싶네/ 그대의 모습을요

🌸 해설

우리 집 정원의 가을 싸리는 꽃이 피었네. 그 석양 빛 속에 지금도 보면서 있고 싶네요. 그대의 아름다운 모습을이라는 내용이다.

오호토모노 타무라노이헤노 오호오토메(大伴田村家大孃)와 사카노우헤노 오호오토메(坂上大孃)는, 권 제4의 759번가 左注에 '위는, 타무라노 오호오토메(田村大孃)와 사카노우헤노 오호오토메(坂上大孃)는 모두 右大弁 스쿠나마로(宿奈麿)卿의 딸이다. 그가 田村 마을에 살았으므로, (딸의) 호를 田村大孃이라고 하였다. 다만 동생인 坂上大孃은 어머니가 坂上 마을에 살았으므로 坂上大孃이라고 하였다. 이 때 자매는 안부를 묻는데 노래로 증답했던 것이다'고 하였다.

1623 우리 정원에/ 물이 든 단풍나무/ 볼 때마다요/ 그대 마음에 담아/ 사랑 않는 날 없네

🌸 해설

우리 집 정원에 물이 든 단풍나무를 볼 때마다 그대를 마음에 담아서 그립게 생각하지 않는 날이 없네라는 내용이다.

坂上大娘[1]，秋稲蘰[2]贈大伴宿祢家持謌一首

1624　吾之業有　早田之穂立　造有　蘰曾見乍　師弩波世吾背

わが業れ[3]る　早稲田[4]の穂立ち[5]　造りたる　蘰[6]そ見つつ　思はせわが背[7]

わがなれる　わさだのほたち　つくりたる　かづらそみつつ　しのはせわがせ

大伴宿祢家持報贈謌一首

1625　吾妹兒之　業跡造有　秋田　早穂乃蘰　雖見不飽可聞

吾妹子が　業と造れる　秋の田の　早穂の蘰[8]　見れど飽かぬかも

わぎもこが　なりとつくれる　あきのたの　わさほのかづら　みれどあかぬかも

1　坂上大娘：坂上大孃이라고 하는 것이 일반적이다. 그 당시 母와 농장에 있었다.
2　秋稲蘰：머리에 두르는 것이다. 벼의 생명을 부착시키는 것이다. 후에 장식으로 되었다.
3　わが業れ：농경을 주로 말한 것이다.
4　早稲田：'와사, 와세'는 '오소'와 같고, '매우 빨리, 서둘러'라는 뜻이라고 한다.
5　穂立ち：이삭이 열림. 그 풍성한 상태를, 연모의 정이 끊임없는 마음으로 연결시켰다.
6　蘰：벼이삭으로 만든 머리 장식이다. 그 당시 서민은 조를 먹었다.
7　思はせわが背：야카모치(家持)를 가리킨다.
8　早穂の蘰：여기까지의 내용은 앞의 작품 내용 그대로이다. 제5구는 습관적인 頌辭이다.

사카노우헤노 오호오토메(坂上大娘)가, 가을 벼로 만든 머리 장식을 오호토모노 스쿠네 야카모치(大伴宿禰家持)에게 보내는 노래 1수

1624　내가 일하는/ 와사다(早稻田) 이삭으로/ 만들었는요/ 머리장식 보면서/ 생각해요 그대여

❀ 해설

　　내가 농사일을 하는 올벼의 이삭으로 만든 머리 장식입니다. 항상 이것을 보면서 나를 생각해주세요. 사랑하는 그대여라는 내용이다.
　　사카노우헤노 오호오토메(坂上大娘)에 대해서는 1622번가의 해설에서 설명하였다.
　　벼 이삭으로 만든 머리장식을 보내면서 첨부한 노래이다.

오호토모노 스쿠네 야카모치(大伴宿禰家持)가 답하여 보내는 노래 1수

1625　그대께서요/ 일을 하여서 만든/ 가을의 밭의/ 올벼 이삭의 장식/ 보아도 싫증 안 나네

❀ 해설

　　그대가 농사일을 해서 만든 가을밭의 올벼 이삭으로 만든 머리 장식은 아무리 보아도 싫증이 나지를 않네라는 내용이다.
　　오호토모노 스쿠네 야카모치(大伴宿禰家持)에 대해서는 1451번가의 해설에서 설명하였다.

又報脱着身衣¹贈家持詞一首

1626　秋風之　寒比日　下尒將服　妹之形見跡　可都毛思怒播武

　　　　秋風の　寒きこの頃　下に着む²　妹が形見と　かつ³も思はむ

　　　　あきかぜの　さむきこのころ　したにきむ　いもがかたみと　かつもしのはむ

　　左注　右三首，天平十一年己卯秋九月往來．

---

1 **又報脱着身衣**：당시에는 연인들이 서로 의복을 주고받았다.
2 **下に着む**：종지형이다.
3 **かつ**：추위를 막는 한편, 모습을 생각하게 하는 기념물로 생각해서. 죽은 사람에 한정되는 것은 아니다.

또 몸에 입은 옷을 벗어서 야카모치(家持)에게 보낸 것에 답한 노래 1수

1626 가을바람이/ 차가운 요즈음은/ 속에 입지요/ 그대의 기념물로/ 한편 생각하지요

✿ 해설

가을바람이 차가운 요즈음은 보내어 준 그대의 옷을 속에 입지요. 그리고 한편으로는 그대를 대신하는 기념물로 보며 소중하게 생각하지요라는 내용이다.

좌주 위의 3수는, 天平 11년(739) 己卯 가을 9월에 주고받은 것이다.

大伴宿祢家持, 攀非時¹藤花幷芽子黄葉²二物, 贈坂上大嬢謌二首

1627　吾屋前之　非時藤之　目頬布　今毛見牡鹿　妹之咲容乎

　　　　わが屋前の　時じき藤の　めづらしく³　今も⁴見てしか　妹が咲容⁵を

　　　　わがやどの　ときじきふぢの　めづらしく　いまもみてしか　いもがゑまひを

1628　吾屋前之　芽子乃下葉者　秋風毛　未吹者　如此曾毛美照

　　　　わが屋前の　萩の下葉は　秋風も　いまだ吹かねば⁶　かくそ黄變てる

　　　　わがやどの　はぎのしたばは　あきかぜも　いまだふかねば　かくそもみてる

　　　　左注　右二首, 天平十二年庚辰夏六月徃來.

---

1 **攀非時** : 1628번가의 *左注*에 의하면 작품은 6월. 늦게 핀 등꽃. '時じ'는 그 때가 아닌, 항상이라는 뜻이다.
2 **黄葉** : 이것은 시기가 이른, 늦여름의 단풍이다.
3 **めづらしく** : 귀하고 사랑해야만 하는 것이다.
4 **今も** : 항상이라는 뜻이다.
5 **妹が咲容** : 願望을 나타내는 조사이다.
6 **吹かねば** : 역접관계이다.

오호토모노 스쿠네 야카모치(大伴宿禰家持)가, 제철이 아닌 등꽃과 싸리 잎이 물든 것, 두 종류를 꺾어서 사카노우헤노 오호오토메(坂上大嬢)에게 보내는 노래 2수

1627 우리 집의요/ 때 아닌 등꽃처럼/ 귀한 것으로/ 항상 보고 싶네요/ 그대의 웃는 얼굴

❀ 해설

우리 집 정원의, 제철 아닌데 핀 등꽃처럼 사랑스러운 것으로 항상 보고 싶네요. 그대의 웃는 얼굴을이라는 내용이다.

1628 우리 집의요/ 싸리의 아래 잎은/ 가을바람도/ 아직 불지 않는데/ 이렇게 물들었네

❀ 해설

우리 집 정원의 싸리의 아래쪽 부분의 잎은, 가을바람도 아직 불지 않아서 단풍이 들 시기가 아닌데도 벌써 이렇게 물이 들었네라는 내용이다.

좌주 위의 2수는, 天平 12년(740) 庚辰 여름 6월에 주고받은 것이다.

大伴宿祢家持贈坂上大嬢謌一首幷短謌

1629 叩々 物乎念者 將言爲便 將爲々便毛奈之 妹与吾 手携而 旦者 庭尓出立 夕者
床打拂 白細乃 袖指代而 佐寐之夜也 常尓有家類 足日木能 山鳥許曾婆 峯向尓
嬬問爲云 打蟬乃 人有我哉 如何爲跡可 一日一夜毛 離居而 嘆戀良武 許己念者
胸許曾痛 其故尓 情奈具夜登 高圓乃 山尓毛野尓母 打行而 遊徃杼 花耳 丹穗日手
有者 毎見 益而所思 奈何爲而 忘物曾 戀云物呼

ねもころに¹ 物を思へば 言はむ術 爲む術も無し² 妹とわれ 手携はりて 朝には 庭に出
で立ち 夕には 床うち拂ひ 白栲の³ 袖さし交へて さ寢し⁴夜や 常にありける あしひき
の 山鳥⁵こそは 峰向ひに 妻問すといへ 現世の 人にあるわれや 何すとか 一日一夜も
離り居て 嘆き戀ふらむ ここ思へば 胸こそ痛き そこ故に 情和ぐ⁶やと 高圓の 山にも
野にも うち行きて 遊びあるけど⁷ 花のみし⁸ にほひてあれば 見るごとに まして思はゆ⁹
いかにして 忘れむものそ 戀といふものを

ねもころに ものをおもへば いはむすべ せむすべもなし いもとわれ てたづさはりて
あしたには にはにいでたち ゆふへには とこうちはらひ しろたへの そでさしかへて
さねしよや つねにありける あしひきの やまどりこそは をむかひに つまどひすといへ
うつせみの ひとにあるわれや なにすとか ひとひひとよも さかりゐて なげきこふらむ
ここもへば むねこそいたき そこゆゑに こころなぐやと たかまとの やまにものにも
うちゆきて あそびあるけど はなのみし にほひてあれば みるごとに ましてしのはゆ
いかにして わすれむものそ こひといふものを

---

1 ねもころに : 마음 속 깊이라는 뜻이다.
2 言はむ術 爲む術も無し : 이것은 挽歌에 주로 사용되는 표현이다. 이 다음 내용에도 挽歌의 느낌이 있다.
3 白栲の : 흰 천이다. 枕詞로도 사용된다.
4 さ寢し : 잠자리를 함께 한다는 뜻이다.
5 山鳥 : 꿩과의 새. 낮에 별거하고 밤에 짝을 찾아간다고 한다.
6 情和ぐ : 부드럽게 되다.
7 遊びあるけど : 놀려 돌아다니는 것이다.
8 花のみし : 연인이 멀리 있는 것에 대해 눈앞의 꽃만이.
9 まして思はゆ : 더한층 생각한다는 것이다.

오호토모노 스쿠네 야카모치(大伴宿禰家持)가
사카노우헤노 오호오토메(坂上大孃)에게 보내는 노래 1수와 短歌

1629 마음 속 깊이/ 생각을 하여보면/ 말할 방법도/ 해볼 방법이 없네/ 그대와 내가/ 손을 서로 잡고는/ 아침에는요/ 정원에 나가 서서/ 저녁에는요/ 침상을 깨끗이 해/ (시로타헤노)/ 소매를 어긋하여/ 잠을 잔 밤은/ 항상 있었던 걸까/ (아시히키노)/ 꿩이야말로 정말/ 산 건너편의/ 짝을 찾아 운다 하나/ (우츠세미노)/ 세상의 사람인 나는/ 무엇 때문에/ 하루 낮 하루 밤도/ 떨어져 있어/ 탄식하며 그러나/ 이 생각하면/ 가슴이 아려오네/ 그것 때문에/ 마음 위로 될까고/ 타카마토(高圓)의/ 산에도 들판에도/ 외출을 해서/ 놀며 다녀보지만/ 꽃들만이요/ 곱게 피어 있어서/ 보는 때마다/ 더욱더 생각나네/ 어떻게 하면/ 잊을 수 있는 걸까/ 사랑이라 하는 것을

해설

　마음 속 깊이 이것저것을 생각하여 보면, 그리움이라고 하는 것은 무엇이라고 말을 해야 할지, 어떻게 해야 생각을 떨쳐버릴 수 있을지 방법이 없네. 그대와 내가 손을 서로 잡고는 아침에는 정원에 나가서 서서, 그리고 저녁에는 잠자리를 깨끗이 해서 준비를 하여 흰 옷소매를 어긋하여 함께 잠을 잔 밤은 항상 있었던 것일까. 아주 드물게 그렇게 잔 것뿐이네. 험한 산의 꿩은 그야말로 산 건너편에 짝을 찾아 운다고 하지만, 허망한 현세 세상의 사람인 나는 무엇 때문에 하루 낮 하루 밤도 이렇게 떨어져 있으며 탄식하고 그립게 생각을 하고 있는 것일까. 그것을 생각하면 가슴이 아프네요. 그것 때문에 마음이 위로를 받을 수 있을까 하고 타카마토(高圓)의 산이랑 들판에도 가서 놀며 다녀보지만 꽃들만 에쁘게 피어 있으므로 볼 때마다 오히려 한층 더 그대가 생각이 나네. 어떻게 하면 잊을 수 있는 것일까. 사랑이라고 하는 것을 이라는 내용이다.

反謌

1630 高圓之　野邊乃容花　面影尓　所見乍妹者　忘不勝裳

高圓の　野邊の容花[1]　面影[2]に　見えつつ妹は　忘れかねつも

たかまとの　のへのかほばな　おもかげに　みえつついもは　わすれかねつも

大伴宿祢家持贈安倍女郎[3]謌一首

1631 今造　久邇能京尓　秋夜乃　長尓獨　宿之苦左

今造る　久邇の京[4]に　秋の夜の　長きに獨り　寝るが苦しさ[5]

いまつくる　くにのみやこに　あきのよの　ながきにひとり　ぬるがくるしさ

---

1 容花 : 메꽃이다.
2 面影 : '容花'의 'かほ'에서 '面影'으로 이어진다.
3 安倍女郎 : 269번가 등의 安倍女郎과 다른 사람인가.
4 今造る 久邇の京 : '今'은 '새롭다'라는 뜻이다. 天平 12년 12월 이후 15년 12월까지 조영하였다.
5 寝るが苦しさ : 마음이 괴롭다는 뜻이다. '본의가 아니게'라는 뜻이다.

反歌

1630   타카마토(高圓)의/ 들의 메꽃과 같이/ 눈앞에 항상/ 어른거려서 그대/ 잊기가 힘드네요

해설

타카마토(高圓)의 들판에 피어 있는 메꽃과 같이 눈앞에 항상 어른거려서, 그대를 잊어버리기가 힘드네요라는 내용이다.

오호토모노 스쿠네 야카모치(大伴宿禰家持)가
아베노 이라츠메(安倍女郎)에게 보내는 노래 1수

1631   지금 만드는/ 구이(久邇)의 도읍에서/ 가을의 밤이/ 긴 데도 혼자서만/ 자는 것이 괴롭네

해설

지금 새로 조영하는 구이(久邇)京에서 가을의 긴 밤을 혼자서 자는 것이 괴롭네라는 내용이다.
구이(久邇)京에서 혼자 지내는 외로움을 노래한 것이다.
中西 進은, '같은 생각을 다른 여성에게도 보낸다(769번가)'고 하였다. 私注에서는 天平 13년 가을 무렵의 작품일 것이라고 하였다[『萬葉集私注』 4, p.383].
아베노 이라츠메(安倍女郎)는 어떤 사람인지 알 수 없다.

大伴宿祢家持, 從久邇京贈留寧樂宅坂上大娘謌一首

1632　足日木乃　山邊尓居而　秋風之　日異吹者　妹乎之曾念

あしひきの　山邊¹に居りて　秋風の　日にけに²吹けば　妹をしそ思ふ

あしひきの　やまへにをりて　あきかぜの　ひにけにふけば　いもをしそおもふ

---

1 山邊 : 久邇의 산 근처를 말한다.
2 日にけに : 날로 다르게, 하루하루 더욱이라는 뜻이다.

오호토모노 스쿠네 야카모치(大伴宿禰家持)가,

쿠니(久邇)京에서 나라(寧樂) 집에 남아 있는

사카노우헤노 오호오토메(坂上大娘)에게 보내는 노래 1수

1632 (아시히키노)/ 산 근처에 있으며/ 가을바람이/ 날로 더욱 더 불면/ 그대가 생각나네요

❀ 해설

  구니(久邇)京의 산 근처에 있으면서 차가운 가을바람이 하루하루 더욱 더 강하게 불면 그대가 그리워지네라는 내용이다.

  새로 조성하는 구니(久邇)京에서 고향에 있는 아내를 그리워하는 작품이다.

或者[1]贈尼謌[2]二首

1633　手母須麻尓　殖之芽子尓也　還者　雖見不飽　情將盡

手もすまに[3]　植ゑし萩にや[4]　却りては　見れども飽かず[5]　情盡さむ[6]

てもすまに　うゑしはぎにや　かへりては　みれどもあかず　こころつくさむ

1634　衣手尓　水澁付左右　殖之田乎　引板吾波倍　眞守有栗子

衣手[7]に　水澁[8]つくまで　植ゑし田[9]を　引板[10]わが延へ[11]　守れる苦し

ころもでに　みしぶつくまで　うゑしたを　ひきたわがはへ　まもれるくるし

1　或者 : 어떤 남성이다.
2　贈尼謌 : 여승에게 보내는 장난스러운 연애 노래이다.
3　手もすまに : 'すむ'는 정착한다는 뜻이다. 'に'는 부정을 나타낸다.
4　植ゑし萩にや : 꽃을 즐기며 마음의 편안함을 얻으려했던 싸리. 소중하게 키운 여성을 뜻한다. 그런데 오히려라는 제3구의 의미로 연결된다. 'にや'는 제5구의 싸리에 신경 쓰는 것인가에 연결된다.
5　見れども飽かず : 만족하지 않는다.
6　情盡さむ : 여러 가지로 신경을 쓰는 것을 말한다.
7　衣手 : 소매를 말한다.
8　水澁 : 물때를 말한다.
9　植ゑし田 : 소중하게 키운 여성을 뜻한다.
10　引板 : 鳴子(딸랑이 : 허수아비 기능을 하는 것이다). 판자에 나무나 대나무 조각을 붙여서 줄로 길게 연결하고, 먼 곳에서 당겨서 소리를 울려 짐승을 놀라게 하는 도구이다.
11　わが延へ : 길게 늘이는 것이다.

어떤 사람이 여승에게 보내는 노래 2수

1633 손도 쉬잖고/ 심었던 싸리인데/ 오히려 더욱/ 봐도 싫증나잖고/ 신경을 쓰는 건가

🌸 해설

꽃을 즐기려고 손을 쉬지 않고 부지런히 심었던 싸리인데, 아무리 보아도 싫증이 나지 않을 뿐만 아니라 오히려 신경을 쓰게 되는 것인가라는 내용이다.

노래의 뜻이 언뜻 이해되지 않는다. 이것은 제2구의 '싸리'의 의미와 원문 제3구의 '還者'의 해석 때문이다. 私注에서는, '만약 작자를 상상하여 추정한다면 坂上郎女라고 하는 것이 가능하다. 다음 작품에 의하면 농장에 있으면서 익은 벼를 지키고 있으므로, 이미 앞에 나온 坂上郎女의 竹田농장에서의 행동이 더불어 생각된다. 작자를 坂上郎女라고 추정하면 승려는 신라 여승 理願이라고 하는 설은 부합하지만, 여기에 天平 7년 이전의 작품이 실리는 것은 부자연스럽다. 들은 것에다 보완했다고 하는 견해는 다음의 답한 노래에 家持가 관여하고 있으므로 인정될 수 없다. 따라서 승려를 理願이라고는 볼 수 없다. 理願이 사망한 후에 大伴 집안에 남아 있던 法類 등일까. 어쨌든 농장에서, 자기 집에 심은 싸리가 꽃을 피울 시기임을 생각하고 자기 집에 남아 있는 승려에게 보낸 노래라고 생각된다. 원문의 제3구의 '還者'는 '집에 돌아간다면'으로 해석해야 하며, '오히려'로 해석한 것은 이 노래를 비유라고 생각한 오해 때문'이라고 하였다「萬葉集私注」 4, p.385). 싸리꽃을 '자신의 집에 심어 놓은 꽃'으로, 제3구의 '還者'는 '집에 돌아간다면'으로 해석하였다. 全集에서는 '싸리'를, '여승이 출가하기 전에 낳은 딸'로 보았으며 제3구의 '還者'는 '오히려'로 해석하였다「萬葉集」 2, p.364). 全注에서는, '어떤 사람이 승려의 딸을 데려다 키웠는데 그 딸이 장성하자 나쁜 벌레가 붙지 않을까, 남자가 데려가지 않을까 염려하는 뜻을 담은 노래라고 하였다「萬葉集全注」 8, p.322).

1634 옷의 소매에/ 물때가 낄 때까지/ 심은 밭을요/ 딸랑이 내 만들어/ 지키는 것 힘드네

🌸 해설

모를 심느라고 옷소매에 물때가 낄 때까지 심은 밭을, 내가 줄을 길게 늘여서 딸랑이를 만들어 새나 맷돼지 등 짐승을 쫓으며 지키는 것이 힘드네라는 내용이다.

私注에서는 '水漬'을 흙물로 보았으며「萬葉集私注」 4, p.385), 또 '坂上郎女의 작품이라고 하면, 그녀가 밭에서 실제로 이렇게까지 일을 했다고는 생각되지 않지만, 농장 감독이 상당히 세세한 곳까지 미쳤다고 추측할 수 있겠다'고 하였다「萬葉集私注」 4, pp.385~386).

井手 至는, '애써 키운 딸을 지금은 구혼해오는 남성들로부터 지키고 감시하는 처지가 되었다는 뜻의 노래'라고 하였다「萬葉集全注」 8, p.323).

尼, 作頭句¹, 幷大伴宿祢家持, 所誂尼²續末句³和謌一首

1635 佐保河之　水乎塞上而　殖之田乎 尼作 苅流早飯者　獨奈流倍思 家持續

佐保川の　水を塞き上げて　植ゑし⁴田を 尼作る 苅る早飯⁵は　獨りなるべし⁶ 家持續ぐ

さほがはの　みづをせきあげて　うゑしたを　かるわさいひは　ひとりなるべし

---

1 作頭句 : 앞의 3구를 말한다.
2 所誂尼 : 부탁을 받아서라는 뜻이다. 본래 한 사람이 1633·1634번가의 '惑る人'에게 답해야 하는 것을, 장난기로 家持와 함께 짓는 시도를 하여 보낸 것이다.
3 末句 : 제4, 5구를 말한다.
4 植ゑし : 보내는 노래의 노동의 느낌을 취하였다.
5 苅る早飯 : 올벼로 지은 밥이다.
6 獨りなるべし : 결국 '惑人'은 家持에게 당한 셈이 된다.

여승이 頭句를 짓고, 오호토모노 스쿠네 야카모치(大伴宿禰家持)가 여승에게 권유받아 末句를 이어서 답한 노래 1수

1635　사호(佐保)의 강의/ 물을 끌어 막아서요/ 심어 논 밭을(여승이 지은 것)/ 베어 지은 첫밥은/ 혼자 먹어야겠지(家持가 이은 것)

해설

　사호(佐保)강의 물을 막아서 심어서 지은 농작물을(여승이 지은 것) 베어서 지은 첫밥을 혼자 먹는 것은 나 혼자이겠지요(家持가 이은 것)라는 내용이다.

　1633 · 1634번가에 대해 여승이 답한 노래이지만 혼자서 짓지 않고 家持와 함께 지은 것으로『萬葉集』작품 중에서 특이한 예가 된다.

　大系에서는, '제5구의 '獨り'는 1633 · 1634번가의 작자일 것이다. 上句와 下句를 다른 사람이 부르고 있는 이 노래는 문헌에 남아 있는 자료로서는 최초의 連歌'라고 하였다『萬葉集』 2, p.345]. 全集에서는, 여승이 3구까지 짓고 그 다음부터 짓기 힘들어서 家持에게 부탁한 것이라고 하였다『萬葉集』 2, p.365].

冬雜謌

舍人娘子雪謌一首

1636　大口能　眞神之原尓　零雪者　甚莫零　家母不有國

　　　　大口の　眞神が原[1]に　降る雪は　いたくな降りそ　家もあらなくに[2]

　　　　おほくちの　まがみがはらに　ふるゆきは　いたくなふりそ　いへもあらなくに

1　眞神が原：眞神原은 奈良縣 高市郡 明日香村 飛鳥寺 부근이다.
2　家もあらなくに：'なく'는 'ぬ'의 명사형이다.

겨울 雜歌

....

토네리노 오토메(舍人娘子)의 눈 노래 1수

1636 (오호쿠치노)/ 마가미(眞神)의 들판에/ 내리는 눈은/ 심하게 내리지마/ 집도 있지 않은
　　　건데

✿ 해설

　　입이 큰 여우라는 뜻을 이름으로 한 마가미(眞神) 들판에 내리는 눈은 심하게 내리지를 말게. 집도
없으므로라는 내용이다.
　　'大口'는 '眞神'을 상투적으로 수식하는 枕詞이다. 私注에서는 "마가미"는 이리를 말하는데 입이 크기
때문이라고 한다'고 하였다[『萬葉集私注』 4, p.388].
　　토네리노 오토메(舍人娘子)는 어떤 사람인지 알 수 없다.

太上天皇[1]御製謌一首

1637　波太須珠寸　尾花逆葺　黑木用　造有室者　迄萬代

はだすすき[2]　尾花逆葺き　黑木[3]もち　造れる室[4]は　萬代までに[5]

はだすすき　をばなさかふき　くろきもち　つくれるやどは　よろづよまでに

天皇御製謌一首

1638　靑丹吉　奈良乃山有　黑木用　造有室者　雖居座不飽可聞

あをによし[6]　奈良の山なる　黑木もち　造れる室は　座せど[7]飽かぬかも

あをによし　ならのやまなる　くろきもち　つくれるやどは　ませどあかぬかも

　　左注　右, 聞之御在左大臣長屋王佐保宅肆宴御製.

1　太上天皇 : 선대 천황이라는 뜻이다. 聖武천황의 伯母. 다만 양위 후의 작품인지 아닌지는 알 수 없다.
2　はだすすき : 'はだすすき(旗薄)'와 같은가. 尾花는 穗를 주로 말한다. 穗는 주술적인 의미에서 지붕에 간다.
3　黑木 : 껍질이 붙은 그대로의 나무를 말한다. 껍질을 벗긴 白木의 반대이다.
4　造れる室 : 건물이다. 'いへ'는 주거라고 하는 것에 가깝다.
5　萬代までに : 이 다음에 'あれ'가 생략되었다.
6　あをによし : 奈良의 美稱이다. '靑土'가 좋다는 뜻인가.
7　造れる室は 座せど : 詞人이 대신 지은 것이므로 경어가 사용된 것이다.

太上천황(元正천황)이 지은 노래 1수

1637 (하다스스키)/ 꽃을 거꾸로 깔고/ 검은 나무로/ 만들었는 이 집은/ 만대까지 영원히

✿ 해설

　　참억새 꽃을 거꾸로 깔고 껍질을 벗기지 않은 나무로 만든 이 집은 만대까지 영원히 있으라는 내용이다.
　　私注에서는, '長屋王이 특히 새로 집을 짓고 천황·태상천황을 맞이하였는데, 집을 축복하고 내린 노래'라고 하였다『萬葉集私注』 4, p.389]. 井手 至는 집을 축복하는 노래. 長屋王의 저택에서 열린 연회에서 元正천황이 그 집을 축복한 축하 노래'라고 하였다『萬葉集全注』 8, p.327].
　　全集에서는 '室'을, '횡혈식 주거 또는 그것에 가까운 창이 없는 밀실과 같은 건축물. 여기서는 천황이 머물 곳으로 급히 만든 작은 집을 말한다'고 하였다『萬葉集』 2, p.366].

천황(聖武천황)이 지은 노래 1수

1638 (아오니요시)/ 나라(奈良)의 산에 있는/ 검은 나무로/ 만들었는 이 집은/ 있어도 싫증나잖
네

✿ 해설

　　푸른 흙이 좋은 나라(奈良) 산의 나무를, 껍질을 벗기지 않은 채 그대로 사용하여 만든 이 집은 아무리 있어도 싫증이 나지 않네라는 내용이다.
　　위의 작품과 마찬가지로 집을 축복하는 노래이다.

　　좌주 위는, 전해 듣건데 '左大臣 나가야노 오호키미(長屋王)의 사호(佐保) 집에 있으며 연회할 때 지은 것'이라고 한다.

大宰帥大伴卿¹冬日見雪憶京謌一首

1639 沫雪　保杼呂保杼呂尒　零敷者　平城京師　所念可聞

沫雪²の　ほどろほどろに³　降り敷けば⁴　平城の京し　思ほゆるかも

あわゆきの　ほどろほどろに　ふりしけば　ならのみやこし　おもほゆるかも

大宰帥大伴卿⁵梅謌一首

1640 吾岳尒　盛開有　梅花　遺有雪乎　亂鶴鴨

わが岳に　盛りに咲ける　梅の花　殘れる雪を　まがへ⁶つるかも

わがをかに　さかりにさける　うめのはな　のこれるゆきを　まがへつるかも

---

1 大宰帥大伴卿 : 타비토(旅人)를 말한다.
2 沫雪 : 물거품 같은 눈이다. 奈良은 눈이 많이 오지만 筑紫는 거의 오지 않는다.
3 ほどろほどろに : 'はだれ(이따금 내리는 눈)'와 같다. 旅人은 疊語를 많이 사용하였다.
4 降り敷けば : 'しく'는 겹친다는 뜻이다.
5 大宰帥大伴卿 : 타비토(旅人)를 말한다.
6 まがへ : 'まがふ'는 매화와 눈이 번갈아 눈앞에 떠오르는 것을 말한다.

大宰府 장관 오호토모(大伴)卿이,
겨울 날 눈을 보고 도읍을 생각하는 노래 1수

1639 가랑눈이요/ 똑똑똑 어지럽게/ 내려 쌓이면/ 나라(平城)의 도읍이요/ 생각나는 것이네

✿ 해설

가랑눈이 어지럽게 계속 내려 쌓이면 나라(平城) 도읍이 생각이 나는 것이네라는 내용이다.

'ほどろほどろに'는 정확한 뜻을 알 수 없다. 私注에서는 '똑똑 내리는 것에 가깝다'고 하였고『萬葉集私注』 4, p.390], 大系에서도 '똑똑 내리는 것'이라고 하였다『萬葉集』 2, p.347]. 全集에서는, '눈이 내려 엷게 쌓이는 모양을 말한 것으로 생각된다'고 하였다『萬葉集』 2, p.367].

九州의 大宰府에서 근무 하던 旅人이 눈이 내리는 것을 보고 奈良을 생각한 작품이다.

大宰府 장관 오호토모(大伴)卿의 매화 노래 1수

1640 우리 집 언덕/ 무성하게 피었는/ 매화꽃이여/ 남아 있는 눈을요/ 꽃이라 착각했네

✿ 해설

우리 집의 언덕에 무성하게 피어 있는 매화꽃이여. 녹지 않고 남아 있는 눈을 매화꽃과 착각했던 것이네라는 내용이다.

매화꽃과 남아 있는 눈을 서로 착각한다는 내용이다.

흰 매화와 눈을 착각하는 소재에 대해 全集에서는, '한시에도 예가 많으며『萬葉集』 권제5의 〈매화 32수〉 가운데도 822·839·844 등 예가 있다'고 하였다『萬葉集』 2, p.367]. 井手 至는, '흰 매화와 눈을 착각하는 소재는 六朝, 初唐의 시에 많이 보이는 것으로『懷風藻』에도 그 영향이 보인다'고 하였다『萬葉集全注』 8, p.329].

角朝臣廣辨雪梅謌一首

1641　沫雪尓　所落開有　梅花　君之許遣者　与曾倍弖牟可聞

　　　　沫雪に¹　降らえて咲ける　梅の花　君がり²遣らば　よそへ³てむかも

　　　　あわゆきに　ふらえてさける　うめのはな　きみがりやらば　よそへてむかも

---

1 **沫雪に** : '沫雪'은 물거품 같은 눈이다. 봄에 내리는 눈이다.
2 **君がり** : 고귀한 사람을 뜻한다. 'がり'는 곁이라는 뜻이다.
3 **よそへ** : 보내는 것같이 한다.

츠노노 아소미 쿠와우벤(角朝臣廣辨)의 눈 속 매화 노래 1수

1641 가랑눈을요/ 맞아서 피어 있는/ 매화꽃을요/ 그대 곁에 보내면/ 나로 생각하실까

 해설

　가랑눈을 맞아서 피어 있는 매화꽃을 그대 곁으로 보내면, 그대는 매화꽃을 보고 나로 생각해줄 것인가 라는 내용이다.

　中西 進은 이 작품을, '보내는 노래는 아니다'고 하였다.

　'梅の花 君がり遣らば よそへてむかも'를 注釋에서는 中西 進과 마찬가지로 '매화꽃을 그대 곁으로 보내면 매화꽃을 보고 나로 생각해주실 것인가'로 해석하였다(『萬葉集注釋』 8, p.300]. 大系・私注에서는, '매화꽃을 그대 곁으로 보내면 꽃을 눈으로 보실까'로 해석하였다(『萬葉集』 2, p.348), (萬葉集私注』 4, p.392)]. 全集에 서는 'よそへ'를 '관계가 있는 것처럼 소문낸다는 뜻으로 보아 '매화꽃을 그대 곁에 보내면 사람들은 소문을 낼 것인가'로 해석하였다(『萬葉集』 2, p.368]. 井手 至는 '雪梅'를 눈 속에 핀 매화가 아니라, '눈이 꽃처럼 내려 있는 가지'로 보고 '눈이 내린 가지를 그대 곁에 보내면 이것을 역시 매화꽃으로 보아주실까'로 해석하 였다(『萬葉集全注』 8, p.330].

　츠노노 아소미 쿠와우벤(角朝臣廣辨)은 어떤 사람인지 알 수 없다. 角朝臣에 대해 私注에서는, '木角宿爾 의 손자, 紀小弓의 아들 小鹿火가 角國, 즉 周防의 都濃에 머물며 그곳 지명을 성으로 한 것이라고 전해지는 데, 혹은 조부의 이름도 都濃과 관계가 있는지도 모른다. 어느 쪽이라 해도 '츠누'인 것을 알 수 있다. 天平 13년에 臣에서 朝臣이 되었다. 廣辨은 알 수 없다. 이 1수만의 작자이다'고 하였다(『萬葉集私注』 4, p.392].

安倍朝臣奧道雪謌一首

1642　棚霧合　雪毛零奴可　梅花　不開之代尓　曾倍而谷將見

たな¹霧らひ　雪も降らぬか²　梅の花　咲かぬが代に　擬へてだに見む³

たなぎらひ　ゆきもふらぬか　うめのはな　さかぬがしろに　そへてだにみむ

若櫻部朝臣君足雪謌一首

1643　天霧之　雪毛零奴可　灼然　此五柴尓　零卷乎將見

天霧らし⁴　雪も降らぬか⁵　いちしろく⁶　この齋柴に⁷　降らまく⁸を見む

あまぎらし　ゆきもふらぬか　いちしろく　このいつしばに　ふらまくをみむ

---

1 たな : 완전히라는 뜻이다.
2 降らぬか : 'ぬか'는 願望을 나타낸다.
3 擬へてだに見む : '擬へて'는 눈을 매화로 하여라는 뜻이다. 'だに'는 적어도 그것만이라도라는 뜻이다.
4 天霧らし : 타동사. 흐리게 하며라는 뜻이다.
5 雪も降らぬか : 'ぬか'는 願望을 나타낸다.
6 いちしろく : 눈부시게 찬란히. 두드러지게라는 뜻이다.
7 この齋柴に : 신성한 작은 나무. 눈부시게 찬란한 흰색이 신성함을 더한다. 柴는 작은 나무를 뜻한다.
8 降らまく : 'まく'는 'む'의 명사형이다.

아베노 아소미 오키미치(安倍朝臣奧道)의 눈 노래 1수

1642　완전히 흐려/ 눈도 안 내리는가/ 매화꽃이요/ 피지 않는 대신에/ 그것이라고 보자

❋ 해설

　　하늘을 완전히 흐리게 하며 온통 눈도 내리지 않을 것인가. 그러면 매화꽃이 피지 않은 대신에 눈을 매화꽃이라고 생각하고 볼 것인데라는 내용이다.
　　매화꽃이 아직 피지 않은 상태에서, 눈이라도 내리면 그것을 매화꽃으로 생각하고 보겠다는 뜻이다.
　　아베노 아소미 오키미치(安倍朝臣奧道)에 대해 私注에서는, '天平寶字 6년(762)에 정6위상에서 종5위하가 되고, 寶龜 5년에 但馬守 종4위로 사망하였다. 작품은 이 작품 1수뿐이다'고 하였다『萬葉集私注』4, p.393].

와카사쿠라베노 아소미 키미타리(若櫻部朝臣君足)의 눈 노래 1수

1643　하늘 흐리며/ 눈도 안 내리는가/ 두드러지게/ 이 작은 나무에요/ 내리는 것을 보자

❋ 해설

　　하늘을 온통 흐리게 하며 눈도 내리지 않는 것인가. 흰색이 두드러지게 이 작은 나무에 내리는 것을 보고 싶다는 내용이다.
　　눈을 보고 싶어하는 노래이다.
　　'齋棠'를 大系에서는 中西 進과 마찬가지로 '가지가 많이 난 작은 나무'로 보았으며『萬葉集』 2, p.349], 私注에서는, '우거진 灌木林이다'고 하였다『萬葉集私注』 4, p.393]. 全集에서는 잘 자란 잡목으로 보았다『萬葉集』 2, p.368]. 井手 또는 '힘차게 잘 자란 柴'라고 하였다『萬葉集全注』 8, p.333].
　　와카사쿠라베노 아소미 키미타리(若櫻部朝臣君足)는 어떤 사람인지 알 수 없다.

三野連石守梅謌一首

1644　引攀而　折者可落　梅花　袖尓古寸入津　染者雖染

引き攀ぢて[1]　折らば散るべみ[2]　梅の花　袖に扱入れつ[3]　染まば染むとも[4]

ひきよぢて　をらばちるべみ　うめのはな　そでにこきれつ　しまばしむとも

巨勢朝臣宿奈麿雪謌一首

1645　吾屋前之　冬木乃上尓　零雪乎　梅花香常　打見都流香裳

わが屋前の　冬木の上に[5]　降る雪を　梅の花かと　うち見つるかも[6]

わがやどの　ふゆきのうへに　ふるゆきを　うめのはなかと　うちみつるかも

---

1 引き攀ぢて : 잡는 것이다.
2 折らば散るべみ : 'べみ'는 'べし'에 'み'가 더해진 형태. 틀림없이 질 것이므로라는 뜻이다.
3 袖に扱入れつ : 'こきい(入)れつ'의 축약형이다.
4 染まば染むとも : 매화 향이. 향은 『萬葉集』에는 예가 적지만, 중국 서적에는 많다. 마지막 구의 뜻은, 물드는 것을 반기지 않는 것처럼 보이기도 하지만 그렇지는 않다.
5 冬木の上に : 덮는 기분이다.
6 うち見つるかも : 'うち'는 단순한 접두어가 아니라, 간단한 동작을 가리킨다. 조금, 돌발적으로 본다는 뜻이다.

미노노 므라지 이소모리(三野連石守)의 매화 노래 1수

1644 잡아 당겨서/ 꺾으면 질 것이니/ 매화꽃잎을/ 소매에다 넣었네/ 물들면 물들라지

해설

가지를 잡아 당겨서 손으로 꺾으면 꽃이 떨어질 것이므로, 매화꽃잎을 소매에 훑어 넣었네. 소매가 물들면 물들어도 좋다는 내용이다.

매화꽃을 따서 직접 가져보고 싶은 마음을 노래한 것이다.

'染まば'에 대해 私注에서는 中西 進과 마찬가지로, '색깔보다도 향에 대해 말하고 있는 것이겠다'고 하였다『萬葉集私注』 4, p.394]. 그러나 大系·全集·注釋·全注에서는 색이 물드는 것으로 해석하였다.

미노노 므라지 이소모리(三野連石守)는 어떤 사람인지 알 수 없다. 私注에서는, '旅人이 大宰府에 있을 때의 종자의 한 사람이었던 것을, 권제17의 3890번가로 알 수 있다'고 하였다『萬葉集私注』 4, p.394].

코세노 아소미 스쿠나마로(巨勢朝臣宿奈麿)의 눈 노래 1수

1645 우리 정원의/ 겨울나무의 위에/ 내리는 눈을/ 매화꽃인가 하고/ 잠시 보았답니다

해설

우리 집 정원의 마른 겨울나무 위에 내리는 눈을, 매화꽃인가 하고 잠시 보았답니다라는 내용이다.

겨울나무 위에 내린 눈을 매화꽃으로 잠시 착각했다는 작품이다.

코세노 아소미 스쿠나마로(巨勢朝臣宿奈麿)에 대해 全注에서는, '神龜 5년(728)에 외종5위하, 天平 원년(729)에 종5위하, 少納言, 이 해 6월에 長屋王의 심문을 받았다. 5년에 종5위상, 天平 9년(737)에 左少辨'이라고 하였다『萬葉集全注』 8, p.334].

小治田朝臣東麿雪謌一首

1646　夜干玉乃　今夜之雪亦　率所沾名　將開朝亦　消者惜家牟

ぬばたまの[1]　今夜の雪に　いざ濡れな[2]　明けむ朝に　消なば[3]惜しけむ

ぬばたまの　こよひのゆきに　いざぬれな　あけむあしたに　けなばをしけむ

忌部首黒麿雪謌一首

1647　梅花　枝亦可散登　見左右二　風亦亂而　雪曾落久類

梅の花　枝にか散ると　見るまでに　風に亂れて　雪そ降りくる

うめのはな　えだにかちると　みるまでに　かぜにみだれて　ゆきそふりくる

1　**ぬばたまの**：밤을 수식하는 **枕詞**이지만, 아침에 해가 빛나면서 녹아 없어지는 상태와 대비하여 칠흑같이 어두운 상태를 말한다.
2　**いざ濡れな**：'いざ'는 권유하는 것이다. 'な'도 같은 뜻을 나타내는 조사이다.
3　**消なば**：해가 비추어서 녹아 없어지면 아쉽다는 뜻이다. 'け'는 'きゆ'의 축약형이다.

오하리다노 아소미 아즈마마로(小治田朝臣東麿)의 눈 노래 1수

1646 (누바타마노)/ 오늘 밤의 눈에요/ 젖어 봅시다/ 밝아오는 아침에/ 녹으면 아쉽지요

해설

칠흑같이 깜깜한 오늘밤의 눈에, 자아 젖어봅시다. 날이 새어 내일 아침 빛나는 햇살에 눈이 녹아서 없어지면 아쉬울 것이니까요라는 내용이다.

다음날 눈이 녹기 전에 마음껏 즐겨보자는 뜻이다.

이 작품에 대해 私注에서는, '밤에 열린 연회에서의 즉흥으로 보인다'고 하였다『萬葉集私注』 4, p.395].

오하리다노 아소미 아즈마마로(小治田朝臣東麿)는 어떤 사람인지 알 수 없다. 작품은 이 작품 1수뿐이다.

이무베노 오비토 쿠로마로(忌部首黒麿)의 눈 노래 1수

1647 매화꽃이요/ 가지에 떨어지나/ 착각할 정도/ 바람에 흩날리며/ 눈이 내려오네요

해설

매화꽃이 가지에 떨어지는 것인가 하고 착각할 정도로 바람에 흩날리며 눈이 내려오네요라는 내용이다.

매화나무 가지 근처로 눈이 흩날리며 내리는 것이 마치 매화꽃이 가지에 지는 것으로 착각될 정도라는 뜻이다.

私注에서는, '눈을 매화로 보는 것은 이 무렵의 풍류였다고 생각되지만 이처럼 몇 사람이나 같은 것을 반복하는 것을 보면 시대문화의 빈곤함을 탄식하고 싶어진다'고 하였다『萬葉集私注』 4, p.395].

이무베노 오비토 쿠로마로(忌部首黒麿)에 대해 大系에서는, '天平寶字 2년(758)에 정6위상에서 종5위하, 3년에는 連성을 받았으며 6년에는 內史局助'라고 하였다『萬葉集』 2, p.322].

紀少鹿女郎梅謌一首

1648　十二月示者　沫雪零跡　不知可毛　梅花開　含不有而

　　　　十二月には　沫雪降ると　知らねかも[1]　梅の花咲く　含めらずして[2]

　　　　しはすには　あわゆきふると　しらねかも　うめのはなさく　ふふめらずして

大伴宿祢家持雪梅謌一首

1649　今日零之　雪示競而　我屋前之　冬木梅者　花開二家里

　　　　今日降りし　雪に競ひて[3]　わが屋前の　冬木の梅は[4]　花咲きにけり

　　　　けふふりし　ゆきにきほひて　わがやどの　ふゆきのうめは　はなさきにけり

---

1 知らねかも : '知らねばかも'와 같다.
2 含めらずして : '含む'는 봉오리 상태를 말한다. 'ら'는 완료를 나타낸다.
3 雪に競ひて : 중국의 한시처럼 눈과 매화를 배합시킨 것이다.
4 冬木の梅は : 마른 나무였던 매화라는 뜻이다.

키노 오시카노 이라츠메(紀少鹿女郎)의 매화 노래 1수

1648 십이월에는/ 가랑눈 내리는 것/ 몰라서일까/ 매화꽃이 피네요/ 봉오리로 있잖고

❀ 해설

　겨울 십이월에는 가랑눈이 내린다는 사실을 모르기 때문일까. 빨리도 매화꽃이 피네. 봉오리로 있지 않고라는 내용이다.

　눈이 내리는 강한 추위 속에 핀 매화꽃이 반가우면서도 애처롭다는 뜻이 담겨 있는 듯하다.

　1452번가의 제목에 〈키노 이라츠메(紀女郎)의 노래 1수 이름을 오시카(小鹿)라고 한다〉고 하였다. 키노 이라츠메(紀女郎)는 紀鹿人의 딸로 安貴王의 아내가 되었다.

오호토모노 스쿠네 야카모치(大伴宿禰家持)의 눈 속 매화 노래 1수

1649 오늘 내렸는/ 눈과 경쟁을 하여/ 우리 정원의/ 앙상했던 매화는/ 꽃을 피운 것이네

❀ 해설

　오늘 내린 눈과 경쟁을 하기라도 하는 듯이 우리 집 정원의, 겨우내 앙상했던 매화나무는 꽃을 피웠네라는 내용이다.

　'雪梅'를 井手 至는, '가지에 쌓인 눈을 매화꽃으로 보고 있다'고 하였다[『萬葉集全注』 8, p.339]. 눈 속에 핀 매화로 보지 않은 것이다. 그러나 제2구에서 '눈과 경쟁하여'라고 하였으므로 실제로 매화꽃이 핀 것으로 보아야 할 것이다.

　오호토모노 스쿠네 야카모치(大伴宿禰家持)에 대해서는 1451번가의 해설에서 설명하였다.

御在西池邊¹肆宴謌一首

1650　池邊乃　松之末葉尓　零雪者　五百重零敷　明日左倍母將見

　　　　池の邊の　松の末葉に　降る雪は　五百重降りしけ²　明日さへも見む

　　　　いけのへの　まつのうらばに　ふるゆきは　いほへふりしけ　あすさへもみむ

　左注　右一首, 作者未詳. 但, 堅子³阿倍朝臣虫麿傳誦之.

大伴坂上郎女謌一首

1651　沫雪乃　比日續而　如此落者　梅始花　散香過南

　　　　沫雪の　この頃續ぎて　かく降れば　梅の初花⁴　散りか過ぎなむ⁵

　　　　あわゆきの　このごろつぎて　かくふれば　うめのはつはな　ちりかすぎなむ

---

1 西池邊 : 궁중에 西池宮이 있으며 가끔 거기에서 연회가 베풀어졌다.
2 五百重降りしけ : 눈은 상서로운 것으로 축하 노래의 중심을 이룬다.
3 堅子 : 동자라는 뜻이지만, 여기에서는 內堅所의 관리라는 뜻이다. 연령은 폭이 넓었던 것 같다.
4 梅の初花 : 제일 처음 핀 꽃이다. 연약함을 느끼게 한다.
5 散りか過ぎなむ : '過ぎ'는 없어지는 것이다.

서쪽 못 근처에 가서 연회하는 노래 1수

1650 연못 근처의/ 솔가지 끝 쪽 잎에/ 내리는 눈은/ 점점 많이 내려라/ 내일까지도 보자

해설

연못 근처의 소나무 가지 끝 쪽 잎에 내리는 눈은 점점 많이 내려서 쌓여라. 그러면 쌓인 눈을 오늘뿐만 아니라 내일까지도 볼 수 있다는 내용이다.
천황이 西池宮에 가서 연회할 때 阿倍朝臣蟲麿가 전송한 노래이다.

> **좌주** 위의 1수는, 작자를 알 수 없다. 다만 堅子 아베노 아소미 무시마로(阿倍朝臣虫麿)가 傳誦
하였다.
아베노 아소미 무시마로(阿倍朝臣蟲麿)에 대해서는 1578번가의 좌주 해설에서 설명하였다.
'堅子'를 私注에서는, '內舍人일 것이다'고 하였다「萬葉集私注」 4, p.397]. 內舍人은 천황의 신변을
보호하고 궁중 잡무를 맡았던 자들로 주로 귀족의 자제들이 선발되었다. 신라시대의 화랑과 비슷하
다이연숙, 「신라화랑과 일본의 舍人(토네리) 비교연구」, 「비교문학」 제36집(한국비교문학회, 2005.
6), pp.5~30].

오호토모노 사카노우헤노 이라츠메(大伴坂上郎女)의 노래 1수

1651 가랑눈이요/ 요즈음 계속해서/ 이리 내리니/ 매화 처음 핀 꽃은/ 져서 없어질 건가

해설

가랑눈이 요즈음 매일 계속해서 이렇게 내리고 있으니, 처음 핀 매화꽃은 다 져버리고 말 것인가라는
내용이다.
오호토모노 사카노우헤노 이라츠메(大伴坂上郎女)에 대해서는 1432번가의 해설에서 설명하였다

他田廣津娘子梅謌一首

1652　梅花　折毛不折毛　見都礼杼母　今夜能花尓　尚不如家利

梅の花　折りも折らずも　見つれども[1]　今夜の花に[2]　なほ如かずけり

うめのはな　をりもをらずも　みつれども　こよひのはなに　なほしかずけり

縣犬養娘子依梅發思謌[3]一首

1653　如今　心乎常尓　念有者　先咲花乃　地尓將落八方

今[4]の如　心を常に[5]　思へらば[6]　まづ咲く花の[7]　地に落ち[8]めやも[9]

いまのごと　こころをつねに　おもへらば　まづさくはなの　つちにおちめやも

---

1 見つれども : 꺾어서 보고, 꺾지 않고 그대로 두고도 보지만이라는 뜻이다.
2 今夜の花に : 연회석에서의 노래라면 연회석상의 꽃. 혹은 답례가라면 보내어진 가지를 말한다.
3 依梅發思謌 : 이른바 '寄物陳思'와 같은 것이지만, '寄物陳思'가 연애가인 것에 비해 이것은 문자 그대로 매화를 보고 회상한 노래이며, 결과적으로는 사랑을 담게 된 것이다.
4 今 : 세월이 지난 지금. 'まづ咲く'에 대해 어른이 된 지금이라는 뜻이다.
5 心を常に : 유치하게 기뻐했다가 슬퍼했다가 하지 않고라는 뜻이다. 'つね'는 변하지 않는 것이다.
6 思へらば : 상대방을 생각하는 것이다. 'ら'는 완료를 나타낸다.
7 まづ咲く花の : 'の'는 '~와 같이'라는 뜻이다.
8 地に落ち : 꽃은, '落'자를 써도 'ちる'라고 읽지만, 여기서는 연애에 실패한 것을 비유하여 일부러 '地に'라고 하였으므로 'おち'라고 읽는다.
9 めやも : 강한 부정을 동반한 의문이다.

오사다노 히로츠노 오토메(他田廣津娘子)의 매화 노래 1수

1652 매화꽃을요/ 꺾어서도 그냥도/ 보았지만은/ 오늘밤의 꽃에는/ 역시 못 미치네요

✿ 해설

    지금까지 매화꽃을 가지를 꺾어서도 보고, 가지를 꺾지 않고 그대로 두고도 보고 많이 보았지만, 그 어느 꽃도 오늘밤의 매화꽃에는 역시 미치지 못하네요라는 내용이다.

    오늘 밤에 본 매화꽃이 지금까지 본 매화꽃 중에서 제일 좋다는 뜻이다.

    井手 至는, '오늘 밤 연회의 매화꽃의 아름다움을 최상의 것이라고 칭찬하며 인사하는 노래'라고 하였다 [『萬葉集全注』 8, p.341].

    오사다노 히로츠노 오토메(他田廣津娘子)는 어떤 사람인지 알 수 없다. 1659번가도 지었다.

아가타노 이누카히노 오토메(縣犬養娘子)가 매화에 빗대어서 생각을 드러낸 노래 1수

1653 지금과 같이/ 마음을 평상처럼/ 생각한다면/ 처음 피는 꽃처럼/ 땅에 떨어졌을 건가

✿ 해설

    지금처럼 마음을 평상시와 같이 하여, 일희일비하지 않고 사모하고 있었더라면 싱싱하게 처음 핀 꽃이 쉽게 땅에 떨어지는 듯한 그런 일이 어떻게 있을 수 있었겠는가라는 내용이다.

    아가타노 이누카히노 오토메(縣犬養娘子)는 어떤 사람인지 알 수 없다.

大伴坂上郎女雪謌一首

1654 松影乃　淺茅之上乃　白雪乎　不令消將置　言者可聞奈吉

　　　松蔭の　淺茅が上の　白雪を¹　消たずて置かむ　ことは²かも無き

　　　まつかげの　あさぢがうへの　しらゆきを　けたずておかむ　ことはかもなき

오호토모노 사카노우헤노 이라츠메(大伴坂上郎女)의 눈 노래 1수

1654   소나무 그늘/ 키가 작은 띠 위의/ 하얀 눈을요/ 녹지 않게 그냥 둘/ '코토하' 없는 걸까

❀ 해설

　　소나무 아래에 있는 키가 작은 띠 위에 내려 있는 하얀 눈을 녹지 않게 하여 그대로 둘 수 있는 '코토하'가 없는 것일까라는 내용이다.

　　私注·全注에서는 원문 '言者可聞奈吉'의 '言(こと)'을 '事(こと)'로 보고 '방법은 없는 걸까'로 해석하였다 [(『萬葉集私注』 4, p.400), (『萬葉集全注』 8, p.343)]. '言(こと)'은 '事(こと)'와 소리가 같으므로 '事'로 보면 해석이 무난하게 된다. 또는 '言(こと)' 그대로 해석하여 '눈을 녹지 않게 할 수 있는 힘을 지닌 주술적인 말은 없는 것일까'로도 해석해 볼 수 있겠다. 大系에서도 '주술적인 말 같은 의미'라고 하였다[『萬葉集』 2, p.351].

　　오호토모노 사카노우헤노 이라츠메(大伴坂上郎女)에 대해서는 1432번가의 해설에서 설명하였다

冬相聞

三國眞人人足謌一首

1655 高山之　菅葉之努藝　零雪之　消跡可曰毛　戀乃繁鷄鳩

高山の　菅の葉凌ぎ　降る雪の　消ぬ[1]とか言はも　戀の繁けく

たかやまの　すがのはしのぎ　ふるゆきの　けぬとかいはも　こひのしげけく

大伴坂上郎女謌[2]一首

1656 酒杯尒　梅花浮　念共　飲而後者　落去登母与之

酒杯に　梅の花浮け[3]　思ふどち[4]　飲みての後は　散りぬともよし

さかづきに　うめのはなうけ　おもふどち　のみてののちは　ちりぬともよし

---

1 消ぬ: 'け'는 'きえ'의 축약형이다.
2 大伴坂上郎女謌: 연회에서의 노래가 相聞에 들어 있는 것은, 모든 사람에게 말을 거는 것으로 和歌를 가지기 때문이다.
3 梅の花浮け: 작년의 매화연에서의 노래를 모방한 것이다.
4 思ふどち: 생각하는 사람들끼리라는 뜻이다.

겨울 相聞

미쿠니노 마히토 히토타리(三國眞人人足)의 노래 1수

1655 타카야마(高山)의/ 골풀 잎 짓누르며/ 내린 눈처럼/ 죽을 것 같다 할까/ 그리움 계속 되네

🌸 해설

타카야마(高山)에 나 있는 골풀 잎을 짓누르며 많이 내리는 눈이 결국은 녹아서 사라지는 것처럼, 드디어 목숨이 다하여 죽을 것만 같다고 말할 정도입니다. 계속되는 사랑의 고통 때문에요라는 내용이다.

미쿠니노 마히토 히토타리(三國眞人人足)에 대해 私注에서는, '慶雲 2년(705)에 정6위상에서 종5위하가 되고, 養老 4년(720)에 정5위하가 되었다'고 하였다[『萬葉集私注』 4, p.401].

오호토모노 사카노우헤노 이라츠메(大伴坂上郎女)의 노래 1수

1656 술잔에다가/ 매화꽃을 띠워서/ 친한 자들과/ 술을 마신 후에는/ 져버려도 좋지요

🌸 해설

술잔에다가 매화꽃을 띠워서 마음이 맞는 친한 사람들과 술을 마시며 즐겁게 논 후에는 매화꽃은 져버려도 상관이 없다는 내용이다.

오호토모노 사카노우헤노 이라츠메(大伴坂上郎女)에 대해서는 1432번가의 해설에서 설명하였다

和謌一首

1657 官尓毛　縱賜有　今夜耳　將飲酒可毛　散許須奈由米

官[1]にも　許し給へり[2]　今夜のみ　飲まむ酒かも[3]　散りこすなゆめ[4]

つかさにも　ゆるしたまへり　こよひのみ　のまむさけかも　ちりこすなゆめ

左注 右, 酒者, 官禁制[5]称京中閭里不得集宴. 但親々一二飲樂聽許者[6]. 縁此和人作此發句焉.

---

1 官 : 관청이다.
2 許し給へり : 친한 한두 사람의 주연은 허용되고 있으므로 앞으로도 마실 것이라는 뜻으로 다음 구에 이어진다.
3 飲まむ酒かも : 'か'는 의문이다.
4 散りこすなゆめ : 앞으로의 주연을 위하여라는 뜻이다. 'こす'는 희망을 나타내는 보조동사이다.
5 官禁制 : 天平 9년(737) 5월, 寶字 2년(758) 2월에 금주령이 내려졌다. 소요 분위기를 정부는 두려워하였다.
6 京中閭里不得集宴. 但親々一二飲樂聽許者 : 금령에는 친구, 동료로 친교가 있는 사람은 원하면 허가한다고 하였다.

답한 노래 1수

1657 공적으로도/ 허락을 받았으니/ 오늘 밤에만/ 마시는 술일까요/ 절대로 지지 말게

> 🌸 **해설**
>
> 관청으로부터도 노는 것을 공적으로 허락을 받았으니 오늘 밤에만 마시는 술이겠습니까. 그러니 매화여 절대로 지지 말게라는 내용이다.
> 친척들이 모여서 마시고 노는 것을 허락까지 받았으니 오늘밤만 술을 마시는 것이 아니고 앞으로도 마실 것이니 매화꽃은 지지 말고 있어 달라는 뜻이다.

좌주 위는, 술에 대해 정부가 금령을 내려, '도읍과 마을 안에서 연회를 열 수 없다. 다만 가까운 친족 한두 사람이 마시고 노는 것은 허가한다'고 한다. 이것에 연유하여, 답한 사람이 첫 구를 지은 것이다.

大系에서는, '天平 9년(737) 5월 19일에, 4월부터의 역병과 가뭄으로 인해 죄인들을 사면하고 구휼했을 때 술을 금지하는 조칙이 내려졌으며, 또 天平寶字 2년(758) 2월 20일의 조칙에, 요즈음 민간에서 연회를 하여 윗사람을 비방하기도 하고, 소요를 일으키기도 하는 것은 옳지 않으므로 王公 이하 윗사람들은 제사나 의료의 목적 외에는 술을 마셔서는 아니 된다. 친구와 동료들이 친목을 위하여 방문할 때는 관청에 말하여 허가를 받으라고 하였으며, 벌칙도 말하고 있다. 이 노래의 경우는 사정을 보면 天平寶字 2년 2월 20일의 조칙과, 창작 시기로 보면 天平 9년의 조칙과 관계가 있는 것처럼 보이지만 사정은 잘 알 수 없다'고 하였다[『萬葉集』 2, p.353].

全集에서는, '『속일본기』에 의하면, 天平 9년(737) 5월 19일과 天平寶字 2년(758) 2월의 두 차례에 걸쳐 금주령이 내려졌다. 전자는 4월부터 역병과 가뭄이 겹쳐 농작물은 피해가 컸으므로 산천에 기도를 하고 神祇를 제사지냈지만 효험이 없었으므로 백성들의 근심을 덜어주기 위해 이것과 관련시켜서 술을 금한 것. 후자는 민간에서 모여서 마시고 취한 나머지 절도를 잃고 싸움을 일으키는 자까지 있었으므로 앞으로 제사날이나 의료의 목적 등이 아닌 한, 술을 마시는 것을 금한다. 다만 친구와 동료들이 친목을 목적으로 하여 집 안에서 마시는 것은 관청에 허가를 구하면 상관이 없다고 하였다. 여기서는 시간적으로는 금령보다 더 거슬러 올라갈 수 있을지 모르지만 같은 종류의 금주령은 그 이전에도 있었을 것이다'고 하였다[『萬葉集』 2, p.373].

藤皇后奉天皇御謌一首

1658　吾背兒与　二有見麻世波　幾許香　此零雪之　懽有麻思

わが背子[1]と　二人見ませば　幾許か　この[2]降る雪の　嬉しからまし[3]

わがせこと　ふたりみませば　いくばくか　このふるゆきの　うれしからまし

他田廣津娘子謌一首

1659　眞木乃於尒　零置有雪乃　敷布毛　所念可聞　佐夜問吾背

眞木[4]の上に　降り置ける雪の　しくしくも[5]　思ほゆるかも　さ夜訪へわが背

まきのうへに　ふりおけるゆきの　しくしくも　おもほゆるかも　さよとへわがせ

---

1 **わが背子**：후궁 여인들의 대표로 바친 것이기 때문에 이렇게 표현한 것인가.
2 **この**：눈앞에 눈이 내리는 것을 보고라는 뜻이다.
3 **嬉しからまし**：'まし'는 현실에 반대되는 가상적인 생각이다.
4 **眞木**：삼목, 노송나무 등을 말한다.
5 **しくしくも**：중첩된다는 뜻이다. 계속 생각한다는 것에 연결된다.

藤황후(光明황후)가 천황(聖武천황)에게 바치는 노래 1수

1658   그대와 함께/ 두 사람이 본다면/ 정말 얼마나/ 이 내리는 눈도요/ 즐거울 것일까요

🌸 **해설**

사랑하는 그대와 두 사람이 함께 본다면, 눈앞에 내리는 이 눈을 보고 얼마나 즐거울까요라는 내용이다. 모처럼 내리는 눈을 보고 천황을 생각한 노래이다.

藤황후에 대해 私注에서는, '藤原后라고 되어 있는 책도 있다. 藤三娘이라고 하는 自署도 있으므로 藤皇后의 '藤'은 藤原을 줄인 것으로 중국풍으로 쓴 것일 것이다. 不比等과 橘三千代 사이에서 태어난 딸 光明子로, 諸兄과는 아버지가 다른 여동생이다. 聖武천황이 황태자일 때 비가 되었다. 황후는 황족 출신에만 한정되는 관습이 있었지만 天平 원년 光明子를 황후로 한 것에 대해, 특히 宣命을 내려서 武內宿禰의 딸 磐姫가 仁德천황의 황후가 된 예를 들어서 특이한 예가 아니라고 강조하고 있는 것은 알려진 바와 같다. 당시의 분위기를 살펴볼 수 있을 것이다. 天平寶字 4년에 60세로 사망하였다. 光明子가 재색을 겸비한 뛰어난 성격이었던 것은 여러 가지로 전해지고 있으며 그것은 사실일 것이다. 단순히 藤原氏와 橘三千代의, 궁중에서의 신망만으로 황후가 되었던 사람이라고도 생각되지 않는다. 남녀간의 이러한 감정이므로 원망스러운 마음이 담겨 있다고도 볼 수 있지만, 노래에는 그러한 느낌은 없는 것처럼 생각된다. 다만 지금 함께 나란히 볼 수 있다면 하고 바라는 마음만 강하게 노래하고 있다. 일부다처제 사회에 있어서는 실제로 원망스러운 감정 등이 작용하지 않는 그러한 경우도 있었을 것이다'고 하였다『萬葉集私注』 4, p.403].

오사다노 히로츠노 오토메(他田廣津娘子)의 노래 1수

1659   멋진 나무 위에/ 내려 쌓인 눈과 같이/ 계속하여서/ 생각이 나는군요/ 밤에 오세요 그대

🌸 **해설**

삼목, 노송나무 등과 같은 좋은 나무 위에 겹겹이 내려 쌓여 있는 눈과 같이, 그렇게 겹겹이 계속해서 그대 생각이 나는군요. 그러니 밤에 찾아와주세요. 그대여라는 내용이다.

상대방 남성이 방문해주기를 원하는 노래이다.

오사다노 히로츠노 오토메(他田廣津娘子)는 어떤 사람인지 알 수 없다. 1652번가도 지었다.

大伴宿祢駿河麿謌一首

1660   梅花　令落冬風　音耳　聞之吾妹乎　見良久志吉裳

      梅の花　散らす冬風の¹　音のみに　聞きし吾妹を　見らくし²よしも

      うめのはな　ちらすあらしの　おとのみに　ききしわぎもを　みらくしよしも

紀少鹿女郎謌一首

1661   久方乃　月夜乎清美　梅花　心開而　吾念有公

      ひさかたの　月夜³を清み⁴　梅の花　心開けて⁵　わが思へる君

      ひさかたの　つくよをきよみ　うめのはな　こころひらけて　わがもへるきみ

---

1 **散らす冬風の** : 나무가 마른 것 같은 것을 뜻한다. 소리가 시끄러우므로 다음으로 연결된다.
2 **見らくし** : '見らく'는 '見る'의 명사형이며, 'し'는 강조의 뜻을 나타낸다.
3 **月夜** : 달밤이다.
4 **清み** : 청명하므로 매화꽃이 핀다. 그와 같이라는 뜻이다.
5 **梅の花 心開けて** : 밤의 매화꽃의 상태와 작자의 심정이 겹친다.

오호토모노 스쿠네 스루가마로(大伴宿禰駿河麿)의 노래 1수

1660 매화꽃을요/ 지게 한 강풍처럼/ 소문으로만/ 듣고 있던 그대를/ 만난 것이 기쁘네

🌸 해설

　　매화꽃을 흩뜨려서 지게 하는 겨울의 강한 바람처럼, 귀로 소문만 듣고 있던 그대를 만난 것이 무척 기쁘네요라는 내용이다.

　　井手 至는, '후에 大伴宿禰駿河麿와 결혼한 여성으로 노래를 보낸 상대방 여성은 坂上二嬢인가'라고 하였다[『萬葉集全注』 8, p.350].

　　오호토모노 스쿠네 스루가마로(大伴宿禰駿河麿)에 대해 全集에서는, '高市大卿(大伴御行인가)의 손자. 天平 15년(743)에 종5위하. 越前守, 出雲守 등을 지냈다. 寶龜 3년(772)에 陸奧 안찰사, 이듬해 陸奧國鎭守府 장군이 되어 蝦夷를 토벌하여 공을 세웠다. 參議를 지내고 寶龜 7년에 사망하였다'고 하였다[『萬葉集』 2, p.493]. 駿河麿는 駿河丸으로도 쓴다.

키노 오시카노 이라츠메(紀少鹿女郎)의 노래 1수

1661 (히사카타노)/ 달밤이 청명하여/ 핀 매화처럼/ 마음 열어 편하게/ 내가 그리는 그대

🌸 해설

　　하늘 멀리까지 빛나는 달밤이 청명하므로 밤에 매화꽃이 활짝 핀 것처럼, 그렇게 마음도 활짝 열어서 내가 그리워하는 그대여라는 내용이다.

　　全集에서는 家持에게 보낸 노래일 것이라고 하였다[『萬葉集』 2, p.374]. 井手 至도, '남자(家持)가 찾아올 것을 확신하는 紀女郎의 노래'라고 하였다[『萬葉集全注』 8, p.351].

　　1452번가의 제목에 〈키노 이라츠메(紀女郎)의 노래 1수 이름을 오시카(小鹿)라고 한다〉고 하였다. 키노 이라츠메(紀女郎)는 紀鹿人의 딸로 安貴王의 아내가 되었다.

大伴田村大娘，与妹¹坂上大娘謌一首

1662　沫雪之　可消物乎　至今尓　流経者　妹尓相曽

　　　沫雪の　消ぬべきものを²　今までに　ながらへぬるは³　妹に逢はむとそ

　　　あわゆきの　けぬべきものを　いままでに　ながらへぬるは　いもにあはむとそ

大伴宿祢家持謌一首

1663　沫雪乃　庭尓零敷　寒夜乎　手枕不纏　一香聞將宿

　　　沫雪の　庭に降りしき⁴　寒き夜を　手枕纏かず⁵　獨りかも寝む

　　　あわゆきの　にはにふりしき　さむきよを　たまくらまかず　ひとりかもねむ

---

1 妹 : 이복 여동생이다. 각각 田村과 坂上 마을에 따로 살았다.
2 消ぬべきものを : 병상에 있었던가.
3 ながらへぬるは : 'ぬる'는 완료를 나타낸다.
4 庭に降りしき : 계속하여 내린다는 뜻이다. 내려서 쌓이는 것은 아니다.
5 手枕纏かず : 아내의 팔을 베개로 하지 않고라는 뜻이다.

오호토모노 타무라노 오호오토메(大伴田村大娘)가,
여동생 사카노우헤노 오호오토메(坂上大娘)에게 준 노래 1수

1662 가랑눈처럼/ 사라져버릴 것을/ 지금까지도/ 오래 살아온 것은/ 그대 보고 싶어서죠

❀ 해설

　　가랑눈처럼 덧없이 사라져버릴 것을, 내가 오늘까지 오래도록 살아온 것은 그대를 만나고 싶기 때문이 지요라는 내용이다.

　　이복 여동생을 만나고 싶은 마음을 과장되게 표현하였다.

　　오호토모노 타무라노 오호오토메(大伴田村大孃)와 사카노우헤노 오호오토메(坂上大孃)는 모두 大伴宿 奈麿의 딸이다. 권제4의 759번가 左注에 '위는, 타무라노 오호오토메(田村大孃)와 사카노우헤노 오호오토메 (坂上大孃)는 모두 右大弁 스쿠나마로(宿奈麿)卿의 딸이다. 그가 田村 마을에 살았으므로, (딸의) 호를 田村 大孃이라고 하였다. 다만 동생인 坂上大孃은 어머니가 坂上 마을에 살았으므로 坂上大孃이라고 하였다. 이때 자매는 안부를 묻는데 노래로 증답했던 것이다'고 하였다.

오호토모노 스쿠네 야카모치(大伴宿禰家持)의 노래 1수

1663 가랑눈이요/ 정원에 내려 쌓여/ 추운 밤에요/ 팔베개 하지 않고/ 혼자서 자는 걸까

❀ 해설

　　가랑눈이 정원에 내려 쌓여서 추운 밤, 아내의 팔베개를 베지도 않고 혼자서 자는 것일까라는 내용이다.

　　눈이 내려서 추운 밤에 혼자 자야하는 외로움을 노래한 것이다.

　　全集에서는, '天平 15년 무렵 久邇京에서 부른 것인가'라고 하였다『萬葉集』 2, p.375].

이 연 숙 李妍淑

　부산대학교 국어국문학과를 졸업하고 동대학원 국어국문학과 석·박사과정(문학박사)과 동경대학교 석사·박사과정을 수료하였다. 현재 동의대학교 국어국문학과 교수로 있으며, 한일문화교류기금에 의한 일본 오오사카여자대학 객원교수(1999.9~2000.8)를 지낸 바 있다.

　저서로는 『新羅鄕歌文學硏究』(박이정출판사, 1999), 『韓日 古代文學 比較硏究』(박이정출판사, 2002 : 2003년도 문화관광부 추천 우수학술도서 선정), 『일본고대 한인작가연구』(박이정출판사, 2003), 『향가와 『만엽집』 작품의 비교 연구』(제이앤씨, 2009 : 2010년도 대한민국학술원 우수학술도서 선정) 등이 있으며 논문으로는 「고대 동아시아 문화 속의 향가」 외 다수가 있다.

한국어역 **만엽집 6**
- 만엽집 권 제8 -

초판 인쇄 2014년 11월 24일 | 초판 발행 2014년 12월 2일
역해 이연숙 | 펴낸이 박찬익
펴낸곳 도서출판 **박이정** | 주소 서울시 동대문구 용두동 129-162
전화 02) 922-1192~3 | 팩스 02) 928-4683
홈페이지 www.pjbook.com | 이메일 pijbook@naver.com
등록 1991년 3월 12일 제1-1182호
ISBN 978-89-6292-756-6 (93830)

* 책값은 뒤표지에 있습니다.